ALMA

El viento se levanta

Editorial Bambú es un sello de Editorial Casals, SA

Título original: *Alma. Le vent se lève*

Casp, 79 – 08013 Barcelona
editorialbambu.com

Primera edición: septiembre de 2025
ISBN: 978-84-1086-015-5
Depósito legal: B-14125-2025
Printed in Spain
Impreso en Anzos, SL
Fuenlabrada (Madrid)

El papel utilizado para la impresión de este libro procede de bosques gestionados de manera sostenible.

Timothée de Fombelle

ALMA

El viento se levanta

Ilustraciones de François Place

Traducción de Amaya García Gallego

bambú
EDITORIAL

«Sigue las flores de los árboles. Por donde vayan, ve. Estarás donde quieras estar cuando hayan desaparecido».

TONI MORRISON, *Beloved*

PRIMERA PARTE

I

Y algunos leones son reyes

Es una cebra sin rayas, de pie entre las hierbas amarillas, con dos niños tumbados a su sombra.

–Fíjate qué grande es.

La chica se llama Alma. Se dirige a su hermano pequeño, que está tendido a su lado.

–¡Fíjate!

Están bocarriba, pegados el uno al otro en esa pradera infinita. Cuando el sol se mueve un poco, el animal da un paso para que los niños sigan a la sombra. Juntos, se ríen mientras lo contemplan. Si Alma supiera lo mucho que recordará, más tarde, el frescor de su hermano pequeño junto a ella, el chapoteo de su risa…

–¿Lo ves? Te lo dije. Y no te lo creías –dice Alma.

El niño no contesta. Todas las cebras del valle tienen rayas, son pequeñas y asustadizas. Esta es muy grande, más alta que la mano cuando la levantas por encima de la cabeza estando de puntillas. Lleva una correa de cuero atada alrededor del cuello. No tiene rayas y se queda ahí, mansamente, velando por ellos. Nada la asusta.

–¿Dónde la has encontrado? –pregunta Lam.

–No me la he encontrado, ha sido ella quien nos ha encontrado a nosotros.

Su hermano calla, con los ojos brillantes.

–¿En qué piensas?

Silencio. Lam está reflexionando.

–Estoy tratando de recordar un día mejor que este –dice.

Alma sonríe. Hace unos instantes, le enseñó cómo trepar a lomos del animal. Ella se sujetaba a la correa de cuero. Su hermano se le subió detrás, con el gorro azul del que nunca se separaba. Fueron a galope tendido hacia los árboles entre las gacelas que salían volando como mariposas. Luego se bajaron escurriéndose hasta la hierba, aturdidos de felicidad.

–Se llama Niebla –susurra Alma.

–¿Cómo lo sabes?

–Porque es totalmente blanca.

–¿Podemos elegir cómo se llaman las cosas nuevas?

Ella contesta ufana:

–Sí. Podemos hacer lo que queramos.

Pero Alma sabe que, antes de Niebla y su blancura, su hermano pequeño fue la última cosa nueva que apareció en el valle. Ninguna otra cosa en el horizonte desde que Lam naciera cuando ella tenía tres años.

Los acantilados cierran el valle por completo. Es hermoso y cálido como un paraíso. Parece una mano inmensa llena de praderas, de árboles y de animales salvajes. Una mano abierta que les da todo cuanto se necesita para vivir: alimento, noches estrelladas y monitos en las ramas con los que entretenerse. Les da las lluvias torrenciales en las que se sumergen corriendo desnudos, las siestas entre sus padres, las hierbas altas que se inclinan cuando pasan los leones o el viento.

Pero para ellos no existe nada fuera de ese mundo protegido y cerrado. Una familia, sola, en un valle hasta donde alcanza la vista. No hay nada que proceda de otro lugar para darle un nombre nuevo. ¡O bien habría que darle nombre a cada nube que pasara!

Y, de repente, aparece Niebla. Ahí está, por encima de ellos, como una visión. Alma la vio llegar hace exactamente un año. Se pasó días recorriendo el valle sola con el arco al hombro para encontrarla, para asegurarse de que no había sido un sueño.

Poco a poco fue aprendiendo a acercársele y, durante meses, no se lo contó a nadie. Se lo guardó para ella sola.

–¡Niebla! –llama Alma.

Niebla baja hacia ella la frente y los ojos mansos.

–¿Te responde? –pregunta Lam.

Siguen tumbados. Alma se gira de costado, provocando que desde la hierba se eleven nubes de pajaritos diminutos. Está de espaldas a su hermano.

–¿De dónde viene? –pregunta Lam–. ¿De allá?

Silencio.

–Dímelo, Aam.

Llama a su hermana Aam. Dice Aam con voz lánguida, como cuando cierras los ojos para comer lo más rico que existe.

–Que si viene de allá. Aam, cuéntamelo.

El niño se ha dado la vuelta a su vez justo detrás de ella. Insiste:

–Aaaam… ¿De dónde viene?

Incluso en el paraíso, no queda más remedio que contar cuentos e inventar otros mundos para los niños.

Así que Alma se ha inventado el mundo de allá para su hermano. Le habla de él todas las noches. Lo ha llenado de flores negras, de niñas que huelen a azúcar tostado, de praderas que sueltan chispas en la oscuridad, de casas con alas tan altas como los acantilados. Dice «allá» en el idioma de su madre, el idioma de los cuentos y de las canciones.

Pero ha sucedido algo que no había previsto y que la tiene un poco asustada. Su hermano se ha construido una cabaña en el mundo que ella se inventa para él. Poco a poco, Lam se ha ido acomodando ahí, en ese paisaje imaginario. Desde hace meses, solo piensa en él, de día y de noche.

Ya no quiere volver de allá.

Lam oye a su hermana murmurar. Se nota que está sonriendo mientras canturrea. Le gusta ser la reina de ese país que ha creado para él. Le gusta narrar esas historias bonitas y peligrosas que le brotan de los labios sin saber cómo.

Pasa el tiempo. El cielo va bajando y oscureciéndose. Por encima de ellos, Niebla no se mueve. Un pajarito con el pico de plata se le ha posado al lado del ojo y no quiere molestarlo. Ni siquiera parpadea.

Alma sigue canturreando, con la boca cerrada, reservando para sí los misterios.

–Para –le suplica Lam–... Para, por favor...

Alma se calla de golpe. Algo tirita a su espalda. Suena como cuando los árboles gotean después de la lluvia.

Es su hermano, que está llorando.

–Lam...

Alma se vuelve y apoya la frente debajo de la de Lam. Se les junta la nariz una encima de la otra. Ambos rostros encajan perfectamente. Ya no se sabe de quién son las lágrimas.

Por eso Alma piensa que no se van a separar nunca. Tiene otro hermano, mayor que ella, Sum, al que quiere con todo el corazón; pero Lam, el pequeño, es su otra mitad.

Y que, por cierto, ha dejado de llorar en cuanto su piel ha tocado la suya.

–¿Viene de allá? –vuelve a preguntar Lam.

Y añade:

–¿Me llevarás algún día, Aam?

Deja que transcurra un largo silencio.

–¿Y nosotros? ¿De dónde venimos?

Alma no contesta. Lo único que sabe es que nació aquí hace trece años. Creció en libertad con sus padres y Sum, en ese territorio inmenso en el que Lam apareció a su vez.

Lo único que les limita la libertad es la ley que su padre repite clavando los ojos en los suyos: nada ni nadie debe entrar en el valle. Y nada debe salir de él.

Cuando lo dice, su mirada es una flecha negra que Alma no reconoce. Da miedo. Por eso no había dicho nada de Niebla antes del día de hoy. Porque la vio llegar un día que llovía mucho y seguramente venía de otro lugar, con sus medias lunas de metal en los pies y su correa de cuero.

Alma y Lam se quedan los dos muy quietos, escuchando el zumbido de las avispas a las que Niebla fustiga con la cola.

Hasta que el niño se separa de su hermana. Se tumba de lado.

–¿Estás bien? –le pregunta Alma.

Pero Lam, en realidad, ya no está allí. Aprieta en la mano el gorro azul. Tumbado bocarriba, observa atentamente la cebra sin rayas, blanca como la bruma matinal.

No. No es una cebra. Es más fina, más grande, tiene las crines muy largas. Tal vez ayer aún estuviera allá, jugando en la hierba que suelta chispas. Lam mira los ojos húmedos de Niebla. Le gustaría zambullirse en ellos para pasar al otro lado, salir del valle y ver por fin lo que hay allí.

Entonces empieza a llover. Las gotas chisporrotean al tocar la hierba y la tierra calientes. Es como si cayeran en las brasas. Son las primeras de la estación lluviosa. Durante una o dos lunas, caerá casi toda el agua del año. Tendidos tripa arriba, Alma y Lam abren la boca tratando de notar en la lengua antes que el otro esa lluvia de la suerte.

Pero no tardan en incorporarse porque el chaparrón arrecia. Recogen los largos arcos que habían dejado en la hierba. Una funda para las flechas está sujeta a la madera curvada.

A lo lejos, los antílopes corren hacia la línea de los árboles. Niebla se estremece como si despertase de un sueño.

–¡Quédate aquí, Niebla! Espéranos hasta mañana.

Cada uno le apoya la mejilla en el cuello para despedirse. El animal aún tiembla de placer, o de frío.

Meses antes, durante otro día lluvioso, Niebla se escapó de un mundo donde esos momentos no existían, donde la libertad ni siquiera era ya un recuerdo, donde le hincaban los talones en los flancos para que galopara detrás de los fugitivos que olían a miedo. Aquí descubre el olor de la tierra, la paz y los gritos de alegría de los dos niños que se alejan bajo el aguacero.

Pero, en lo más hondo, el animal sabe que pronto tendrá que marcharse de vuelta.

–No cuentes nada sobre Niebla. ¿De acuerdo, Lam? A nadie.

Lam va corriendo al lado de Alma, cegado por las gotas de agua. La cuerda de los arcos les cruza la espalda.

–¿Lo prometes?

Él no contesta. Sonríe. Sabe lo que hay que hacer. Tiene un plan. Además, tiene diez años. Diez estaciones lluviosas exactamente. A esa edad, los animales hace tiempo que cazan solos y algunos leones son reyes.

2

Hacia el resto del mundo

Juntos están tan a gusto que podrían quedarse así toda la vida.

Lleva lloviendo cuarenta días y cuarenta noches.

La familia está en torno al fuego que invade la casa y la ilumina. Fuera está oscuro. Se cubren los hombros con pieles que también alfombran el suelo. Por encima de sus cabezas, el techo es un amontonamiento de hierbas cortadas sobre las que se deslizan las oleadas de lluvia. Las paredes están hechas con ramas y paja, pegadas con tierra dorada.

Lam está apoyado contra su padre. Se ha dormido. Alma está enfrente, junto a su hermano mayor acuclillado. Sum sonríe mientras inclina la cabeza. Remueve las llamas con un palo al lado de su madre, cuyos ojos reflejan cada chispa de la hoguera.

En el valle, algunos arroyos se han transformado en torrentes, pero la casa está en la parte más alta de la pradera, ceñida por las ramas gigantes de un sicomoro. Entre los brazos del árbol, se sienten a salvo de todo. Como los supervivientes del diluvio.

Lo que le gusta a Alma es que están juntos y sin hacer nada. Por eso la estación lluviosa siempre es una fiesta. Fuera, el agua trabaja para ellos, llena los aljibes, transforma el valle, remueve la tierra y hace que rompan los capullos de los árboles, mientras ellos solo tienen que quedarse escuchando cómo canta el fuego en las corrientes de aire. Solo tienen que sentirse vivos, calentándose la planta blanca de los pies.

A veces, juntos, les da por reírse bajito, sin motivo alguno, sencillamente porque resulta tan grato y tan delicioso que no puede por menos que rebosar.

Alma piensa en Niebla. Se la imagina de pie debajo de su acacia. Lam y ella han ido a verla todos los días bajo la lluvia.

Lam ha aprendido a quedarse solo a lomos de Niebla aferrándose a la correa de cuero. El niño es tan ligero que el animal se olvida de él mientras corre. Alma los mira cruzar juntos las balsas de agua, asustar a los pequeños y estúpidos facóqueros que se les meten debajo. Lam va casi echado sobre el lomo de Niebla cuando cruzan raudos el sotobosque. Surcan el follaje a la velocidad del viento. Hasta que desaparecen del todo.

Alma acoge a Lam entre sus brazos al cabo de varias horas. Lo estrecha contra su cuerpo. Ambos aplastan los claveles blancos que hay en la hierba.

El niño tiene el cuerpo cansado, los ojos ardientes y la piel lustrosa por la lluvia.

–Párate de vez en cuando –le dice ella.

–¿Por qué?

La mira sonriente. Ella trata de poner una cara muy seria.

–Estás loco.

Lam se hace el muerto entre sus brazos. Y, más allá, el animal sigue haciéndose el inocente cuando en realidad él tampoco se tiene ya en pie.

Alma mira a su hermano pequeño dormido junto al fuego, pegado a su padre. Ella es la única de la casa que sabe por qué está muerto de cansancio.

Pero, de repente, se acuerda de las dos leonas que rondan por la zona donde está Niebla y que cazan para toda la manada. También están los chacales pequeñitos, cerca del manantial. Atacan a los animales vivos cuando el agua cubre los despojos abandonados en la hierba.

Alma tiene miedo por Niebla, que aún ignora todos los peligros que alberga ese valle de cegadora belleza. Irá a buscarla mañana. La traerá cerca de casa. Se lo contará por fin a su padre. Él se dará cuenta del ansia por aventurarse fuera, detrás de los acantilados, que provoca ese visitante procedente de otro lugar.

Pero no hablará de su auténtico y gran secreto.

No dirá que sabe por dónde ha entrado Niebla.

Alma descubrió a Niebla hace exactamente un año. Fue durante las abundantes lluvias de antes del verano.

Alma estaba trepando por el peñascal, sin aliento.

Allí arriba, encima de los acantilados, caían unas cascadas blancas casi silenciosas. La perseguía una manada de búfalos desorientados por las inundaciones. Había perdido el arco en la huida.

No le gustaban los búfalos más que de lejos, desperdigados por el oro de la pradera. De cerca le parecían feos, jorobados y peligrosos. Una vez, uno de ellos había estado a punto de matar a su hermano mayor. Y otros arremetían a veces contra su casa. Para despistar a aquellas bestias bajo la lluvia, Alma escaló por un collado pequeño que lleva al barranco de las Espinas.

Ese barranco es la única abertura que hay en el acantilado que rodea el valle. Pero tiene el fondo cubierto por una erizada vegetación. Los árboles con púas se enredan con lianas y zarzales muy prietos. Algunas aves imprudentes, empaladas en esos pinchos, amenazan de muerte a quienes pudieran arriesgarse. El barranco es un corredor angosto entre dos paredes. Resulta infranqueable, forrado de espinas hasta una altura de treinta metros. Por eso Alma y sus hermanos no van por allí. Les da miedo caerse y acabar como esqueletos se decoloran para siempre en lo más hondo.

Pero ese día, al llegar al borde del barranco, Alma se topó con un paisaje que no había visto nunca. Exhausta y empapada, lo primero que hizo fue desandar el camino para comprobar que los búfalos no la estaban esperando abajo. Luego, al volverse de cara al barranco, descubrió una amplia extensión de agua en lugar de las espinas.

Un lago efímero anegaba la trampa de la vegetación.

No podía creérselo.

Por culpa de la lluvia, por culpa de ese diluvio, el precipicio se había convertido en un lago que desaparecía a lo lejos entre las escarpadas paredes. Y allí, exactamente a sus pies, estaba Niebla.

Alma divisaba su extraña silueta en medio de los remolinos. Nadaba y chocaba contra la pared tratando de salir del agua. Aunque aún no le había puesto nombre, las crines blancas ya estaban rodeadas de vapor. Alma tan solo oía su ronco resuello. El nivel del agua estaba empezando a bajar. Niebla se iba a quedar atrapada en las espinas.

Alma enseguida comprendió que venía de muy lejos. La había traído la magia de la lluvia. Las escorrentías y las cascadas habían llenado el barranco para dejarla pasar, casi volando, por encima del infierno de espinas. Venía de allá, de muy allá.

Ahora arañaba la roca con los cascos, sin moverse del sitio. El lamento se volvía más grave y más tenue. La respiración de Alma se había acompasado con la del animal.

Fue entonces cuando vio, no lejos de allí, un desprendimiento de piedras negras. En aquel punto la pared se había hundido. Formaba una playa muy empinada, la única vía para que Niebla, tal vez, pudiera salvarse.

De haber sabido nadar, Alma se habría arrojado al agua para escoltarla. Pero prefirió optar por otro método y empezó a bombardearla con todo lo que tenía alrededor: trozos de madera o de piedra, raíces arrancadas de la tierra... Aquellas ráfagas obligaban a Niebla a dirigirse hacia la playa negra. Y eso era lo que quería Alma.

Daba botes y, para ahuyentarla, gritaba las peores palabras en todos los idiomas que le habían enseñado su padre y su madre.

No había forma de saber qué resultaba más eficaz: las piedras, los gritos de Alma o su gesticulación. Lo importante era que, poco a poco, Niebla iba encaminándose en la dirección correcta. Y, por primera vez, al llegar a la altura de las rocas, logró alzar parte del cuerpo por encima del agua. Maravillada, Alma vio por primera vez las crines, luego la correa de cuero y, por último, lo alta y lo blanca que era, sin una sola raya.

Pero notó cómo vacilaba, a punto de volver a caer hacia atrás. Recogió una última piedra y la lanzó con todas sus

fuerzas para que le cayera detrás, en el agua. Esta vez Niebla salió del todo y subió por el talud del desprendimiento.

Se paró al llegar a la altura de Alma. La miró mientras resoplaba, preguntándose qué debía pensar de aquella endemoniada que le había salvado la vida. A continuación bajó hacia el valle, ahuyentó a los búfalos con unas cuantas coces y desapareció.

Aquel primer encuentro podría explicar por qué Alma tardó tanto tiempo en poder acercársele de nuevo.

Al cabo de tres días, cuando la niña regresó al mismo lugar, el agua del barranco ya se había vaciado y la barrera de espinas volvía a estar al descubierto. No quedaba ni rastro del lago fantasma.

Alma bajó entre las rocas negras de la playa. Nunca antes se había aventurado por esa zona. Estaban al borde del precipicio. Le rodaban piedras bajo los pies. Iba llamando a Niebla bajito, con la esperanza de que hubiera vuelto a esconderse por allí.

Se fijó en que, entre las rocas, había una cueva baja y profunda, no más ancha que un sepulcro. Se metió dentro. Tardó unos segundos en acostumbrarse a la oscuridad.

Allí guardada había una canoa pequeñita con sus dos remos. Era muy fina y estaba tallada en un tronco de ceiba cuya corteza aún se veía a trozos. La canoa estaba cubierta de musgo. Seguramente llevaba varios años esperando en aquel agujero.

Agua y una embarcación… Alma ahora sabía que, durante unas horas al año, justo después de las lluvias más copiosas, existía una forma de pasar hacia el resto del mundo.

3

El corazón por la hierba

Sentada dentro de casa, al resguardo de la lluvia, con una gruesa piel sobre los hombros, Alma recuerda el cambio que sufrió su vida un año antes. De pronto, se había abierto una ventana a lo desconocido. Primero Niebla y luego la canoa. Dos amplias ventanas abiertas en su aislamiento.

Ahora se dedica a espiar a sus padres a sendos lados de la hoguera.

La familia sigue en silencio. El padre, con la mano puesta en la frente de Lam, el pequeño. Su mujer, Nao, lo mira a través de las llamas. Cuando se cruzan la mirada, lo primero que aparece es la misma alegría sosegada, esa alegría que ha anidado en su casa.

Alma se imagina lo que están diciendo:

«Qué a gusto estamos –dice la madre–. Míralos.» «¿Te parece?».

Y el padre siempre sonríe en el momento adecuado. «Sí. Fíjate. Qué guapos son».

Nao consigue responder eso sin pronunciar palabra. Son sus ojos los que hablan. Ni si quiera se trata de que está orgullosa; sencillamente es que no acaba de creérselo. Y las pupilas de Nao brillan tanto que Alma ve cómo frunce un poco la nariz para contener las lágrimas.

Desde siempre, el rostro y el corazón de su madre son para Alma como las noches de verano: no basta con una vida para contar tantas estrellas. Así que, cuando las contemplas, a pesar del cansancio, vas retrasando el momento de cerrar los ojos. No puedes dormir. No quieres perderte nada de tanta belleza.

Pero, de pronto, todo se detiene. Sus padres se miran a los ojos fijamente y Alma ve cómo vuelve a subir una sombra que conoce bien. La sombra que pasa entre ellos cuando creen que nadie los está viendo, la sombra de un tremendo misterio.

«Todavía no. No digas nada».

«¿Tú crees?».

«Más tarde. Deja que lo disfrutemos un poco más».

Alma vuelve los ojos hacia sus hermanos. ¿Será ella la única que intuye ese misterio? Lo sabe desde hace tiempo: hay algo que se mantiene en equilibrio por encima de la felicidad de sus padres. A veces, el pasado vuelve a rondarlos. Alma nota entonces que están a punto de contarlo todo.

Contempla uno a uno los rostros que hay en torno al fuego y se detiene en los ojos cerrados de Lam, en los párpados tan finos como la seda. Cuando está dormido, Lam vuelve a tener la cara de la infancia. Ya no juega a ser lo que no es. A Alma le gustaría que las noches no se acabaran nunca para que siga siendo pequeñito más tiempo.

Es la última que se duerme. El resplandor de las brasas se apaga lentamente. Pero, en el momento en el que la vence el sueño, no ve que en los labios de su hermano pequeño se ha dibujado una palabra. Una pompa que estalla en silencio.

«Allá».

Los ojos de Lam se abren de golpe, como si llevara esperando ese instante desde hace mucho tiempo. Mira a su alrededor. Se suelta de los brazos de su padre y se levanta sin hacer ruido.

Al día siguiente, la lluvia ha cesado.

Alma cree que es la primera en levantarse. Piensa que es un día normal y corriente. Sale de la casa en la penumbra del fuego apagado. Se estira. Fuera, la pradera brilla un poco. Alma coge el arco y baja por un camino de hierbas aplastadas.

Unas gacelas brincadoras rebotan en la oscuridad. A Alma le gusta mucho la belleza del día flamante en el que todo vuelve a empezar, en el que el mundo se parece al animal mojado que acaba de nacer. Más abajo, el agua de la lluvia ha dejado espejos de color rosa y azul.

Ahora la luz crece a su alrededor. A Alma le llega el agua hasta los muslos cuando cruza los arroyos, rodeada de pájaros verdes casi invisibles. Al alcanzar la orilla, los pies descalzos se colorean con el rojo de la tierra.

Se detiene en lo alto de una colina debajo de la acacia de Niebla. La copa forma una meseta muy alta por encima de su cabeza.

Con la lengua entre los dientes, emite un silbido agudo. Tan agudo y tan regular que casi no se oye y que se mezcla con el sonido del viento en la hierba. Es el silbido con el que llama a Niebla. Se para. Mira la infinitud del paisaje que la rodea. El cielo está de color violeta. Muy lejos, hacia poniente, los búfalos y los elefantes aprovechan que ha escampado para retornar a tierras más altas. La tormenta nunca anda muy lejos, pero los animales se dispersan por la llanura.

Otro silbido. Alma respira despacito. Las cigarras se despiertan. Niebla no acude. ¿Dónde se habrá metido? Se acuerda de lo que la preocupaba anoche. Normalmente, cuando no la está esperando debajo del árbol, acude al primer silbido.

Se han acercado unos antílopes. Alma ha reconocido las tres líneas negras verticales que tienen justo debajo de la cola. Son unos impalas que vuelven hacia ella sus labios blancos y sus ojazos, como si supieran algo.

Alma se apoya en el árbol.

–Niebla...

Susurra:

–¿Dónde estará esta cebra tan rara?

Entonces, mira hacia abajo. A sus pies, en la hierba, hay una punta de metal negro. Alma se agacha para recogerla. Es la lanza que su padre usa para cazar. Los antílopes salen huyendo cuando Alma la empuña.

Reconoce el motivo dibujado con fuego en la madera. Una línea negra que se enrolla alrededor de la lanza como una serpiente. Su padre ha pasado la noche aquí. ¿Qué ha hecho con Niebla?

Alma corre colina abajo. Salta por encima de los riachuelos, vuelve a subir a través de los arbustos aún relucientes. Cuando desemboca otra vez en la pradera, solo los hombros y la cabeza le sobresalen entre las hierbas, con el arco largo y la punta de la lanza por encima. Arriba del todo, delante de ella, ahora ve la mole verde del sicomoro. La casa ya no queda muy lejos. Alma está deseando que Niebla aparezca en la luz de la mañana.

–¿Alma?

Alguien aparece a su espalda.

Se da la vuelta y se encuentra con su padre. Ya ha agarrado la lanza que ella llevaba en la mano. Se la enseña a su hija y habla muy bajito:

–¿Dónde está tu hermano?

–¿Quién?

–¿Dónde está Lam? Pensaba que la había cogido él.

En un instante, Alma intuye que nada ha sucedido como ella creía.

–¿No está contigo? –prosigue su padre.

–No.

Lo mira en silencio y lo entiende todo. No ha sido él quien ha dejado la lanza abandonada en la colina, junto al árbol. Ha sido Lam. Sí. Se ha despertado antes que ella. Ha ido a ver a Niebla.

–Qué susto te he dado, Alma –dice su padre sonriendo.

Ha cambiado de idioma para reconfortarla. Habla en fante, la lengua que hablaba cuando era niño.

Intenta agarrarla de la mano.

–¿Estás bien?

–Sí.

Ella ha dado media vuelta, ya se está alejando.

–¿Dónde está Lam? –pregunta su padre.

–No estoy aquí para vigilarlo.

Alma sigue subiendo sola hacia la casa. A lo lejos, ve a su hermano Sum y a su madre trabajando en el barro del campo de ñames. Ambos parecen estatuillas de barro cocido en medio de tanto verde.

La casa está vacía. Alma levanta las mantas que están dobladas al fondo, contra la pared.

–Lam… –llama.

Algunas mañanas el niño vuelve a dormirse en ese nido de pieles. Pero esta vez no hay nadie. Solo queda el aroma a humo de la noche anterior. Al salir, Alma ve unas nubes negras enrollándose por encima de su cabeza. Puede que esté lloviendo otra vez en los acantilados.

Va detrás de la casa. Se cuela entre las ramas rampantes del sicomoro. Allí, al pie del tronco, es donde su hermano pequeño oculta su tesoro: una caja de madera a la que le saca brillo con grasa negra. Alma es la única que sabe lo que contiene: dos piedras verdes, una pulsera de cuerno, una calavera de murciélago apenas tan grande como un pulgar, semillas en una bolsita de cuero y otras maravillas.

Se arrodilla, tranquilizada. Ahí está la caja, entre las raíces. Alma sonríe. Conoce a Lam. No ha podido irse sin llevársela. Toma la caja entre las manos.

La abre y, de pronto, la suelta como si quemara.

Alma se incorpora temblorosa.

La caja está vacía.

Lam se ha marchado. Ha dejado el valle. Se ha llevado el tesoro.

Y todo ha sido por su culpa. Por las historias que ha inventado para él.

En la mente de Alma todo está claro. Todo encaja, atado, firme y compacto, como siempre es la verdad.

Lam se ha marchado con Niebla, la única que conoce el camino para ir «allá».

Le baja por dentro un miedo frío, desde la garganta hasta el vientre y las piernas. El miedo se le va colando despacio debajo de la piel.

De pie entre las ramas del árbol, Alma nota que se va a caer. En el momento en que toca la tierra, le parece ver que el corazón le sale rodando por la hierba.

4

Fortaleza salvaje

Su madre la ha levantado de entre las raíces del sicomoro.

–Cariño… Alma… Lilim…

La llama «Lilim».

Nao llama a todos sus hijos «Lilim» cuando está a solas con cada uno de ellos. Es la palabra más dulce que conoce.

Ha llegado su hijo mayor, Sum. La ha ayudado a meter a Alma en casa. Se ha quedado un rato sonriendo al lado de su hermana dormida. Sum no ha pronunciado una sola palabra en toda su vida. Pero su repertorio de sonrisas es infinito.

Alma lleva horas durmiendo debajo del tejado de hierba seca. Sum ha salido corriendo a reunirse con su padre. Aunque ya es pleno día, tiene tres lámparas alrededor y el olor del aceite quemándose en las mechas.

–¿Dónde está Lam? –murmura Alma al abrir los ojos.

Nao se inclina hacia su hija.

–Tu padre y tu hermano han ido a buscarlo. Estará recorriendo la pradera. Lo traerán a casa.

–Lam…

–No tienes de qué preocuparte –dice Nao con voz seria–. Es como los dos monitos del árbol de la casa. Siempre nos creemos que han desaparecido hasta que llega el momento de poner el pan al fuego.

Nao sonríe mientras lo dice. Retoma la tarea de amasar la harina y el agua en el cuenco de madera, pero tiene ese nubarrón suyo en la frente. La sombra que Alma reconoce algunas veces. Además, habla mucho, sin parar, que es algo que no hace nunca.

–¡Espera a que huela las tortas cociéndose debajo de la ceniza y ya verás cómo cae de las ramas o sale de algún agujero!

–¿Está lloviendo? –pregunta Alma de golpe.

–No. Creo que ya ha parado hasta dentro de mucho tiempo. La tierra está llena. Ya no queda sitio para la lluvia.

Alma menea la cabeza. Mira con nerviosismo.

–Voy a levantarme.

–Descansa, Lilim. Espera aquí un rato.

Alma se incorpora dolorida.

–Ya pasó. He pasado frío y calor, pero se acabó. Mira. Estoy bien. Voy a ayudarlos a encontrar a Lam.

Nao observa a su hija, que ya se ha puesto en pie. Alma brinca pasando de un pie al otro para demostrar que el cuerpo se le sujeta solo. Pero se ve cómo le tiemblan los labios y la gotas de sudor frío le cubren la frente.

–Mira. Ya pasó. Estoy bien.

Nao no intenta detenerla. Sabe lo obstinada que es su hija.

Para los okos, la palabra *alma* significa 'libre'. Pero ese tipo de libertad no existe en ningún otro idioma. Es una palabra anómala, una libertad inexpugnable, una libertad que colma a la persona para siempre. El padre de Alma cuenta que en su tierra ese nombre podría traducirse como «marcada con el hierro candente de la libertad». Alma no entiende eso de la marca y el hierro. En el idioma de su madre, la lengua de los okos, no existe el «hierro». Solo hay palabras para lo que es importante: para nombrar el color de cada hora de la noche o el cloqueo que haces cuando una hierba te toca la oreja mientras duermes.

«Y puede que Alma y su libertad estén en lo cierto –piensa Nao, mirándola–. Sí, le vendrá mejor ir a sembrar esa fiebre por las colinas que quedarse esperando aquí».

La sigue con la mirada por la casa.

Alma coge el arco y las flechas que le han apartado a un lado. Se dirige en un primer momento hacia la puerta, pero titubea un instante y da media vuelta. Hunde la cabeza en el cuello de su madre, en el hueco que se forma encima del hombro. Se quedan abrazadas. Es lo mismo que hacen siempre, pero esta vez Alma dice con voz ahogada:

–Mamá.

–No tardes, Lilim.

Nao nota contra la piel los ojos hirviendo de su hija.

–¡No tardes o, si no, Lam se lo comerá todo!

Alma se queda un poco más en ese pliegue en el que le gusta acurrucarse desde pequeñita.

–Mamá.

Se quedan así mucho rato, sin agarrarse de la mano, porque una está sujetando el arco y la otra tiene los dedos llenos de harina de mijo. Hasta que se separan. Más tarde, aunque cada una rememorará ese momento muchas veces, ninguna podrá decir cuánto duró: un segundo o una vida.

Alma está encima del barranco que ha invadido el agua. El nivel ya ha bajado varios metros. En las paredes gotean las hojas que aún se mantienen agarradas y, por debajo de la superficie, se transparentan las ramas más altas del bosque de Espinas.

El agua baja a ojos vistas. Alma ha ido hasta allí corriendo sin detenerse. Respira deprisa, sin hacer ruido. Bordea el barranco examinando el suelo a sus pies. Se detiene.

Ahí están. Los pasos de Niebla en el barro. No cabe duda de que ha estado allí cuando dejó de llover. ¿Cómo saber si Lam iba con ella? Borra las huellas de Niebla andando por encima.

Ahora, en el barro solo quedan los pasos de Alma.

Camina por los guijarros que bajan hacia el agua. A partir de ahí, el suelo está demasiado duro para rastrear ninguna huella. No hay nada más. Tampoco ningún rastro que se dirija de vuelta al valle. El recorrido de Niebla se acaba aquí.

Alma se queda de pie en la playa. Nota cómo le palpita el corazón en la nuca, debajo de las orejas. Está mirando el lago angosto que serpentea hasta perderse a lo lejos.

¿Adónde ha ido Niebla?

El nivel del agua sigue bajando. Se distingue cada vez mejor la jungla erizada por debajo de la superficie. Dentro de una o dos horas, el valle volverá a cerrarse durante un año. La barrera de espinas surgirá de las aguas.

Alma se acerca a la pared. La canoa sigue allí, en el sepulcro de piedra. Antes de llegar había pensado que, si encontraba alguna prueba de que Lam se había marchado, la echaría al agua. Partiría en su busca a través del barranco lleno. ¿Cómo podía saber si de verdad se había ido?

Niebla los ha dejado. Pero ¿Lam? A lo mejor ya está subido a los hombros de su padre...

Sí, a lo mejor Sum y su padre por fin lo han encontrado y van caminando todos juntos de espaldas al sol. Divisan a lo lejos el sicomoro, la casa en la pradera tan verde y a la hermosa Nao delante de la puerta, con la mano por encima de los ojos para verlos mejor a la luz del atardecer. Y Nao reconoce esa silueta pequeña y negra que gesticula en los hombros de su marido. Puede que menee la cabeza mientras se dice a sí misma: «¡Pero si es Lam! Es él. Ya lo decía yo. Lo han encontrado. ¡Maldita sea la noche que nos llevó a concebir a este niño!». Y, riendo, tal vez da un manotazo en el aire para borrar la maldición. Y echa a andar, agitando muy alto ambos puños para demostrar su alegría a los que se acercan, para bendecir a los antepasados que velan por ellos. Pero también mira de vez en cuando por encima del hombro porque estaría bien que, además, Alma llegara por el otro lado para que la felicidad fuera completa.

Alma siente brevemente ese sueño que la estremece. El sueño de que todo vaya bien, de que Lam se haya subido de un brinco a los hombros de su padre, de que esté ya acurrucado en el cuello de su madre, que diría, como suele hacer:

–Aquí estás, suricato mío. Aquí estás, Lilim.

Alma se dispone a trepar por la pendiente negra y a volver a casa corriendo. Las tortas ya deben de estar tostándose al fuego. Los dos monitos del árbol acechan ese festín con las manos de color rosa prendidas de las ramas. Pero, en ese preciso instante, Alma ve una mancha azul flotando en el agua. Una isla a la deriva por encima del bosque sumergido. Es el gorro de su hermano.

Lam se ha marchado con Niebla. Está convencida. Han salido del valle los dos juntos.

En el mismo momento, con los pies hundidos en el lodo de un arroyo, el padre acaba de encontrarse con Sum.

No hay ni rastro de Lam por ninguna parte. Llevan horas buscándolo.

Ya se han repartido otra zona de caza, hacia levante, como si fuera un juego. Sum se marcha a paso ligero. Si pudiera, lanzaría breves gritos de guerra, pero de la boca jamás le ha salido sonido alguno.

Detrás de él, su padre no se ha movido. Sabe que no se trata de un juego. Mosi parece haberse vuelto de piedra en medio del arroyo. Se ha quedado mirando ante él, a lo lejos, el punto donde el acantilado se separa en dos.

«El barranco. Puede que aún quede agua en el barranco de las Espinas».

Eso es lo que se le ocurre de pronto.

Se pone en marcha en esa dirección, él solo, con el trotecillo de cazador, en línea recta. No sortea los matorrales, cruza por ellos. Nada puede detenerlo. Atraviesa los vallejos anegados. Dispersa las manadas de cebras con la lanza levantada por encima de la cabeza. No afloja el paso nunca. Y, mientras su cuerpo avanza entre las colinas, su mente se adentra poco a poco en el temor. Piensa en la determinación de Lam, ese niño dispuesto a todo. Vuelve a verle la frente tozuda de los últimos días. ¿Por qué desaparecía desde que empezaron las lluvias? ¿Por qué volvía tan cansado al atardecer? ¿Qué estaba tramando?

Mosi subió la pendiente que conduce al borde del barranco. Las cascadas habían empezado a desaparecer por todos los acantilados. Puede que allí arriba ya no hubiese agua desde hacía varios días. Eso es lo que espera Mosi con toda su alma. Le gusta cuando el valle vuelve a cerrarse y su familia queda a salvo de todo.

Pero, al llegar a la cima, ve que el agua sigue allí. Apenas un metro por encima de las primeras espinas. Lo suficiente para poder pasar.

Y, en el barro, los pasos de un niño.

Se detiene unos segundos delante del barranco.

Recuerda el día en que llegó, bajo la lluvia, hace mucho tiempo.

Nao y él recalaron allí en canoa, subieron por la playa negra. No sabían dónde se habían metido. Dos fugitivos extenuados que se habían conocido pocos días antes, pero que ya eran un solo ser.

Mosi baja hacia la abertura de la cueva donde pasaron la primera noche, hace casi veinte años. Durmieron allí los dos juntos, como náufragos en una isla. Al día siguiente, todo el barranco se había vaciado de agua. El valle se había cerrado con ellos dentro.

Mientras miraba la luz del alba, Nao dijo:

–Isaya...

Que en oko significa 'la mano'.

El valle se llamaría Isaya.

Era de día. Aún no tenían ni la menor idea de adónde habían llegado. Tenían hambre y sed. A lo lejos, un leopardo erguido en una roca los miraba salir del agujero. Pero, aquella mañana, después de todo lo que habían vivido, del mundo del que se habían escapado, Nao y Mosi sabían que sería un paraíso si el resto de su vida ya solo tuvieran que luchar contra la sed, el hambre y las fieras.

Estaban en lo cierto, porque, durante muchos años, después de construir la casa debajo del sicomoro y de que sus hijos llegaran al mundo, Isaya fue para ellos mucho mejor que el paraíso.

Ahora Mosi entra en la cueva.

Lanza un grito que quiebra los gratos recuerdos.

La canoa ya no está.

¿Quién, sino Lam, puede habérsela llevado?

El niño se ha marchado. Ha salido de la fortaleza salvaje.

5

Existir en otras partes

Nao no ha oído que su marido se acercaba, pero nota pasar su sombra tras ella cuando él entra por la puerta.

Se da la vuelta.

Mosi está a contraluz en el resplandor del atardecer. Lleva en la mano un paquete de cuero negro cubierto de tierra. Son los restos de su pasado envueltos en un abrigo y atados con un cinturón. Un paquete blando que su mujer ha querido borrar de su memoria, pero que reconoce de inmediato. Mosi enterró todo lo que llevaba encima cuando llegaron a su valle.

Nao se incorpora despacio. Distingue, por fin, el rostro del hombre a pesar del sol deslumbrante del ocaso.

–Lam se ha marchado –dice Mosi–. Ha encontrado la canoa.

Despistada, Nao se queda mirándolo, como si le hablara en un idioma desconocido.

–Si no lo alcanzo antes de que sea de noche –prosigue él–, se cerrará el paso.

Nao preferiría no entender esas palabras que le caen encima; pero ya es tarde, se le han metido en el corazón.

Marcharse significa inevitablemente dejar el valle durante un año entero. Es imposible volver antes de la próxima estación lluviosa.

–Volveré con Lam –murmura Mosi–. Diles a los niños que les encomiendo a cada uno su propia vida. Dile a Alma… ¿Dónde se ha metido Alma?

Nao sacude despacio la cabeza para decir que no lo sabe.

–Dile que le traeré a Lam de vuelta. Dile también que se quede con mi lanza.

Nao se acerca a Mosi en silencio. Le apoya la cabeza en el hombro.

–¿Y a Nao? –pregunta al cabo de un rato–. ¿Qué le voy a decir a Nao?

Otro silencio.

–¿Qué le voy a decir a Nao –insiste ella– si se despierta de esta pesadilla?

–Dile lo que ya sabe. Que cuide de los rastros de su pueblo que lleva dentro y de los hijos que la rodean. Que es más fuerte que yo. Que los mantenga vivos hasta que yo vuelva.

Nota que la cabeza de su mujer le pesa un poco más contra el hombro. Le dice:

–Comprenderá lo que significa. Conoce el secreto.

Nao cierre los ojos. Sí, lleva dentro un tesoro que no le pertenece. La memoria de su pueblo. Ella era la última superviviente de pueblo oko. Llegó hasta este valle con Mosi para mantener a salvo su memoria. Pensaba que no había nada más importante. Estaba dispuesta a todo.

Pero nacieron los niños, uno tras otro, y esta noche todo se tambalea por culpa de un fugitivo de apenas diez estaciones lluviosas.

–Uno solo de mis hijos –dice Nao– importa más que mi pueblo y nuestros secretos.

Mosi toma entre ambas manos el rostro de su mujer apoyado en su hombro. Lo sujeta ante sí. Le da un beso en los ojos y luego lo suelta con precaución, como si quisiera soltar una pompa para dejarla flotando en el aire.

Paso a paso, andando hacia atrás, Mosi se aleja de Nao. Sale de la casa. Fuera, arranca al pasar la gran tapadera redonda y trenzada que protege la boca del pozo. Se marcha con esa especie de escudo en la mano y, en la otra, el hatillo de cuero. Nao no ha tenido ánimos para salir y ver cómo se marcha el guerrero, ni de decirle a voces un último secreto. Un secreto que habría hecho que la partida fuera aún más desgarradora.

La lanza monta guardia delante de la puerta. Nao parece estar sola dentro de la casa. Pero sabe que no es así del todo. Ese es el flamante secreto que no se ha atrevido a contarle a Mosi. No está sola porque está esperando un hijo.

Mosi se mete en el agua. En algunos puntos las ramas han calado la superficie. Ha sujetado el hato a la estructura flotante de madera y mimbre. Va nadando detrás de esa balsa mientras la empuja, manteniéndose lo más horizontal que puede para no tocar los arbustos que tiene tan cerca. Los ve por debajo de su cuerpo, a través de la transparencia del agua. Cruza por ese bosque que parece ampliarse a su alrededor. Se le podría tomar por un ave extraviada que vuela muy bajo entre las copas de los árboles.

Mosi nada. No para nunca de batir los pies. De pequeño, creció en el agua de un gran río, con los fantes de la Costa del Oro, cuya vida transcurre entre el mar y los ríos. Allí, para obligarlo a salir del agua de una vez, su madre tenía que engañarlo diciéndole que le estaba creciendo una aleta azul en la espalda. Lo que pretendía era asustarlo, pero el Mosi niño, por la noche, dormía bocabajo para dejar que la aleta creciera. Por la mañana, se tocaba con la yema de los dedos esa línea, en el espinazo, como si fuera cierto.

Se está haciendo de noche. El agua parece más fría. Mosi sigue empujando la balsa.

De vez en cuando, grita el nombre de Lam y se queda quieto. Se muere por oír una voz quebrada respondiéndole.

Cuánto lamenta no haberle enseñado a nadar. Quería proteger a sus hijos, impedirles que exploraran el paso. Una vez, incluso, Mosi quemó delante de toda la familia una canoa que Sum estaba tallando a escondidas en el tronco de un árbol seco para poder pescar en un estanque repleto de carpas. El grandullón de Sum se echó a llorar y puede que los demás oyeran un sollozo diminuto, el único que jamás le saliera de la boca.

Pero, hoy, a Mosi le gustaría que sus hijos supieran nadar. Le habría gustado contarles todo lo que les había ocultado.

Poco a poco, la noche luminosa va relevando al día.

Mosi ve cómo brillan las perlas de agua en la punta de las espinas. La oscuridad se llena de sonidos. Los insectos y los murciélagos vuelan por encima del bosque renaciente.

A veces cree notar criaturas moviéndose en las profundidades, por debajo de él. Quizá haya bastado un mes de lluvias para que se instalen allí los espíritus del agua y las serpientes gigantes. Mosi se mueve lo menos posible. Da grandes rodeos para no engancharse en las zarzas.

Le gustaría detenerse y descansar flotando bocarriba, al amparo de las estrellas. Pero continúa echando una carrera

contra el tiempo. El tiempo implacable que transcurre, que vacía el agua del barranco y las fuerzas de su cuerpo.

A veces Mosi bebe el agua pura que lo rodea.

Hasta que, ya de madrugada, una corriente empieza a acompañarlo. Cuanto más avanza, más nota su presencia. Mosi se agarra a la balsa, se desliza entre las moles oscuras cuyas garras intentan retenerlo. Le dejan marcas en los hombros, los brazos, el vientre. Se desplaza deprisa. Trata de imaginarse a su hijo surcando con la canoa ese laberinto. Las paredes se van juntando, cada vez están más cerca una de la otra.

Mosi sabe de sobra dónde se arroja el agua que lo está arrastrando en la oscuridad.

Las cataratas.

Se las oye bramar a lo lejos. Se acuerda de esas cataratas por las que treparon Nao y él, hace mucho tiempo, para llegar a este pasadizo, luego al valle, y no salir de él jamás.

Intenta nadar hacia la orilla, donde las aguas están más tranquilas. Pero los remolinos siempre lo acaban llevando a los rápidos. El sonido de la catarata se vuelve más nítido. Mosi se acuerda de una roca plana, a mano izquierda: el lugar donde Nao y él echaron la canoa al agua para huir. Tiene que alcanzar esa roca para zafarse de la corriente.

Los remolinos espumean por delante de él. Mosi comprende que no podrá librarse a menos que abandone la balsa. Con una mano, empieza a desatar el petate. Hasta que, con un crujido, la balsa se empala en un rama y se detiene. Mosi arranca el hato de cuero justo a tiempo y se sumerge con él en las profundidades.

Debajo del agua, en la oscuridad, nada a ciegas. De pronto, todo está tranquilo. Sujeta el bulto abrazándose a él. Las dos piernas, pegadas entre sí, ondulan a la vez en las aguas negras. Deja que lo guíe su instinto de buceador fante.

Cuando, por fin, saca la cabeza del agua y recupera el aliento, está en una poza que borbotea suavemente. La roca plana que estaba buscando está justo encima de él. Mosi, exhausto, trepa hasta ella. Se arrastra apoyándose en los codos. Se golpea la cabeza contra el tronco de un árbol. Se incorpora y se pone de pie despacio.

Agotado, sonríe en la oscuridad. Ya le parecía a él que la madera sonaba a hueco. Respira en silencio, con los ojos cerrados. La canoa está en tierra, delante de él. Lam ha logrado cruzar el barranco. Debe de estar vivo.

Mosi vuelve a abrir los ojos. Enseguida, al inclinarse un poco, ve encima de la roca una fina capa de tierra que alguien ha removido. Vuelve a agacharse. Hay huellas en el suelo. Son las de un caballo, mezcladas con los pasos de un niño.

La canoa, el niño, el caballo.

Mosi cae de rodillas.

Durante un largo rato no logra moverse. Está pensando en los relinchos, en los gritos en torno al niño. Piensa en el corazón palpitante de Lam. Lo han cogido. Conoce de sobra ese jaleo, esos gritos que había trocado por el soplo del viento en la pradera, por los arroyos tras la lluvia: el zumbido del valle de Isaya.

Entonces, despacio, recoge el hato de cuero que no se ha separado de él. Desabrocha el cinturón, desdobla el amplio abrigo negro y extiende encima de la roca todo lo que lleva dentro: un pantalón, una casaca de color rojo oscuro con charreteras de terciopelo, unas botas, un sombrero de bordes dorados que desenrolla, un látigo de cola trenzada y dos pistolones. Y un frasco de pólvora de bronce con tapón de corcho.

Mosi se viste con las prendas empapadas. Se pone el abrigo negro y se mete en el cinto los pistolones y el látigo.

Destapa el frasco de bronce y vierte un poco de pólvora de cañón en el cuenco de la mano. Ni siquiera se ha mojado.

De golpe, el olor de la pólvora despierta al fantasma del hombre que había sido antes, hace mucho tiempo. Un hombre que olía a fragua y a cuero y que provocaba miedo y desgracias a su alrededor. Un hombre cuya vida salvó una desconocida, una mujer oko a la que él creía estar salvando.

Cuando entró en el valle, veinte años antes, pensó que enterraría a ese hombre para siempre. Pero está de nuevo de pie encima de una roca, en la oscuridad de la noche.

Dos ojos vigilan la silueta que se aleja.

Alma no ha reconocido a su padre.

Es ella la que ha recalado con la canoa en la roca, muy cerca de las huellas de Niebla, para, a continuación, desplomarse y quedarse dormida a pesar del tremendo ruido que hacen las cataratas un poco más allá.

Un presentimiento la ha despertado hace unos segundos. Una fuerza que le ha erguido el cuerpo de golpe. Alma se ha encontrado de pronto alerta, en cuclillas, con las manos apoyadas en la tierra y el arco al hombro.

Acto seguido, como un animal salvaje, ha brincado sin hacer ruido y se ha quedado agazapada entre las sombras. Apenas le ha dado tiempo a ver a un hombre con un sombrero de bordes dorados adentrarse en el matorral en el que estaba durmiendo hace un instante.

¿Qué es lo que le ha pasado? Alma aún siente la quemazón del cambio que ha sufrido su cuerpo. Mira la distancia que ha recorrido con un único salto. Le ha bastado un instante para agarrar el arco, sacar una flecha y apuntar. Ya no se mueve. Percibe la mínima presencia a su alrededor. El chirrido de dos árboles entre sí o la respiración de un racimo de pájaros mosca prendidos en un árbol, muy arriba, por encima de su cabeza. Aún oye cómo se alejan los pasos del hombre. Nota el olor de las hienas que duermen en algún agujero. No se le escapa nada.

Alma afloja lentamente la cuerda tensa del arco. De pronto sabe que tiene que desconfiar de todo. Ese instinto le ha caído encima al mismo tiempo que ese poder desconocido. Es una fuerza que la estaba esperando a la salida del valle. Una memoria nueva que le ha aparecido dentro del cuerpo.

Piensa en Lam.

¿Dónde se habrán escondido Niebla y él?

¿Y quién es ese hombre vestido de oscuro al que ha visto pasar? ¿Cuántos más habrá rondando como él fuera del valle? ¿Qué están buscando?

Comprende al fin por qué su padre la ha tenido viviendo tanto tiempo temerosa de todo lo que podría existir en otras partes.

6
Un pobre de espíritu

En ese preciso instante, ese mismo día del mes de agosto de 1786, a miles de kilómetros de allí, un muchacho de casi catorce años levanta en perfecto silencio la aldabilla del camarote de Lazare Bartholomée Gardel, capitán del buque La Dulce Amélie.

El muchacho se llama Joseph. Lo único que ha hecho ha sido meter la hoja del cuchillo en la rendija de la puerta y empujarla hacia arriba. Ya solo queda girar el mango para levantar la aldabilla de dentro y abrir. Parece demasiado fácil. Pero ¿qué marino, allí, en el puerto de Lisboa, y en todo el Atlántico, tendría la ocurrencia de allanar la cámara del capitán Gardel?

Es una estancia amplia que solo ilumina la lamparilla del corredor. El capitán ha elegido para sus aposentos la espaciosa cámara del puente de mando, en la popa. Las cortinas de las ventanas están cerradas durante la noche. Solo se oye el tictac de un relojito de péndulo que debe de estar bien sujeto en algún sitio.

La luz que ha entrado al mismo tiempo que Joseph cae de lleno ahora sobre el cuerpo del capitán acostado en la cama. Está dormido.

Joseph vuelve a cerrar la puerta y se dirige hacia él. El capitán parece tener el sueño ligero, pero los pasos del muchacho lo son aún más. El grueso cuello de encaje blanco de Lazare Gardel sigue iluminándole el rostro aunque vuelva a reinar la oscuridad.

Joseph se queda mirando ese rostro. Entre los párpados, le tiembla una línea pálida, como si los ojos amenazaran con abrirse de repente. La respiración es silenciosa. Joseph se esperaba que el terrible capitán Gardel roncase como un ogro, pero se ha encontrado con que su aliento es plácido como el de un niño. Y es que no deja de tener ciertos rasgos infantiles. La piel fina, los labios muy claros. El pelo blanco se le ondula en torno a la cara. Y algunos días se parece a un niño cruel jugando con el insecto que ha atrapado. Pero los insectos que sujeta entre los dedos siempre son seres humanos: marinos cansados, muchachas extraviadas, cautivos negros.

Joseph sabe lo que se cuenta del capitán Gardel. Piensa en los que darían cualquier cosa por estar allí, como él, con un cuchillo en el cinto, delante de ese monstruo dormido. Aun así, se resiste a lo que se le acaba de ocurrir: la tentación de vengarlos a todos. No ha ido allí desde tan lejos para eso. Cuentan con él para otra cosa.

Alarga la mano hacia un estante que hay justo detrás de la cabeza del capitán, le roza el pelo y la coronilla, coge un reloj de oro con leontina y una bolsita de terciopelo verde que están ahí colocados. Joseph se incorpora, escucha por última vez el aliento de Lazare Gardel. Luego vuelve sobre sus pasos y sale sin hacer ningún ruido. Cierra de nuevo la puerta.

Lleva el reloj y la bolsita metidos en el bolsillo.

La cubierta de La Dulce Amélie está desierta. En el muelle tampoco se oye ni un ruido. Los marinos han estado de juerga. Se han dormido. Una escala de varios días en Lisboa antes del viaje interminable, la última ocasión para gastarse la primera paga. Al volver de la taberna, con el cuerpo empapado de vino portugués, se habrán echado a dormir en cualquier parte. Por el borde de la lancha arrizada encima de Joseph asoma una pierna. En el suelo hay tirado un sombrero arrugado. Incluso el gato de a bordo parece borracho, tumbado bocarriba en un charco.

Joseph, en cambio, camina en línea recta. Sabe exactamente adónde va. En el estómago solo lleva un vaso de leche y un trozo de pan que tomó varias horas antes. Después de lo que acaba de hacer, en lugar de salir huyendo se dirige con paso tranquilo al palo mayor.

Delante, en el suelo, hay un rollo de jarcia enroscada como una boa. Joseph reconoce la escota de la vela mayor. Tiene el mismo grosor que su brazo, está nuevecita, recién alquitranada, y la colocarán al día siguiente. La han pasado por una polea en lo más alto de mástil y luego colocado en cubierta. Joseph agarra uno de los extremos. Se sienta a horcajadas en uno de los cañones de estribor para seguir con la vista el conjunto de cables, cabos y obenques tendidos por encima de él como las lianas de una jungla. Le dedica el tiempo necesario.

De pronto, sus ojos se detienen. Ha encontrado lo que buscaba. En lo más alto han izado un perroquete para prolongar el palo mayor, pero aún no está colocado. La faena se ha interrumpido durante la noche. Es justo lo que necesita Joseph, que se baja de un salto del cañón, trepa unos metros por los obenques y conecta la escota de la mayor con otra, más fina, que ha sacado de un cuadernal. Luego baja para formar un bucle en el extremo.

Joseph mete dentro los dos pies.

Aprieta el nudo en torno a los tobillos.

–Ya está –dice sonriendo–. ¡Ya está!

Vuelve a alzar la vista y comprueba que el mecanismo de su plan no está equivocado. Durante un buen rato recorre las alturas con la mirada. Repite los cálculos varias veces. Porque este muchacho de trece años y medio no está loco, aunque es lo que cabría esperar por lo que acaba de hacer y aunque lo que está a punto de suceder parezca una completa locura.

Sin sacar los pies del bucle, se acerca un poco más al mástil. Comprueba que el bolsillo derecho, donde lleva el reloj y la bolsita de terciopelo del capitán, está bien cerrado. Respira hondo, como un buceador que se dispone a saltar desde una roca.

Entonces saca el cuchillo, escoge uno de los cables tensados que suben por el mástil y lo corta de un tajo.

Desde lo alto cae, con un ruido tremendo, una pieza de madera enorme; es el perroquete que arrastra tras de sí diez metros de cabo. Las poleas crujen por encima de Joseph. De pronto, a sus pies se yergue silbando la serpiente de cáñamo negro.

Acto seguido, Joseph sube por los aires colgado por los tobillos. Se libra por los pelos de estamparse contra la lancha y sale volando cabeza abajo por encima de la cubierta.

Con los brazos apretados contra el pecho para anticiparse al impacto que va a recibir, se eleva quince metros,

como si lo aspirasen desde arriba, con un chasquido de látigo. Da un giro completo sobre sí mismo, sin soltar ni un grito, y rebota una vez en el extremo del cabo.

Dos veces.

Y una tercera vez, más flojo.

Ha vuelto el silencio. Lo único que ha pasado es que el perroquete ha caído desde varios metros de altura y ha arrastrado a Joseph por los aires por efecto de las poleas.

Hércules, el gato, se da la vuelta en el charco de ron, creyendo haber oído algo. ¿Habrá sido una pesadilla? ¿Un ratón? Pero ya se ha vuelto a dormir.

Joseph, cabeza abajo, se columpia suavemente en el vacío, bajo el cielo negro.

Todo es perfecto.

En el campanario de Santa Maria de Belém dan las tres. De pronto, Joseph piensa que, si todo sigue así, tendrá que olvidarse durante mucho tiempo de oír las campanas de una iglesia. Es quizá lo único que va a echar de menos. Las campanas y el pan caliente. Y también el viento entre las hojas. Y el frescor a la linde de los bosques en verano. La lluvia en los canalones. Es todo lo que va a añorar en adelante... Y puede que también las tejas de pizarra humeando al sol. Los pasos de un caballo en los adoquines por la noche... Quizá eche de menos todo eso. Pero nada más.

No. Nada.

Más tarde, si todo sale bien, solo quedará el graznido de los cormoranes; después, el crujido del barco en el océano, y, por último, el rumor de la selva africana. Y será solo el principio de todo lo demás.

Joseph Mars sonríe, ahí solo, en el extremo del cabo, como un pobre de espíritu.

7

Es el viento

La luz del sol se cuela por las cortinas. El capitán Gardel está de pie en su camarote, inmóvil, delante de la puerta. Mira fija y pensativamente la aldabilla levantada.

–Voto a Dios.

Con el ojo izquierdo medio pegado, se mordisquea la lengua como si fuera un caramelo.

–Voto a Dios y a la Virgen.

Gardel acaba de despertarse. Está seguro de que la noche anterior había dejado la aldabilla bajada.

–Voto a Dios y a la Virgen y a...

Está a punto de darse la vuelta para examinar la cámara cuando en la puerta retumban tres golpes bruscos. ¿Quién es el osado?

El capitán abre de par en par.

–Capitán...

Ante él, Vaugelende, el segundo de a bordo, está muy pálido. Tanto por haber trasnochado como por lo que acaba de encontrarse.

–Capitán, venga a ver.

Gardel no se mueve.

–Venga a ver los obenques del palo mayor.

Con amplio ademán, el capitán aparta a Vaugelende y sale del camarote. Sube doce peldaños y desemboca en el alcázar, inundado de sol. Con la mano abierta delante de los ojos, espera el tiempo necesario para acostumbrarse a la claridad matutina.

A su alrededor, en cubierta, sentados en las vergas o agarrados a las escalas anudadas entre los obenques, una treintena de marineros tiene los ojos vueltos hacia el cielo. Ni siquiera han visto llegar al capitán. Gardel echa la cabeza hacia atrás para seguir su mirada. Y es entonces cuando ve a Joseph, vestido de azul contra el cielo blanco, como una gota de agua que pende del extremo de un hilo.

Dos gaviotas le pasan muy cerca.

–¿De dónde ha salido? –farfulla el capitán.

–Estaba ahí.

–Pregunto dónde lo habéis pescado.

–No lo hemos pescado, se ha colgado él solo.

–¿Por los pies?

–Sí.

–¿Quién es?

–Nadie lo sabe. Tendrá unos trece años. O catorce.

–¿Y qué? –pregunta el capitán.

–Que no pesa mucho. Puede que haya sido el viento –sugiere un marinero a quien sus vecinos mandan callar con codazos en las costillas.

El capitán vuelve a chupetearse la lengua. Se coloca la mano derecha de visera y alza la vista más arriba. Está mirando la punta del mástil con los ojos guiñados.

–Que llamen a Poussin –dice a continuación.

Vaugelende se da la vuelta y grita:

–Que llamen a Poussin.

Se oye cómo los «¡Poussin!, ¡Poussin!» recorren la muchedumbre de marineros.

Un hombre se inclina hacia una trampilla que se abre en la cubierta inferior. Vocea a su vez:

–¡Poussin!

Y luego, alzando la barbilla, dice:

–Ya viene.

En las alturas, el muchacho parece estar tranquilo. Cabeza abajo, sonríe cuando algún ave le pasa cerca. De vez en cuando, se barre con la mano una pluma invisible de la chaqueta.

Al fin, el rostro de Poussin aparece en la escotilla. Sube a pulso a la cubierta. No es muy alto, pero tiene los hombros tan anchos como toneles y unas manos en las que podrían desaparecer una o dos gallinas de las que andan picoteando en la popa del barco. Mientras se acerca al capitán, echa un vistazo al muchacho que cuelga de los pies y otro a lo alto del mástil.

A Jacques Poussin no parece sorprenderlo el espectáculo. En una vida entera de carpintero, ha visto toda clase de cosas. Una vez, en un navío holandés, una de las velas se desgarró y se llevó volando a un grumete, sujeto tan solo con un hilo. El chico estuvo dos días siguiendo la nave por los aires, como una cometa, hasta que paró el viento.

Cuando tienes recuerdos como ese por docenas, no te impresiona demasiado encontrarte a un muchacho colgando de los obenques.

–¿Qué ha pasado ahí arriba? –le pregunta el capitán a Poussin.

–Es el perroquete. Se habrá soltado un cable.

–¿Y a usted eso le parece normal? –pregunta Gardel.

–En plena tempestad, con las olas subiendo más alto que las aves, podría pasar…

–¿Pero…?

–Pero en el mes de agosto, en un puerto protegido, en aguas lisas como una loncha de jamón, es imposible.

Gardel alza una ceja.

–¿Una loncha de jamón?

–Sí.

–¿Imposible?

–Sí.

–Y, aun así, ha pasado.

–En efecto.

Observa cómo Poussin encoge tranquilamente los hombros de luchador.

–Dígame, Poussin –prosigue el capitán–: si no es usted capaz de evitar que pase lo que no puede pasar, ¿qué puedo esperar de usted para todo lo que va a pasar irremediablemente?

Poussin, cruzado de brazos, no contesta. Gardel sintetiza lo ya dicho:

–Resumiendo: ¿puede decirme para qué me sirve usted?

–Para nada –contesta el carpintero–. De momento, no le sirvo para nada.

–¿Disculpe?

–Llegué ayer. Me he pasado la noche en la bodega calando los toneles de carne seca para que no rueden. Pero nada más. Le recuerdo que mi compañero carpintero Bassompierre, que botó este barco, y uno de sus hombres murieron accidentalmente en La Rochelle justo antes de zarpar y es un milagro que ayer me encontrara a mí en Lisboa para sustituirlo.

–¿Un milagro?

–Un milagro –repite Poussin con modestia.

–¿Un milagro?

–Tan milagroso, capitán, que yo de usted lo consideraría sospechoso.

Gardel sorbe por la nariz. Ese hombre acaba de embarcar y ya le parece irritante. No le importaría tirarlo al puerto con dos balas de cañón de doce libras cosidas a la camisa.

Pero también sabe que un buen carpintero es el hombre más valioso de a bordo. En mitad del océano, Gardel estaría dispuesto a sacrificar a diez hombres para mantener vivo al carpintero. Porque ¿de qué sirve una buena tripulación y una fortuna en mercancía si el barco está durmiendo en el fondo del mar y los bancos de sardinas o de peces payaso se pasean por el entrepuente?

Vaugelende, el segundo de a bordo, que no le ha quitado ojo a Joseph, sigue sin entenderlo. Bizquea un poco. Solo le queda un ojo desde que una polea le golpeó la cara. Las poleas que van volando durante las maniobras son tan peligrosas que se las llama cariñosamente «las enviudadoras».

–De modo que el chico, que debía de estar enredando por cubierta, ¿se enganchó los pies en la escota de la mayor en el mismo momento en que el perroquete se cayó desde ahí arriba?

–Ni más ni menos –contesta Poussin.

–Increíble –dice Vaugelende.

–Sí, increíble, es exactamente lo que he dicho.

–Que lo bajen –dice Gardel.

Vaugelende da un respingo. ¿Bajarlo?

–Eso he dicho: que lo bajen del mástil. Y luego, ¡que lo echen a la policía del puerto, por todos los ballestrinques! No me gustan los merodeadores. Que todo el mundo vuelva al trabajo.

Eso es lo que le preocupa a Gardel. La escala en Lisboa ya ha durado demasiado. En La Rochelle perdieron tres días por culpa de la extraña muerte del carpintero Bassompierre y su aprendiz. El capitán tiene miedo a las deserciones. Mientras sigan en las costas europeas, algunos marineros aún pueden dejarlo en la estacada. Los ha reclutado uno a uno con todas las artimañas posibles. No puede dejarlos escapar.

–Dese prisa, Vaugelende. Nos vamos.

Poussin se despide y se aleja.

En el momento en que el capitán se gira para volver al camarote, y justo antes de que la muchedumbre de marineros empiece a dispersarse, se oye como una leve explosión metálica en el suelo.

Gardel se queda quieto.

Al chico de ahí arriba se le acaba de escurrir de la ropa un objeto que baja en caída libre y perfecto silencio y se hace añicos a sus pies.

Un marino grandullón corre a mirar.

Vaugelende se acerca a la barandilla. Grita:

–¿Qué es eso?

Silencio.

–¡Es el reloj del capitán!

El rostro de Gardel, medio vuelto hacia la popa, se inmoviliza.

–¿Qué ha dicho? –pregunta.

–Es su reloj, capitán.

Pero el marinero puntualiza:

–¡Era su reloj!

En efecto, el objeto que el hombre tiene en la mano ya no parece un reloj, sino una especie de pastillero lleno de chatarra y cristales rotos.

Gardel baja hasta él por una escalerilla que hay apoyada contra la barandilla del alcázar. Le arranca el reloj y mira de cerca las inscripciones que lleva en la caja. Sí, se trata del suyo. Es el reloj de oro que compró hace casi veinticinco años, después de su primer viaje a la costa de Guinea. Aquel del que no se separa nunca. Sus iniciales figuran en la tapa, escritas en caligrafía inglesa de gran tamaño.

Lazare Batholomée Gardel ha recorrido diecisiete veces la ruta triangular en torno al Atlántico transportando miles de cautivos y toneladas de mercancías. Una longevidad excepcional en su oficio. El reloj ha sobrevivido a tempestades, motines, piratas, saqueos, guerras y a los ladrones de los muelles de Nantes, Kingston o Bristol. Y hete aquí que un renacuajo de trece años colgado de un anzuelo acaba de romperlo en tantos pedacitos como islitas minúsculas hay en el Caribe.

Gardel, con los ojos cerrados, ni siquiera ha alzado la cabeza hacia Joseph. Aprieta el puño en torno a lo que queda del reloj. Toda la tripulación presencia la escena, como quien contempla un incendio cuando ya es demasiado tarde para tratar de apagarlo.

Entonces, como si no fuera suficiente, un segundo objeto se escurre de la ropa de Joseph. Es más ligero, parece que cae menos deprisa, revoloteando. Esquiva por poco la lancha arrizada encima de la cubierta. Y a todos les da tiempo a ir siguiéndolo, a cámara lenta, expectantes. Todos menos

Gardel, que no abre los ojos hasta el instante en que toca el suelo, exactamente a sus pies. La bolsita de terciopelo se abre y por la cubierta salen rodando varias piedrecitas blancas.

Esta vez, de la tripulación sube un rumor de voces. Una palabra empieza a circular entre los marinos. Resulta imposible saber quién la ha dicho primero, pero es una de esas palabras que no puedes oír sin que te entren ganas de repetirla. Una palabra que todos esos hombres, que nunca han sido dueños más que de un coy, un cuchillo y unos calzones de dril, pronuncian solemnemente para tener la sensación de adueñársela un poco: «diamantes».

Sí, lo que se ha desparramado por las tablas de cubierta, delante de Gardel, parecen diamantes.

Cada vez que dicen esa palabra, los marineros dan un paso hacia la bolsita y el charquito de piedras brillantes.

Gardel se tira al suelo y empieza a recoger su tesoro. La tripulación retrocede. Nadie ha visto nunca a Lazare Bartholomée Gardel en semejante estado. A cuatro patas, y con la frente pegada al suelo, recoge una a una las piedras desperdigadas. Solo se le ve el moñito blanco pegado al cuello y los faldones de la casaca barriendo la cubierta. Cuenta una y otra vez su tesoro en la bolsa de terciopelo. Por fin, se pone de pie, colorado y sudoroso.

–Son míos –farfulla–. Me los ha robado, son míos.

Gardel se fija entonces en cómo lo están mirando sus hombres. Algo ha cambiado en ellos. Donde solo había miedo, ahora nota cómo van creciendo el desprecio y la envidia.

Irreconocible, Gardel ordena:

–Aparejad el buque, nos vamos.

Vaugelende se le acerca.

–¿Ya no vamos a entregar al chico a la policía?

–No. Enciérrelo atrás.

–¿Nos lo llevamos? Creía que no quería tener grumetes a bordo nunca más –dice Vaugelende mientras los hombres se dispersan, al fin.

Gardel no contesta aún. Aprieta los dientes.

En efecto, hace mucho tiempo que no enrola a niños. Y no es ni por ética ni por compasión. Sencillamente, ha notado que los grumetes caen enfermos en cuanto se acercan a África y ya no sirven para nada. Pero esos críos son de lo más resistente y no se mueren por muy mal que estén. Siguen saliendo muy caros en agua potable y en rancho. Los marineros viejos, al menos, tienen la cortesía de no aguantar tanto cuando pillan unas fiebres.

–Entonces, ¿qué, capitán? ¿Se queda con él?

–¿Quién le ha dicho que me voy a quedar con él? Solo le he pedido que lo encierre debajo de mi camarote. Dese prisa, Vaugelende, hay que zarpar ya.

Echa una ojeada a las nubes que, de pronto, surcan rápidamente las alturas.

–No soy yo quien lo ordena, es el viento.

8

El aroma de los tesoros

Visto por detrás, La Dulce Amélie no parece un buque, sino una posada pequeñita colocada en el agua, con su linterna y su terraza. Es la popa del barco. Todo en ella es luminoso y refinado: las elevadas ventanas de los aposentos del capitán y el nombre del barco escrito con letras de madera pintadas de rojo, las columnas falsas labradas entre las ventanas con travesaños. Casi se echan en falta unas jardineras de geranios o capuchinas y la ropa menuda tendida en la terraza.

Justo debajo del camarote se aprecian otras dos ventanas cerradas con postigos. En cada uno de ellos se abre un vano del tamaño de un naipe para ventilar esa cámara oscura situada por debajo del suelo del capitán. Sin embargo, los últimos días del verano están siendo tan calurosos que las aberturas no ventilan apenas nada. No más que el agujero de un ratón en un horno de pan. Esa mañana, a Joseph, que está encerrado con doble vuelta en la estancia, al menos le permiten pegar un oído o un ojo para enterarse de lo que está pasando a bordo.

Lo han arrojado allí. Le han confiscado la chaqueta, el chaleco y la camisa. Apoya el hombro desnudo contra la reja de la ventana y escucha el rumor del navío.

Al principio, se oyen los gritos de los hombres que están reparando la arboladura, los mazazos y las ruidosas maniobras de carga de las reservas de agua y los fardos de tejidos o productos frescos. A Joseph le llega a través de las tablas del suelo el olor de los sacos de tabaco malo que acaban de comprar a los barcos brasileños que hacen escala en Lisboa.

Intuye los últimos preparativos arriba del todo, los gritos de los gavieros subidos a las vergas de los mástiles esforzándose para izar las velas y el bote pequeñito con el que gimen las poleas cuando lo suben a la popa. Joseph llega incluso a ver la sombra del bote pasando por delante de los postigos. El casco empapado debe de estar ahora goteando mientras se balancea por encima de la linterna.

Hasta que, por fin, resuenan las dos palabras. Aquellas con las que todo comienza:

–¡Largad amarras!

Entonces Joseph nota el movimiento de la nave. Esa deriva lenta que la aparta del muelle. Acerca el ojo a la abertura para ver cómo se aleja la costa. Observa la multitud de barcos de pesca que circulan por la desembocadura del río, hasta que el agua se vuelve más oscura a la par que más azul: ¡el océano! Logra sacar una mano fuera para notar algunas salpicaduras. Solo entonces, cuando está seguro de haber zarpado, cuando puede lamerse la sal de los dedos, se tira al suelo y se queda dormido.

–Bueno, y ahora ¿qué hacemos?

Los dos postigos están abiertos de par en par. El capitán Gardel, sentado en una caja, está mirando al muchacho que acaba de abrir los ojos.

–¿Eh? ¿Qué hacemos ahora? –repite Gardel regodeándose.

Joseph se espabila. No sabe cuánto tiempo ha estado durmiendo, pero sí que se lo va a jugar todo en los próximos instantes.

–¿Dónde está mi chaqueta? –pregunta con voz soñolienta–. ¿Qué han hecho con mis cosas?

Gardel sonríe.

–Ya no las vas a necesitar.

–¿Por qué? ¿Adónde vamos?

La sonrisa del capitán se resquebraja un poco. Gardel no está acostumbrado a no asustar. Le resulta extraño. Ese niño no sabe la que le espera.

–Lo siento por ti –dice el capitán–. Anoche te colaste en el camarote equivocado.

–Diecisiete diamantes y un reloj de oro. Yo no diría que era el camarote equivocado. No me quejo. Otros lo único que tienen entre sus cosas es una pipa mordisqueada.

De no ser por que los portillos tienen rejas, Gardel ya lo habría tirado por la borda. Y eso que tenía previsto alcanzar aguas más cálidas para que los tiburones también pudieran unirse a la fiesta.

–Quiero mi chaqueta azul –refunfuña Joseph como un niño caprichoso.

–Olvídate de ella. A bordo no hay nadie a quien le sirva porque tienes el tamaño de un camarón. La usarán para taponar los cañones. ¿Sabes nadar?

–Los auténticos marinos no saben nadar –dice Joseph–. Trae mala suerte. Devuélvame la chaqueta. Es un recuerdo. Puedo trabajar para pagarle el reloj.

–Tardarías veinte años en ganar lo suficiente.

–Tengo tiempo. No tengo nada que hacer. Pero encuéntreme la chaqueta. Ya le he dicho que es un recuerdo.

Y, mientras vuelve a pronunciar de nuevo estas palabras, Joseph ve pasar por los ojos del capitán un relámpago de curiosidad. A Gardel se le acaba de ocurrir algo. De hecho, se pone de pie, da tres pasos hacia Joseph, que está sentado en el suelo, y se lo queda mirando.

–Un recuerdo... –repite Gardel pensativo.

Da media vuelta. Joseph oye cómo se alejan los pasos del hombre y, luego, la puerta y los tres cerrojos que se cierran a su espalda.

En lo alto del alcázar, el capitán se acerca a la rueda del timón. Hacen falta dos hombres sujetándola con las dos manos para mantener el rumbo. La brújula de grandes dimensiones que tienen delante indica que se dirigen al sudeste. El viento sopla fuerte. La mar está picada. A Gardel le gusta cuando la nave se escora y va tan rápido que levanta una espuma blanca en el agua. Los pilotos viran ampliamente contra el viento para hundirse en el hueco de las olas y luego vuelven a enderezar la rueda y trepan hasta la cresta. A veces los golpes de mar arrasan la cubierta y los dos pobres lechones que están atados a la jaula de las gallinas en la popa chillan, mareados.

Vaugelende, el segundo de a bordo, por fin ha logrado orientar las velas mayores. Gardel sabe que el viaje que acaban de emprender es esencialmente una cuestión de velocidad. Cuanto menos dure, más rentable será. Los marineros, la mercancía, los víveres y la nave: todo se deteriora con el tiempo. Incluso el capitán es perecedero. Por cada día que pasa, pues, se pierde dinero. Lazare Gardel ha basado su reputación en la velocidad.

Cuando tres meses antes Ferdinand Bassac, el mayor comerciante de La Rochelle, lo contrató por cuarta vez para capitanear uno de sus barcos, se reunieron para firmar el contrato en la calle de L'Escale, donde se encuentra el palacete de Bassac, la deliciosa residencia del armador.

Era domingo. El palillero de metal estaba colocado en el escritorio, al lado del contrato. Se oía un piano en las plantas superiores. Mientras revolvía el chocolate en la taza, Bassac preguntó:

–¿Cuál es su secreto, capitán?

–¿Qué secreto?

–En el último viaje solo tardó trece meses, incluyendo el tiempo que pasó en África y en nuestras islas... Y eso que había zarpado de Ámsterdam.

Gardel esperó un ratito y contestó en tono confidencial:

–Sé qué es lo que frena el barco, señor Bassac... Basta con no llevar a bordo ni un solo gramo.

–¿Ni un solo gramo de qué, Gardel?

El capitán se demoraba en contestar. El joven Saint-Ange, el contable del armador, estaba de pie, algo apartado. Un herrerillo se posó en la ventana abierta. El aire templado de mayo se colaba en la habitación junto con el olor a lilas y a galletas recién hechas.

–¿Ni un solo gramo de qué? –repitió Bassac muy emocionado.

–De algo más peligroso que los parásitos o las ratas que pudren el casco. Algo temible. Hay que acabar con ello al menor indicio.

–¿Y ese algo es...? –pregunta Bassac–. ¿Es...?

Gardel contesta entre dientes:

–La humanidad.

En ese momento, el contable Saint-Ange dio un respingo en su rincón. El herrerillo salió volando. El propio Ferdinand Bassac sintió un escalofrío. Volvió la cabeza hacia la puerta que se abría entre las colecciones de libros, temiendo que su querida hija, un visitante, una doncella o cualquier ser humano hubiese oído esas palabras que casaban tan mal con la madera barnizada del despacho, el aroma del jardín y todos los filósofos de gran corazón que abundaban en la biblioteca.

Aun así, Bassac y el contable trataron de reírse del ingenioso comentario, pero Gardel no los acompañó. Permaneció impasible.

Entonces, Ferdinand Bassac atrajo hacia sí, temblando, la última página del contrato. La firmó con sus iniciales. La plumilla casi rasgó el papel.

Mientras mira el horizonte debajo de las velas, el capitán Gardel piensa en la chocolaterita de plata que vierte el líquido espumoso y humeante, el sonido del azúcar al aplastarlo en el fondo de la taza... Piensa en los zapatos con cintas y en las manos demasiado blancas de Bassac, en los lacayos por los corredores. Piensa en la hija del armador, Amélie, una criatura de catorce años con la que se había cruzado en la escalinata de la fachada cuando se iba. Intentó saludarla.

–Señorita...

Recuerda el restallar altanero del vestido al pasar ella muy cerca de él sin inclinarse.

Un día, Gardel se convertirá en armador. Gobernará los barcos sin moverse del sillón. Será el rival de Bassac y de los demás. Los dominará a todos. Lleva veinte años ahorrando para eso. Pero le sigue faltando dinero. Mucho dinero. A veces, la impaciencia lo despierta de madrugada, sudoroso.

De momento, es el capitán de La Dulce Amélie. El único amo y señor a bordo durante muchos meses. Delante de él, un joven baja de un salto del mástil a la cubierta. Gardel lo detiene con un ademán.

–Encuéntrame la ropa del chico.

–¿De quién? –pregunta el muchacho, jadeante.

–Del desvalijador de Lisboa. ¿Dónde están su chaqueta y su camisa?

–El cocinero las ganó en una partida.

–¡Te digo que me las traigas ahora mismo!

¿A qué obedecía esa corazonada? Algunos hombres tienen un olfato especial que les hace levantar la nariz cuando notan, donde quiera que sea, el aroma de los tesoros.

9
El pirata de las mil cabezas

El marinero al que se acaba de dirigir Gardel se llama Abel Bonhomme. Tiene diecinueve años. Se sonroja por el honor que acaban de hacerle: ¡ha recibido una orden directa del capitán! Porque Abel es un recién llegado al barco. Nunca ha navegado más allá del río de su infancia, donde atrapaba ranas con el sombrero. Forma parte de los que aún tienen paja y heno en el pelo.

Desde siempre, ha tenido mala suerte para todo. Un hogar pobre, una granja que se vendió por mil libras al morir sus padres cuando tenía doce años, algunas tonterías que hizo para consolarse, ni escuela ni dinero y, como único consuelo, dos hermanas a las que adora y que viven de una vaca y dos cabras detrás de las dunas de la isla de Re.

Aun así, siente que desde hace unos días su vida está cambiando… Primero fueron aquellos hombres de la posada del Gato Rojo, al alba. Unos caballeros que deciden saldar las deudas de bebida y de juego de Abel en un momento en que tiene los bolsillos vacíos y el posadero amenaza con mandarlo encerrar.

Un milagro. Los hombres le hablan con mucha amabilidad y poniéndole la mano en el hombro. Abroncan al posadero y le afean no saber distinguir a la gente honrada.

Le dicen a Bonhomme que tiene pinta de ser un chicarrón fuerte. Están convencidos de que le están esperando grandes cosas.

–Se te nota... Es algo en la mirada. Tú tienes ambición, hijo.

Lo único que tiene que hacer es firmar ahí, al pie de la página. Se lo pagarán todo y también le ofrecen un trabajo y la promesa de ir al fin del mundo...

–¿Nunca has soñado con viajar, Abel Bonhomme?

Si firma enseguida, le invitan a la última ronda para celebrar su nueva vida. Al fin, todo será posible.

Abel Bonhomme firma. Les da besos con lágrimas en los ojos. Se ha enrolado. Recibe sobre la marcha veinte monedas de plata. Las oye tintinear a cada paso en el bolsillo del chaleco.

Y al cabo de una hora descubre el barco, más grande y más alto que la iglesia de su pueblo. Es muy temprano, pero en el muelle de La Rochelle ya hay gente mirando. Bonhomme no puede creerse que esa maravilla sea para él. Le da vueltas la cabeza cuando alza la vista hacia los tres mástiles engalanados. Le prestan un coy para colgarlo en proa. Le dicen que zarpan dentro de dos horas. ¿Tan pronto? No le da tiempo a ir a despedirse de sus hermanas, pero lo ayudan a imaginarse lo orgullosas que se sentirán el día en el que vuelva con los brazos cargados de regalos...

Y, sin más demora, con el sol a la espalda, La Dulce Amélie se hace a la mar, aparta la espuma radiante de la mañana como una dama vestida de blanco surcando un trigal.

Claro está, Abel Bonhomme se pone malo durante el trayecto de La Rochelle a Lisboa. Un mareo de muerte en el golfo de Vizcaya. Seguramente por eso se ha acordado tanto de sus hermanas, la vaca y las cabritas en las dunas. Por eso se ha sonado tanto los mocos, escondido en el coy colgado en el castillo. Pero ahora empieza el verdadero viaje, a lo grande, y el capitán ya le ha encomendado una misión.

Todo resulta posible.

Encima del caldero de la tripulación hay una marmita de agua hirviendo. El cocinero añade repollos que corta en cuartos con una hachuela sujetándolos en la mano. No parece darse cuenta de que está en un buque que navega a toda velocidad en medio de un fuerte oleaje. Abel Bonhomme se le acerca.

–Me manda el capitán.

–¿Cómo te llamas?

–Abel Bonhomme.

El cocinero es negro. Habla con un tremendo acento inglés. Cuando sonríe, las mejillas se le inflan de golpe, como las de las ranas cantoras en época de celo.

–¿Eres del interior, Bonhomme?

–¿De dónde?

–Del interior.

–Sí, es mi primera vez.

–Gato Rojo o Albatros.

–¿Cómo?

–Que si te sacaron del Gato Rojo o de la taberna del Albatros.

Bonhomme sonríe, convencido de que su historia es tan bonita que ya la están contando por ahí.

–Del Gato Rojo. ¿Cómo lo sabe?

–Para mí, la primera vez fue en The Old Tower, en Liverpool. En una calle tan estrecha que ni dos ratas se pueden cruzar sin pisarse.

El cocinero se ríe a carcajadas.

–Igual que tú: tenía la cabeza vacía y los bolsillos también.

Suelta la hachuela, se seca las manos mojadas y se pone de pie.

–Bonhomme, yo soy Cook.

Le alarga el codo derecho, como hacen siempre los cocineros para saludar, y Abel se lo estrecha torpemente.

–Hola, Cook.

La voz agradable, el acento inglés, la mirada franca de Cook... Todo ello contribuye a que Abel Bonhomme ni siquiera entienda que lo que le acaba de decir es que en La Rochelle le tendieron una trampa y que a la mitad de la tripulación la enrolaron igual que a él, valiéndose de ardides, las deudas o la desesperación. Porque ¿quién haría de forma voluntaria semejante viaje?

Cook se lo queda mirando fijamente.

–¿Qué es lo que quieres?

–El capitán está buscando la ropa del ladronzuelo –explica Abel–. La necesita.

–¿Para qué?

Abel se encoge de hombros. No lo sabe. Lo único que hace es obedecer, nada más.

–Esa ropa se la gané a los dados a Rolando –dice Cook.

–Lo sé. Yo estaba allí.

Cook hace como que se lo piensa un momento, pero no tiene la menor duda de lo que le va a tocar hacer. Conoce de sobra al capitán.

–Cógela –dice Cook–. Es el hato azul que está al lado de la leña, pegada al caldero.

Abel agarra el lío de ropa y se lo mete debajo del brazo.

–De todas formas –sigue diciendo Cook–, he intentado embutirme en ella y no hay manera. Conmigo dentro ni siquiera parece una chaqueta, sino un guante.

Abel le echa una ojeada al cocinero y sonríe.

–¿Un qué?

–Un guante.

Cook también sonríe. No está gordo, pero sí rollizo como un pollo de los domingos. Harían falta tres chaquetas como esa para cubrirlo del todo.

–Espera, chico, ¿qué estás haciendo?

–Voy arriba a ver al capitán.

Abel se ha parado en seco. Cook se ha interpuesto en su camino.

–¿Y el pescado?

–¿Qué pescado?

Abel Bonhomme nota entonces que algo le rebulle debajo del brazo. Desenreda la ropa y se encuentra con dos doradas. Con el roce, las escamas han formado un nido plateado en la chaqueta. Cook recoge el pescado. Se mete cada pez en un bolsillo del delantal.

–Es para la cena de los oficiales. Hay que aprovechar la comida fresca. Durante la travesía no se pesca casi nada. Dentro de un mes, estaremos rezando para que una gaviota se caiga en la olla y añada un poco de chicha a la sopa.

El olor a pescado inunda el camarote del capitán.

Gardel ha extendido encima de la litera la ropa que le ha llevado el marinero. Una camisa de paño de algodón, un chaleco y una chaqueta azul. Acaba de registrar todos los bolsillos. Nada.

Lo único que ha encontrado en el chaleco es un carrete de hilo hecho con un tapón. En el corcho había clavada una aguja. Gardel deambula por el camarote. Habría jurado que tendrían monedas de oro cosidas por algún lado. Y el carrete de hilo era prometedor.

El capitán vuelve a palpar los forros y los dobladillos. La tela es gruesa, casi acartonada. No hay monedas ni joyas ni perlas ocultas en las mangas. Pero, eso sí, por todas partes, ese olor a lonja. ¿Por qué esas prendas huelen tanto a pescado?

Agarra una última vez la chaqueta, la abre con ambas manos delante de la ventana y respira hondo. En efecto, el olor viene de ahí. La tela está empapada de agua de mar. Se ven incluso rastros de escamas blancas.

Gardel mete las narices en el cuello. Y abre los ojos de par en par. En el lugar donde la tela está más mojada, hacia el hombro derecho, se insinúan unas manchitas negras.

Entonces, el capitán coge una navaja de afeitar que hay encima de la mesa y empieza a recortar las costuras en torno a la hombrera. Una auténtica tarea de sastre. De niño, Lazare Gardel hizo sus pinitos con el maestro velero de una goleta real. Se dedicaba a coser las velas de a bordo mientras los demás se mataban unos a otros en cubierta. De esa época aún conserva el dominio del viento, el alunamiento de las velas y el manejo de la navaja de afeitar.

En pocos movimientos, Gardel ha desmontado la parte superior de la chaqueta. Despega el forro. Se le iluminan los ojos. Metida en el grosor de la tela, hay una hoja de papel manchada de negro y doblada por la mitad.

El capitán la sujeta con ambas manos.

En ese momento, debía de pensar que iba a encontrarse con la carta de una novia, el testamento de un padre anciano o la dirección de una prima a quien entregar las pertenencias del chico si al final se moría. Es lo que se suele encontrar en la ropa de los marinos. Pero Lazare Bartholomée Gardel se conocía bien a sí mismo. Sabía que, si la intuición lo había guiado hasta allí, no era por una estampa piadosa o el retrato de una muchacha.

Desdobla el papel. La tinta se ha emborronado un poco. Ha desteñido la tela de la chaqueta. El pergamino es legible, pero resulta de lo más misterioso.

Gardel se chupetea la lengua y entorna los párpados para leer mejor.

Un poco perdida en medio de la hoja blanca hay dibujada una cabeza de toro. Los extremos de los cuernos casi se tocan por arriba. La encuadran cuatro flechas que marcan el Norte, el Sur, el Este y el Oeste. Una rosa de los vientos en forma de cabeza de toro. Pero las cuatro direcciones están invertidas. El norte está apuntando hacia abajo.

Desde el medio círculo que queda en blanco entre los cuernos, nos mira una calaverita muy rara.

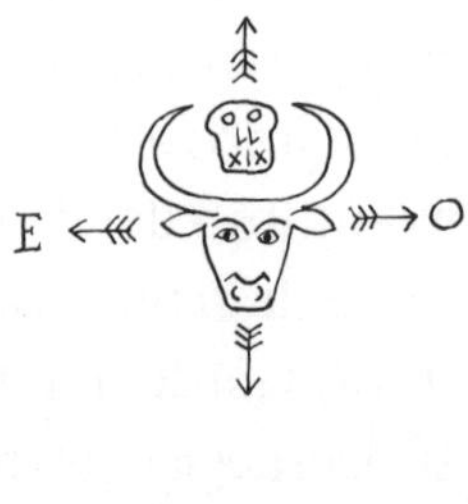

Gardel suelta un gruñido de perplejidad. Abajo del todo también hay tres líneas que ha deteriorado el agua de mar.

En la primera se alinean una sucesión de letras medio borradas; solo las últimas resultan legibles:

... ET-NAV-REX

Inmediatamente debajo hay dos palabras en inglés: *Help yourself,* «Ayúdate a ti mismo».

La tercera línea está muy borrada. Parece una firma. Gardel se acerca a la ventana por la que entra horizontalmente la luz vespertina. Descubre un nombre en el papel, una firma insolente muy decorada con arabescos negros: Luc de Lerne.

A Lazare Bartholomée Gardel le flojean las piernas.

Va dando tumbos hacia la alcoba donde se encuentra su litera. Se sienta.

El papel le tiembla entre las manos.

Ha reconocido en ese pergamino uno de los enigmas que dejan tras de sí los piratas antes de morir. La senda misteriosa que lleva a su botín. Pero Gardel tiene delante la firma del más legendario y el más acaudalado de todos. Un nombre que obsesionará a Gardel durante interminables noches en blanco: Luc de Lerne, el pirata de las mil cabezas.

10

En una cuerda floja

Es de madrugada. La lámpara del carpintero ilumina la cámara donde está encerrado Joseph Mars. Al entrar, Jacques Poussin ha saludado a Joseph como si no esperara encontrárselo allí.

Poussin ha dejado a Abel Bonhomme montando guardia delante de la puerta y está tomando medidas con una talla. Fuera, el viento y el oleaje han amainado. La nave se desliza por una noche en calma.

–¿Qué está haciendo? –pregunta Joseph tras un prolongado silencio.

–Estoy calculando cuánta madera voy a necesitar.

En realidad, tendría que haber empezado a trabajar en el otro extremo del barco, pero siente curiosidad por ese muchacho que apareció colgado de la arboladura de forma inexplicable, como un murciélago con los bolsillos repletos de diamantes.

–¿Que va a necesitar para qué? –pregunta Joseph.

–No es asunto tuyo.

–Le he oído contar que el anterior carpintero ha muerto...

Esta vez, Poussin se detiene. Mira a Joseph, que está sentado en el suelo con las rodillas entre los brazos.

–Sí –contesta Poussin–. Se murió unos días antes de la partida. Se llamaba Clément Bassompierre. A él y a su aprendiz se los encontraron en el puerto de La Rochelle.

–¿Su aprendiz?

–Su aprendiz de quince años.

Poussin se pone en cuclillas, suelta la lámpara, levanta el cristal y se dispone a cortar la mecha sin apagarla.

–Debieron de trabajar muy duro. Sé lo que es. No es un barco nuevo. Repasaron toda la armazón, cambiaron los mástiles, las vergas, el suelo del sollado. Incluso forraron el casco entero...

–¿Por qué?

–Por los gusanos que atacan la madera en la costa de Guinea. Tan solo esa capa de cobre debe de costar veinte mil libras. Estaba todo acabado. Incluso habían cubierto el cobre con una última capa de alquitrán. Un buen trabajo.

Poussin baja el cristal de la lámpara y se queda mirando a Joseph.

–Cuentan que iban borrachos –prosigue– y que se cayeron de una pasarela en el puerto. Yo no me lo creo. Como tampoco me creo que un crío se quede colgado de los obenques de buena mañana...

Arriba, la campana de a bordo suena cuatro veces. Es la señal del cambio de guardia. Algunos marineros se levantan. Otros se acuestan por fin. Las dos bandas intercambian su cometido para velar por la travesía del barco.

–Y, entonces, ¿qué es lo que cree? –pregunta Joseph.

–Yo nunca creo nada. Procuro que las naves sigan en pie, que no es poco.

Poussin farfulla algo más que Joseph no llega a oír y luego sube la lámpara muy alta.

–Según tú, ¿cuánto mide esta cámara?

–No lo sé –dice Joseph.

–Menos que la del capitán, que está justo encima. Veinticuatro metros cuadrados, no más. ¿Cuántos cautivos caben?

–Solo uno. Y ya es demasiado.

–¿Cómo?

–Un cautivo –repite Joseph–. Yo.

–¿Sabes adónde vamos?

–Sí.

–Este invierno habrá ochenta entre estos mamparos. Solo mujeres y niños. Y otras cien mujeres en el entrepuente, ahí al lado. Y trescientos veinte hombres hacinados delante del palo mayor.

–Lo sé –dice Joseph.

–Quinientos en total.

–Lo sé.

Pero lo que sabe en realidad es que no tiene ni idea. Ese es el nubarrón que ensombrece su aventura. Acaba de embarcar en una cárcel flotante, un buque negrero que ha zarpado para atestarse de cautivos en África y Joseph actúa como si solo fuera a cargar sacos de café o toneles de azúcar.

Desde el principio, prefiere no pensarlo. Ha ido allí con un solo objetivo. Nada lo va a disuadir.

–Para que en esta cámara quepan ochenta mujeres –sigue diciendo Poussin–, tengo que construir dos plataformas de diez pies de ancho, como un balcón a cada lado. Aquí y en toda la cubierta inferior podemos colocar a los cautivos en dos alturas.

Y, para que no puedan acusarlo de ser un blando, añade fríamente:

–Para eso necesito la madera.

Joseph abre los ojos como platos. Apenas se puede estar de pie debajo de ese techo. Con esas nuevas plataformas, habrá que quedarse tumbado entre las tablas.

–Setenta centímetros de alto –dice Poussin, como si le estuviera leyendo el pensamiento–. Durante varios meses de travesía.

–No me concierne –responde Joseph–. ¿Dónde está mi chaqueta?

El carpintero es demasiado astuto para tragarse esa indiferencia. Acerca la lámpara a la cara del joven.

–¿Qué has venido a hacer aquí, hijo?

–¿Y usted? –contesta una voz detrás del carpintero–. Cuéntemelo todo, Poussin. ¿Qué pinta usted aquí?

Poussin se da la vuelta. Saluda con un ademán de cabeza al capitán, que acaba de entrar.

–Estoy midiendo. Nos va a faltar madera.

–Ya se las apañará –dice Gardel–. Desmonte la lancha y el bote si hiciera falta. Y las jaulas de las gallinas. Pero salga de aquí inmediatamente, por todos los ballestrinques. Y déjeme la lámpara.

El carpintero deja la luz en el suelo y se dirige con toda la calma hacia la puerta.

Joseph se queda mirando la cara de Gardel en la penumbra. Acaba de entrever en los ojos del capitán el destello que buscaba.

Algo ha pasado.

Suena un portazo. Se oye cómo se cierran los tres cerrojos.

Gardel le arroja a Joseph el rebujo de ropa y se apoya en la puerta, con los pulgares metidos en los bolsillos del chaleco.

–Tienes suerte de que haya encontrado tus prendas.

–Gracias.

–No son muy grandes, pero el algodón es bueno. El cirujano podría haber sacado de ellas buenas vendas. El cocinero ha metido dentro el pescado.

–Da igual –dice Joseph–. Lo que me importa es el recuerdo.

Gardel sonríe.

–Hablando de recuerdos, habrá que hacer algo con el olor. El olor a pescado puede ser muy persistente. He vuelto a meter la aguja y el hilo en el bolsillo. Hay que coser un poco la chaqueta.

Joseph recoge la ropa y la estira. Mira el trozo de chaqueta descosido y vuelve los ojos hacia Gardel, que se echa a reír.

La luz ilumina el cuerpo del capitán hasta los hombros. No se le ve la cabeza. Parece que se la han cortado y que se carcajea desde el más allá.

Al fin, Gardel se acerca. Se pone en cuclillas, y susurra:

–Te voy a contar un secreto...

Joseph intenta apartarse, pero el capitán lo agarra por la nuca y le murmura muy cerca del oído:

–Nunca hay que subestimar a la gente. Es un consejito que te doy aunque ya no lo necesitarás. Me llamo Lazare Bartholomée Gardel...

Se le acerca aún más:

–Lazare Bartholomée Gardel. ¿Te enteras? Ese nombre ahuyenta a cualquier pícaro de Nantes o de Saint-Domingue, ¿y tú no has desconfiado ni un poquito?

Joseph no contesta.

–En cambio, yo, aunque no sé cómo te llamas y pareces de lo más vulgar, he actuado como si fueras un genio, como si fueras el ángel de los ladrones.

Insiste:

–El ángel de los ladrones. ¿Me oyes? No hay que subestimar a la gente.

El capitán se incorpora y se sacude el polvo de la ropa.

–Y he hecho bien. Mi recompensa valdrá más que todo tu peso en oro y piedras preciosas.

Pregunta:

–¿De dónde has sacado el papel?

–¿Qué papel?

–No te hagas el tonto.

Silencio.

–Si se lo cuento, ¿qué hará conmigo?

–¡Contesta! –grita Gardel–. ¿De dónde has sacado el papel?

Joseph nunca ha subestimado al capitán. Sabe que la cabeza de ese hombre alberga a la vez la pólvora y la chispa. Las explosiones nunca andan lejos.

–Lo encontré en Ámsterdam –dice–, entre las cosas de un marinero, hace un año.

–¿Qué marinero?

–Samuel Braams. Está muerto.

Gardel no se inmuta. Sin embargo, Joseph sabe de sobra el valor que ese nombre le otorga al testamento de Luc de Lerne.

–¿Samuel Braams? ¿Cómo estás tan seguro de que ha muerto?

–Porque yo lo enterré.

–Eso no significa nada.

Joseph alza una ceja.

–Braams –prosigue Gardel– es como su maestro, Luc de Lerne. Y como el maestro de Luc, Black Bart. Ninguno de ellos ha muerto nunca. Veinte veces les han puesto la cabeza a la entrada de distintos puertos del mundo entero. Veinte cabezas diferentes colgando de los pelos con el nombre escrito debajo en letras grandes para desalentar a los piratas que quisieran imitarlos.

Joseph escucha a Gardel, que concluye:

–El verdadero Luc siempre acaba reapareciendo en la bruma bajo los cuatro palos de su goleta...

–Está muerto.

–¿Cómo lo sabes?

–He buscado mucho.

–¿Por qué?

–Por lo mismo que usted. Para descifrar el mensaje.

–¿Y bien?

–Voy avanzando.

–¿Por ejemplo?

Joseph titubea unos instantes antes de responder:

–Samuel Braams fue el segundo de Luc de Lerne durante treinta años. Al final, capturaron a los dos juntos...

–Conozco la historia, no te molestes.

Gardel se dirige hacia la puerta. Joseph se apresura:

–A Luc lo cogieron los ingleses en Barbados; pero a Braams, en cambio, lo liberaron a condición de que revelara el nombre de diez piratas y sus guaridas.

–Hijo, todo eso ya lo sé.

–Era mentira.

El capitán se detiene.

–A Samuel Braams no lo liberaron –explica Joseph–. Se fugó. Los ingleses prefirieron contar que era un traidor. Era la mejor forma de que lo liquidaran sus amigos.

–¿Y qué pasó?

–Que esta vez funcionó. Lo mataron en Ámsterdam, mientras intentaba armar un barco. Los asesinos no le encontraron nada encima. Y, sin embargo, Braams pretendía ir a recuperar el tesoro de Luc de Lerne.

–¿Y tú?

–Yo pasaba por allí. Me dijeron que lo enterrara y me ofrecieron sus botas como pago.

–¿Sus botas?

–Sí.

Gardel se mordisquea un poco la lengua. Cierra un ojo. Nada está sucediendo como había previsto.

–¿Te... te encontraste esto en sus botas? –pregunta, blandiendo el pergamino.

–Sí.

El capitán desdobla el papel y lo mira en silencio.

–¿Cómo te llamas? –dice sin alzar la vista.

–Joseph Mars.

–¿Y tú crees, Joseph Mars, que llegarás a descubrir algo?

–Sí. Con el tiempo.

El capitán retrocede un paso para volver a la zona de sombra. Farfulla unas palabras incomprensibles.

Al entrar en la cámara, contaba con librarse del crío y quedarse con la promesa del tesoro para él solo. Pero recuerda también su regla de oro: no subestimar nunca a nadie.

Joseph Mars ha estado estudiando un año el papel de Luc. Ha recorrido parte del camino. ¿Y si de verdad fuera el ángel de los ladrones de quien hablaba? Siempre hay que intentar utilizar a un ángel antes de quemarle las alas.

A su lado, Joseph mira fijamente la lámpara. Cada una de las palabras que ha pronunciado podría haberlo hundido. Se cree que el arte del embuste es el arte de lo verosímil. Es mentira. Nada resulta tan real como lo inverosímil. ¿Cómo iba a inventarse Joseph que se había encontrado el testamento de Luc de Lerne en las botas de un muerto? Era algo demasiado gordo para no ser verdad. Y Gardel se lo creyó.

La puerta vuelve a cerrarse. El capitán se ha llevado la lámpara. Solo en la oscuridad, Joseph se siente aliviado de estar vivo. Para él, ya es mucho. Hecho un ovillo, aún con las rodillas entre los brazos, tiembla como si acabara de cruzar un precipicio por una cuerda floja.

11

A bordo

A la mañana siguiente, al amanecer, la puerta se abre de par en par. Es Vaugelende, el segundo del capitán.

–¿Sabes navegar?

–Un poco.

–«Un poco» no existe.

Vaugelende lo mira de lado. Le falta un ojo.

–¿Sabes navegar, sí o no?

–Sí –dice Joseph.

–Sal de aquí.

–¿Yo?

–Vas a ser de la banda de estribor. Busca a Absalón. Está delante con Palardi, el cirujano. Te dará trabajo. Yo ya no entiendo nada de lo que ordena el capitán.

–Tengo hambre –dice Joseph, poniéndose la chaqueta que ha vuelto a coser durante la noche.

–Todavía no toca. Tendrás que esperar.

Joseph sale delante de Vaugelende, sube un tramo de escaleras, llega a los camarotes de los oficiales y sigue subiendo de frente.

Y helo aquí, por fin, bajo el cielo y las velas, en medio del mar, a pleno viento. Veinticinco velas resplandecientes. Gira sobre sí mismo. Es como si hubiesen tendido al sol toda la ropa blanca de un convento o de un internado de señoritas. Tres mil metros cuadrados de velamen bien tenso. Y la inmensa bandera blanca de las naves mercantes flotando detrás. El soplo del viento, el agua que salpica cuando la surca el barco y los graznidos de las últimas aves costeras ayudan a olvidar los crujidos del casco y de los mástiles. Robles, olmos y álamos, miles de árboles navegan a través del océano.

La Dulce Amélie mide treinta y cinco metros de eslora y ocho de manga. Joseph se mueve por los pasamanos, esas pasarelas que bordean la lancha arrizada encima de cubierta. Da la impresión de que se conoce la nave al dedillo. Alza la vista al cielo. Arriba del todo hay un marinero, en lo alto del mástil, a treinta metros por encima del mar, como un insecto posado encima de una sábana a pleno sol.

Joseph divisa a los dos hombres que le ha indicado Vaugelende. Afloja el paso. Tras ellos se ven la melena y los hombros de la proa esculpida en madera de nogal y pintada de amarillo de Nápoles. Representa a Amélie Bassac, de catorce años, hija única de Bassac, en camisa por encima de las olas. Es ella quien da nombre a la nave: La Dulce Amélie.

Los dos oficiales observan a Joseph mientras se acerca.

–¿Tú eres Joseph Mars? –dice Absalón.

–Yo soy.

–Te conocíamos visto desde abajo y patas arriba –bromea el otro, mirándolo fijamente.

–Parece ser que tenéis trabajo para mí.

–Poussin dice que conoces bien su oficio.

Joseph no se inmuta. ¿Por qué se habrá inventado eso el carpintero?

–De momento, trabajarás con él.

–Dentro de dos meses escasos habremos llegado a la costa de Guinea. Hay que preparar el barco.

–Tenéis mucha faena por delante –añade inútilmente el cirujano, a su lado.

–Baja. El carpintero está en el entrepuente.

Joseph se despide de los dos hombres haciendo un ademán con el pulgar, como si se levantara una gorra invisible. Baja del castillo, se cuela por la amplia escotilla que se abre en cubierta. Apenas le da tiempo a oír las últimas palabras que cruzan por encima de él.

–Debe de ser medio brujo. ¿Cómo lo habrá hecho?

–Yo pensaba que no volveríamos a verlo con vida. Gardel no perdona nunca.

El ruido que hace Jacques Poussin con la garlopa tapa la voz de los hombres. Joseph se adentra en las entrañas de la nave.

–Aquí estás –dice Poussin.

Lo acompañan dos hombres.

–Ve allí, con el chico de la sierra. No hace nada bien.

Joseph obedece. El chico en cuestión se llama Abel Bonhomme. Se alegra de que vaya alguien a ayudarlo. No le apetece que lo aparten de esa tarea con la que se siente a gusto. Trabajar la madera le recuerda la tierra y, por fin, se puede olvidar de lo violento que es el océano.

Bonhomme y Mars se colocan a ambos extremos de la sierra. Se ponen a trabajar tirando de ella por turnos.

Cuando paran, oyen cómo suena en la bodega, a sus pies, el agua dulce dentro de los toneles. Se toman el tiempo necesario, aspiran el olor del serrín y, cuando se cruzan la mirada, retoman la tarea.

En pocos días, la vida en la nave ya ha establecido su propio ritmo. Todo el mundo sabe que esa es la mejor parte de la travesía interminable que los llevará a África, luego a las islas de América y, por último, de vuelta a la costa europea.

A bordo son solo cuarenta personas. Si fuera un barco de guerra del mismo tamaño, serían trescientas. Y dentro de unos meses, si todo va bien, puede que sean seiscientas. De modo que, hasta entonces, hay que disfrutar del aire puro y del espacio de sobra. La Dulce Amélie semeja un tremendo desbarajuste donde aún se puede explorar.

Y eso que los marineros no paran ni un momento. Vaugelende se encarga de que respeten la cadencia infernal que impone el capitán. Frotar, encerar, alquitranar, raspar, cargar, trepar, anudar, izar las velas, cazarlas, aferrarlas… Y dormir muy poco, comer muy mal, exponerse todo el rato a que los castiguen, azotándoles la espalda con cáñamo.

El capitán ha decidido poner rumbo directo al sur. No lo asustan los piratas de Salé o de Rabat que atacan los barcos que se acercan demasiado a esas costas desérticas. Algunos buques prudentes se desvían hacia el oeste de las islas Canarias. A Gardel no le gustan los rodeos ni la prudencia. Va derecho hacia África. Cree en las decenas de velas henchidas, en el casco forrado de cobre que acelera la navegación. Cree en la velocidad.

Para explicar por qué lo han dejado en libertad a bordo, Joseph no tarda en decir que ha hecho un pacto con Gardel.

Explica a quien quiera oírlo que no cobra nada por su trabajo. Al hacer gratis jornadas de grumete que costarían veinte libras al mes, cuando vuelvan a Francia será como si le hubiera pagado a Gardel más de trescientas libras.

Obviamente, no basta para cubrir lo que cuesta el reloj, ni mucho menos el haber insultado al capitán... De modo que, como Joseph sabe leer y escribir, Gardel le impone, además de las tareas de marinero, otras de escritura en el cuarto de derrota. Eso es lo que Joseph le cuenta a todo el mundo.

En efecto, todos los días se puede ver a Lazare Gardel y a Joseph Mars enfrascados en el diario de navegación con varias cartas náuticas desplegadas delante. Joseph se queda trabajando él solo cuando se requiere la presencia del capitán en otro lado.

Por lo demás, sigue el ritmo de la tripulación. Sabe que tiene que integrarse en la vida del barco. Conoce el sistema de privilegios, clanes y envidias que amenazan a todos los marineros. Es más rápido y más capaz que otros, pero se obliga a cometer los errores correctos en el momento apropiado para que le toque su ración de insultos y privaciones. Los grumetes se inventaron para aguantar las burlas y la maldad, para que los llamen esmirriados y les recuerden, cuando están izando una vela, que no tienen fuerza ni para levantar una anchoa.

Así pues, Joseph procura no destacar. Finge que bebe un poco de aguardiente cuando toca, hace trampas en el juego y canta fatal mientras trabaja.

Pero el verdadero secreto para que lo dejen en paz es que no pasa ni una sola moneda de plata por sus manos. Ni cinco céntimos. Toda la tripulación lo sabe.

Como no recibe dinero y tiene los bolsillos vacíos, Joseph no le importa a nadie. Es el destino de los marginados, los pobres y los poetas. Se vuelven transparentes para el resto del mundo. Dejan de existir.

Para todos esos marinos, Joseph es como una gaviota posada en los obenques o como el gato Hércules que caza ratas voluntariamente y luego se calienta junto al hogar de Cook.

Cuando Joseph se queda a solas con el capitán, vuelve a cambiar de papel. Estudia el enigma de Luc de Lerne. Hace como si estuviera descifrando el mensaje. Su única meta es que el capitán no pueda prescindir de él, a corto y a largo plazo. Tiene que administrar el tiempo. Sacar las llaves una a una, sin ofrecer nunca todo el manojo.

Al principio, no da nada. Ni un solo avance en varias semanas. Gardel está de un humor de perros. Le grita a Joseph que no le sirve para nada, que debería haberlo echado a pique.

–¡Darle vueltas al papel debajo de una lupa –grita el capitán– está al alcance de cualquiera! Con el balanceo del barco, ¡hasta podría hacerlo sin manos!

Agarra al muchacho por los pelos y le estampa la frente contra las cartas de navegación.

Joseph sabe que no podrá seguir así mucho más tiempo.

Y una noche, en efecto, cree que ha llegado su última hora.

Es de madrugada. Quiere levantarse, pero no lo consigue. Le han cosido por encima los dos bordes del coy. Grita. Ahora cortan los cabos que lo sujetan a las vigas. Joseph cae bruscamente al suelo y se retuerce como un gusano. Lo

arrastran por la cubierta, metido en ese saco, y lo cuelgan de un gancho por los pies. Nota el viento a través de la tela, las poleas crujen por encima de él. Lo suben y lo sumergen en el agua, tal como se hace con los marineros muertos cosidos dentro de su coy, creyendo que así los protegen de los tiburones. Pero, al cabo de unos segundos, Joseph nota que vuelven a subirlo por los pies. Con la tela pegada a la boca y la nariz, ni siquiera le da tiempo a recuperar el aliento antes de que lo ahoguen de nuevo. Esta vez, lo mantienen más tiempo en el agua. Por culpa de la velocidad del barco, corre peligro de soltarse del gancho. Después del último chapuzón, lo dejan en cubierta medio aturdido.

El capitán Gardel manda marchar a los dos marineros aterrorizados que lo han ayudado durante el suplicio. Con el cuchillo, abre el coy como una papillote al final de la cocción. Aparece el rostro de Joseph Mars. Gardel se levanta. Mira al chico que está a sus pies, pálido y jadeante. Calla. No tiene nada que añadir a la advertencia.

Cuando Joseph se queda solo, recoge despacio, sorbiendo por la nariz, lo que queda de su coy, y se arrastra hasta una escotilla. Baja a esconderse en un pañol pequeñito, cerca del palo mayor, donde están amontonadas las velas de recambio. Joseph se acuesta en ese nido, aún tembloroso de cansancio, de miedo y de frío.

Al día siguiente, bajo una lluvia torrencial, decide pasar a la acción. Ha llegado el momento. Si no lo hace, será demasiado tarde.

Es medianoche. Gardel está cenando en la cámara trasera con su estado mayor. Comparten mesa con él Vaugelende y algunos tenientes, pero también el cirujano Palardi, el contramaestre Absalón y uno de los dos pilotines, Morel, a quien aceptan a veces en la cena porque tiene anécdotas que contar y se alimenta con casi nada, lo cual es perfecto.

En los aposentos del capitán se come bien. Resulta imposible adivinar que muy cerca de allí la lluvia está crepitando en las velas e inundando la cubierta, o que la banda de babor, que está trabajando en la arboladura, se daría por satisfecha con un poco de melaza disuelta en un cubilete de agua hirviendo.

La luz de las lámparas caldea la amplia estancia. En medio del servicio de porcelana y plata, junto a los restos de una sopa, presiden la mesa una aleta de buey irlandés, dos pollos con castañas confitadas empapadas de jugo y seis botellas de vino abiertas.

A veces Lazare Gardel sabe complacer a su círculo íntimo. Piensa que se lo devolverán cuando le lleguen sus horas bajas y, sobre todo, las vacas flacas.

Son las seis de la tarde. Cook acaba de recoger los platos sucios de la sopa. El pilotín Morel está contando un recuerdo: la historia de un pingüino que se había quedado dormido en su litera durante una expedición a Terranova. Las carcajadas sacuden el camarote. El cirujano Palardi está a punto de asfixiarse.

Al pasar junto al capitán, el cocinero se inclina hacia él y le murmura al oído:

–El chico le está esperando en la puerta.

Gardel no se mueve. Termina de escuchar distraídamente cómo Morel se deshizo del pingüino y luego se limpia la boca. Se pone de pie en medio del vocerío. Los demás siguen con el numerito.

–Al menos, sería una pingüina –inquiere Palardi para seguir riéndose.

–No tengo ni idea, caballero –contesta Morel–. ¿Cómo iba a saberlo? Yo no he estudiado en la escuela de cirugía, como usted...

Gardel se reúne delante de la puerta con Joseph Mars, que lleva el pelo empapado. El chico ha debido de cruzar la tempestad para ir a verlo a popa. Aún tiene el cuerpo roto por el suplicio del día anterior. Gardel cierra la puerta para atenuar las carcajadas.

–Habla –dice el capitán, que se ha dejado la servilleta anudada al cuello.

–El tonelero Tavel se ha jugado toda la paga a las cartas.

–Por mí, como si se juega a su madre y a sus hijos. ¿Me has molestado para contarme eso?

–Lo he visto poner en la mesa un luis de oro...

El capitán agarra a Joseph por el cuello de la camisa. Le traen sin cuidado sus líos de marineros. Detrás de la puerta lo están esperando dos pollos con vino de Vosne, bromas y una salsa de castañas.

Joseph balbucea:

–Escuche, capitán. Las letras grabadas detrás del luis de oro... Son las mismas que las del mensaje.

Gardel se suelta despacio el cuello. Han pasado noches enteras estudiando esa línea medio tapada con tinta, la parte oscura del enigma... Se sabe de memoria las letras que han permanecido visibles:

... ET-NAV-REX

Gardel se saca una moneda del bolsillo. La acerca a la lámpara. Sí, el chico tiene razón, esas letras aparecen en todos los luises de oro.

–Es el importe del tesoro… –dice.

–Y hay muchos números escondidos debajo de las manchas de tinta –añade Joseph.

Y, ante los ojillos brillantes de Gardel, prosigue:

–También se me ha ocurrido algo sobre el dibujo de la cabeza de toro. ¿Conoce usted la Biblia?

Gardel pone la misma cara que si le hubieran preguntado si sabe bailar el rigodón o tocar el sacabuche, un instrumento de música que dejó de estar de moda hace al menos cien años.

–En las iglesias –explica Joseph– a san Lucas se lo representa con una cabeza de toro.

–¿De quién me estás hablando?

–De san Lucas, uno de los cuatro autores de los Evangelios.

–¿A ti qué te ha dado? ¿Te has tragado un cura? ¿Quién te ha dicho eso?

–Poussin.

–¿Hablas de esas cosas con Poussin?

–Nunca. Me las cuenta él para enseñarme. Construyó iglesias en Italia. La cabeza de toro en san Lucas o san Luc si lo prefiere…

–Luc de Lerne –dice Gardel mientras asiente con la cabeza muchas veces.

Entonces le hace a Joseph el cumplido más cálido y más entusiasta que es capaz de hacer:

–Bien.

Y, tras darle la espalda para cruzar la puerta, se vuelve de nuevo hacia él.

–Por cierto… No te fíes del cocinero –murmura–. Creo que oculta algo.

–¿Cook?

Joseph no puede retener una sonrisa.

–No lo sé… A los traidores los veo venir a tres leguas de distancia. Como se cruce alguien en mi camino, lo elimino. Lo aplasto. Lo quito de en medio.

El capitán se marcha.

Joseph Mars se queda solo, con los labios azules, los pies helados y el pelo chorreando. Se alegra de la tregua que supone esa reconciliación, pero no le gustaría que el pobre Cook fuera víctima de la fiebre del oro que se ha apoderado de Gardel.

Joseph baja hacia la bodega. En lugar de volver a proa, donde lo está esperando el coy remendado, ha tomado prestada una lámpara. A esas horas de la noche, cuando no está corriendo por la cubierta en plena tempestad o trepando a las vergas para aferrar las velas, empieza su tercera vida, su vida de verdad, la que nadie ve.

Se cuela entre las cajas de abalorios y de tejidos, de barreños de cobre o de loza, en el doble fondo de los pañoles llenos de alubias y galletas, entre los toneles de víveres y las barricas de agua potable. Está buscando. Abre los baúles, aparta los sacos amontonados. Registra cada recoveco del barco.

Porque el único tesoro que ha ido a buscar no está en un pedazo de papel ni en un agujero en una orilla lejana. No es ni la fortuna de Luc de Lerne ni la del temible capitán Kidd, del Gavilán, de Jack Rackham, de Black Bart ni de todos los piratas del mundo.

No. Se trata de algo mucho más fácil.

Desde mucho antes del primer día, tiene una certeza: hay cuatro toneladas y media de oro escondidas a bordo.

12

El caballito

Son una docena de hombres en cuclillas debajo de los árboles que miran el rastro de pisadas en la tierra. Pasan mucho rato sin decir nada. Apartan las hierbas para observar las huellas. Quieren entender hacia dónde van y de quién son.

Van vestidos de forma extraña: pantalones con un galón dorado, sombreros de todas las formas, prendas de uniformes desparejadas... Algunos llevan un chal por encima de los hombros, un morral o un fusil en bandolera, pero la mayoría solo luce la piel negra del torso, la de los guerreros asantes procedentes de las colinas de Kumasi.

Nunca se habían alejado tanto de su tierra. Se han marchado para mucho tiempo. Es tarde. El sol poniente acude a buscarlos debajo de los árboles.

Dos hombres se ponen a hablar. Uno es muy joven y está muy seguro de sí mismo.

–Es un caballo dongola –dice.

–Eso no se puede saber –dice el otro–. Lleva herraduras como los caballos de los blancos.

–Yo sí lo sé –dice el joven fríamente–. Es un dongola de cuatro o cinco años, con un jinete ligero.

–Déjalo ya, Awoshi.

–Le falta una herradura de delante.

El otro se irrita. Es el jefe, tiene treinta años más. Lleva una peluca blanca empolvada que debería conferirle autoridad. Pero la peluca resulta ridícula. Tan ridícula como cuando la lleva un blanco en la corte de Versalles o de Viena.

De hecho, sus hombres han preferido volverse hacia Awoshi con admiración. El casco delantero izquierdo no lleva herradura, en efecto. Ahora que lo ha dicho, todos se fijan. Pero ¿a qué prodigio obedece que pueda saber la edad del caballo, la raza y el peso del jinete tan solo mirando la huella de la pata y su profundidad en la tierra?

–Lo alcanzaremos –dice el jefe, imperturbable–. Tendremos que seguirlo cuando vuelva la noche. Y dormir mientras esperamos debajo de estos árboles.

Alza la mirada hacia las copas sin ver, justo encima de él, pegada contra una rama horizontal, una sombra que se confunde con la corteza. A Alma le ha dado tiempo a bajar los párpados para ocultar el blanco resplandeciente de sus ojos.

Durante varios días y varias noches, con el arco en bandolera, ha seguido la pista de Niebla. Cuando se perdía, dejaba que el cuerpo la guiara y acababa encontrando otra vez las huellas. La fuerza nueva que se ha apoderado de ella al salir del valle de Isaya la acompaña siempre. Esa fuerza gracias a la cual siempre sabe qué camino seguir y cómo encontrar comida cuando tiene hambre.

A veces no se reconoce a sí misma. Sus flechas alcanzan a las pequeñas avefrías que vuelan zigzagueando a una distancia de cien metros. Cuando no caza, Alma sisa en la despensa de los animales salvajes. Sabe diferenciar el agua que puede beber de la que mata. De noche duerme en los árboles. De día descansa en lo alto de las rocas para ver de lejos y luego sigue adelante.

Se los ha encontrado hace unas horas. Llevaba mucho tiempo notando su presencia en el aire. Se acercó por las ramas altas, pasando de un árbol a otro, y el follaje no se movía bajo su peso más que con el viento vespertino.

Ahora se han acomodado en la hierba, justo debajo de ella. Han desenrollado entre las manos unas hojas de las que sacan una pasta casi transparente. Están comiendo. Hablan entre ellos en un idioma que Alma no ha oído nunca. Reconoce algunas expresiones al vuelo: «mucho tiempo» y «cansancio». Comprende que aún no han encontrado lo que andan buscando. Se han destocado y junto a ellos, entre la hierbas, hay un surtido de casquetes, sombreros de tres picos y chambergos con pluma.

Tras pasar un rato apoyado contra un tronco limpiando el fusil, el joven Awoshi se acerca al jefe. Se sienta al lado de la peluca blanca que parece un animal amodorrado junto a su dueño. Aparece la luna llena. El sol aún remolonea. Awoshi mira a lo lejos sin decir palabra.

El jefe ha encendido una pipa de cuerno pequeñita.

Alma está justo encima de ellos, entre el follaje.

–Hemos caminado durante una luna entera –dice Awoshi.

–Cierto.

Esta vez, Alma entiende todas las palabras que suben junto con el olor del tabaco. Es uno de los idiomas que ha aprendido de su padre.

–Jefe –sigue diciendo Awoshi–, no lo entiendo. Te pasas días buscando y, cuando encuentras las huellas de un caballo, ¿tomas la dirección equivocada?

–No tomo la dirección equivocada. Voy a seguir las huellas. Quizá los okos hayan aprendido la ciencia de los caballos.

–Jefe, si hay un oko subido a un caballo, no hay que seguirlo.

El joven lo llama «jefe», pero es la única señal de respeto que le sale de la boca. Le habla como a un niño.

–Si los sigues –dice Awoshi–, encontrarás a un solo hombre. Pero, si retrocedemos hacia el lugar de donde viene, quizá haya muchos otros. Hay que encontrar su nido.

El jefe golpea nerviosamente la pipa contra las raíces para vaciar la ceniza.

–No hay ningún nido –dice.

Habla muy bajito en ese idioma que los demás parecen no entender. Sermonea al joven.

–Awoshi, eres tú quien nos ha traído tan lejos. ¿Dónde están los cautivos que nos habías prometido? Por tu culpa, vamos a acabar extraviándonos. Seguirás las huellas con nosotros; te lo ordeno. Muchos dicen que todos los okos murieron hace mucho tiempo. Tenemos que volver a casa antes de llegar al borde del mundo.

Su compañero no contesta. Sigue mirando el horizonte. Por encima de ellos, Alma se estremece contra la corteza del árbol.

Tanto si siguen las huellas hacia delante como hacia atrás, al final del camino encontrarán a sus seres queridos...

–Escúchame –le susurra Awoshi al jefe–. Cuando das órdenes en el pueblo, te obedezco y estoy dispuesto a morir por ti.

–Eso está bien.

–Pero, tan lejos de casa, es como si no oyera tu voz, que se ha quedado allí. Aguzo el oído y ni siquiera te oigo.

El jefe, preocupado, se vuelve hacia él.

–¿Lo entiendes, jefe? Hablas y no te oigo. Así que sigue escuchándome. Me voy a llevar ahora mismo a dos hombres para ir hacia levante. Tú seguirás por tu camino. Sí, puede que consigas algún cautivo. Lo venderás en la costa. Compartirás lo que te paguen con tus ocho hombres. Con eso te comprarás una peluca nueva para avergonzar a tu pueblo. ¿De acuerdo?

Awoshi odia todo cuanto deshonra a su pueblo. Su voz refleja el orgullo de los asantes que reinan desde hace siglos sobre un territorio inmenso y pueden formar un ejército de ocho mil hombres si así lo deciden.

El jefe intenta ponerse de pie. Awoshi lo retiene.

—No les digas a los demás nada malo sobre mí –pide–. Si tienen que elegir, me seguirán a mí. Te dejarán aquí solo. Hasta te voy a hacer un regalo...

El otro espera aterrorizado lo que se le viene encima.

–Como regalo de despedida, voy a dejar que te levantes y me digas hablando alto que tengo que irme por mi cuenta con dos hombres. Gracias a mí, quizá crean que sigues siendo el jefe.

Alma ve cómo el anciano jefe titubea, se guarda tembloroso la pipa en el cinto, se levanta por fin, recoge la peluca y se la pone torcida en la cabeza. Se aleja y lanza algunas consignas a sus hombres con voz quebrada. Dos de ellos se reúnen con Awoshi.

Los demás se quedan mirándolos.

–Puesto que así me lo pides –dice Awoshi poniéndose en pie–, voy a seguir de dónde vienen estas huellas. Encontraré a los últimos okos.

Avanza un paso, toma la mano del jefe entre las suyas y la mantiene apretada. Se inclina con un respeto exagerado hasta que nota en la frente los dedos temblorosos del anciano.

Alma ve a Awoshi y a los dos hombres partir hacia el valle de Isaya.

Mientras sigue agazapada contra la rama, piensa en la palabra «okos» que acaba de oír. En su casa, esa palabra significa tan solo «la gente» y sirve para designar a su familia, puesto que no existía nadie más.

Los hombres también han hablado de cautivos. Se referían a ellos como a presas que no se comen. Alma se pregunta para qué sirve capturar nada que no sirva para comérselo o quitarle la piel para abrigarse. ¿Qué hacen con lo que atrapan?

Escucha lo que están susurrando los hombres debajo del árbol. Parece que se quejan en voz baja del jefe. La partida de los tres hombres ha sembrado la duda entre ellos.

Alma ya no se atreve a moverse. ¿En qué dirección debe ir? ¿Hacia Lam o hacia el valle? Piensa en sus padres y en Sum, que no saben que están amenazados. Tiene la esperanza de que los acantilados y las espinas los protejan.

Alma se ha decidido. Jamás abandonará a Lam. Si no lo encuentra ella, ¿quién lo hará? ¿Quién lo llevará de vuelta a casa? No tiene ningún acantilado, ningún barranco que lo defienda. Lo único que tiene es el galope de Niebla.

–Caballo...

Ahora sabe cuál es el otro nombre de la cebra sin rayas.

–Caballo.

Recuerda cómo lo han llamado esos hombres. Y, en el árbol, pronuncia por tercera vez la palabra, moviendo tan solo los labios, sin ningún sonido:

–Caballo.

Todavía le quedan muchas palabras por aprender. Unas crueles y otras muy dulces. Y algunas que no querría haber aprendido nunca.

Alma se vuelve hacia el camino que la está esperando. Mira cómo pasa la luna entre las hojas del árbol. Finge creer que ya está divisando, a lo lejos, el caballito.

13
Moisés Shackle

Es uno de los secretos mejor guardados de las grandes llanuras.

Se cree que el león no caza, que deja que se encarguen las leonas. Se queda esperándolas a la sombra y, cuando salen a cazar en grupo entre las hierbas, solo se las ve a ellas. Pillan desprevenidas a sus presas, o dejan que se agoten, y luego se ponen a devorarlas a pleno sol. Entonces aparece el león, se suma a ellas estirándose y exige su parte.

Pero lo que nadie sabe es que todas las noches, con el mayor sigilo, en el punto más alto de la sabana, el león caza en solitario. Nunca lo sabrá nadie porque es noche cerrada y porque, en el momento en que el león salta, quienes podrían dar fe ya no viven.

Los tres hombres avanzan en fila de a uno. Awoshi va en cabeza. Hace varios días que se separaron de los demás. La luna aún está inmensa. La han visto salir ante ellos. Ocupa una parte del cielo.

Van bordeando selvas muy verdes. Rozan con los hombros los matorrales por ambos lados. Llevaban semanas sin ver la selva.

Uno de los hombres que camina detrás de Awoshi es igual de joven que él. Tiene apenas veinte años. Se llama Baako. Lleva un fusil al hombro y un puñal en el cinto. Detrás de Baako va Eeko, su padre, enjuto y rápido como un lagarto. Camina descalzo, con una tela de algodón en torno a la cintura. Curiosamente, lleva en la cabeza la amplia boina de un regimiento desaparecido hace mucho tiempo y, en bandolera, un sable de oficial de dragones.

El nuevo jefe, Awoshi, se agacha de vez en cuando para observar el rastro del caballo a la luz de la luna. No hay ni una gota de lluvia que borre las pistas. Las huellas se han endurecido en el suelo. Parece que el jinete avanzaba al azar. Para Awoshi, esa falta de rumbo es la prueba de que hay que buscar el lugar del que proviene y no al que se dirige.

A veces, la fila india se alarga un poco. Los dos cazadores jóvenes se adelantan. A Eeko solo se le oye cantando bajito detrás, con la boca cerrada, siguiendo el ritmo de sus pasos.

Es la mejor hora para andar. Han superado cualquier cansancio. La luna actúa en sus cuerpos como un aceite brillante. Les parece que el aire no ofrece resistencia y bastaría con dar un talonazo para salir volando. La luna borra todas las estrellas. Solo se ve chispear entre las ramas la mirada amarilla de los gálagos, esos animalitos que tienen los ojos más grandes que el cuerpo.

Los tres hombres están pasando ahora por debajo de una bóveda de hojas. El camino es más ancho. El aire se vuelve húmedo. La luz de la luna logra infiltrarse en el sotobosque. El follaje se cierra por encima de sus cabezas y retiene el olor a infusión que sube de la tierra.

De pronto, Awoshi se queda quieto. Aguza el oído.

Más allá, detrás de ellos, la canción de Eeko se ha parado a mitad del estribillo.

Los dos jóvenes dan media vuelta en la penumbra. A veinticinco metros escasos, una mole clara levanta el cuerpo del anciano. Sujetándolo por la cadera con la mandíbula, un león lo sacude sin hacer más ruido que un gato jugando con un ratón. Baako apunta con el fusil, titubea.

–No –murmura Awoshi.

Es imposible disparar sin arriesgarse a darle a Eeko. Pero, por encima de todo, Awoshi sabe que a esa distancia lo único que hará el tiro será herir al animal de doscientos kilos, que se revolverá contra ellos.

Baako baja el arma. Mira la escena temblando.

De golpe, todo se vuelve confuso. Como en un sueño, los dos hombres ven una forma negra y alada que cae desde la bóveda de árboles, por encima del león, y se abate sobre él en silencio. Al mismo tiempo, surgen dos detonaciones y dos relámpagos. Un hombre acaba de caer rodando por la hierba con una pistola humeante en cada mano. Las alas del abrigo se pliegan contra él.

El león se desploma hacia un lado, y el cuerpo de Eeko, hacia el otro.

Baako se abalanza hacia su padre. Atraviesa la nube de humo que se hace mayor en la oscuridad.

Eeko aún respira. Baako habla con él. Se aparta un poco para dejar que la luna le ilumine el cuerpo. Levanta la tela manchada de sangre.

Se inclina sobre la herida de su padre.

–Hijo mío –balbucea el anciano–, dime que se ha acabado.

Baako no puede creerse lo que está viendo. Aparta el humo con la mano.

–Se ha acabado. Pero no para ti...

La herida no es profunda. La vaina del sable se ha doblado por la mitad y ha salvado a Eeko.

–Pesas tan poco y estás tan reseco por la edad que te ha llevado como a un cachorro.

La voz del hijo suena tranquila. Sonríe.

–¡Me duele! –dije Eeko con un chillido infantil.

–No ha encontrado nada que pudiera comerte.

El anciano gime. Pero sigue sin quedar claro si está riendo o llorando. Agarra la mano de su hijo. Notan el calor que desprende el cuerpo del león a su lado.

Awoshi no ha dejado de apuntar con el fusil al hombre de las pistolas, que se ha enderezado a medias en la hierba. Lleva un abrigo negro y un sombrero de bordes dorados.

Ese hombre es Mosi, el padre de Alma. Ha soltado las pistolas. Está mirando de frente en la oscuridad.

–¿De dónde vienes? –pregunta Awoshi.

Mosi hace un ademán impreciso.

–¿Qué estás buscando?

Mosi no contesta. Estaba durmiendo en las ramas después de haberse escapado del mismo león. En ese momento, oyó que se acercaban tres hombres. Los habría dejado pasar si el león no hubiera atacado también al anciano.

Awoshi se acerca a Mosi. Aparta las pistolas con el pie para alejarlas de él. Se pregunta cómo le va a poner los grilletes.

Del otro lado, Baako está ayudando a su padre a sentarse.

–¡Fíjate, mañana ya estarás andando!

–No me quedan fuerzas –gime Eeko –. Ya no quiero saber de dónde viene el caballo.

Mosi cierra los ojos. Acaba de comprenderlo. Esos cazadores asantes se dirigen hacia su valle.

–¿Quién eres? –le pregunta Awoshi.

Mosi todavía no ha pronunciado una sola palabra. ¿Tan poco ha cambiado el mundo durante su ausencia?

–Nadie se aleja tanto de la costa –les dice Awoshi a sus hombres–. Los únicos que cruzan por aquí son los mercaderes del desierto. Y algunos hombres que se ocultan...

–¿Y tú? –pregunta, al fin, Mosi–. ¿Vienes del desierto o te estás ocultando?

El humo de los disparos se ha disipado a su alrededor.

Se oye la voz grave de Eeko en la oscuridad:

–Moisés Shackle...

El anciano se ha puesto de pie. Se apoya en su hijo. Tiene una línea de sangre en la frente.

Eeko señala a Mosi con el dedo.

–Conozco a este hombre. Se llama Moisés Shackle.

14

Otro cazador

Awoshi ha oído ese nombre muchas veces. Tiempo atrás, había un hombre que tenía en la palma de la mano a todos los traficantes de esclavos de la costa, desde Vieja Calabar hasta la laguna Assinie. Un joven fante que vivía como un blanco y tenía silla en la mesa de los gobernadores de los fuertes. El más terrible cazador de hombres.

–Lo vi justo antes de que desapareciera –sigue diciendo Eeko–. Acababan de venderle unos cautivos. Me acuerdo muy bien de él.

–¿Eres Moisés Shackle? –pregunta Awoshi–. Cuentan que murió persiguiendo a los últimos okos.

–El pueblo oko ya no existe –dice Mosi–. Se acabó. He estado buscando mucho tiempo. Seguí más allá del desierto, hasta otro mar, y me detuve.

Awoshi se queda mirando a Mosi. Sí que tiene la cara de los fantes. Desde la noche de los tiempos, el pueblo fante es enemigo del suyo, pero se han ido acercando poco a poco por las necesidades del comercio: algunos asantes consiguen cautivos tierra adentro y los fantes se encargan de vendérselos a las fortalezas y a los navíos de la costa.

–¿A cuánto se vendían los okos por entonces? –pregunta Baako.

–Los hombres, a cien barriles de pólvora ofreciéndoselos directamente a los barcos. O un millón y medio de conchas. Las mujeres costaban más aún.

–Es lo que cuestan diez cautivos ahora –dice Baako.

–Algunos cuentan que después de capturarlos no sobrevivían –le susurra Eeko a su hijo.

–Pero, para entonces, los barcos ya estaban lejos –le contesta Mosi–. Y cuando los capitanes volvían por otro cargamento era como si hubieran perdido la memoria. Veían un oko en el fuerte de Ajudá o en la playa blanca de Anomabo y perdían la cabeza. Estaban dispuestos a cualquier cosa para comprarlo.

Awoshi escucha. Ya ha renunciado a capturarlo. Los hombres como Shackle asustan a los mercaderes de la costa. Saben demasiadas cosas. Organizan motines en los barcos e, incluso, si cruzan el mar y se convierten en esclavos, su familia a veces se las apaña para traerlos de vuelta.

–Fíjate, no se te ha olvidado nada de aquella época –dice Awoshi.

–Me he establecido en una costa muy tranquila, al otro lado del desierto. He pasado veinte años cultivando un huerto y cazando tórtolas.

–¿Y ahora?

Mosi calla unos segundos y luego dice:

–Todavía no lo sé. Estoy pensando lo que hacer. He subido hasta donde se acaban las huellas de ese caballo. Llevan a una aldea quemada. No ha servido para nada.

Baako mira cómo Awoshi se agacha para recoger las pistolas de Mosi.

–Salvas a este viejo –dice Awoshi devolviéndole las pistolas al cazador fante– y luego nos explicas el camino. No es eso lo que contaban de ti.

–No sé lo que contaban de mí.

–Contaban que no sabías lo que era la piedad.

–He estado fuera mucho tiempo...

Mosi recupera las pistolas y añade:

–Dejad esas huellas. Son de un caballo que escapó de una aldea en llamas. ¿Qué habéis venido a buscar por aquí? ¿Ya no quedan suficientes cautivos cerca de donde vivís?

–Hay que ir muy lejos para encontrarlos –dice Awoshi.

–Algunos venden a los vecinos que se encuentran por los caminos –añade Eeko–. Los llevan por canoas enteras, tan numerosos como los granos de arena que arrastra el agua de los ríos. Y los grandes barcos siempre tienen hambre.

–Durante todos estos años, ¿no te has enterado de nada? –pregunta Awoshi.

–Estaba ocupado con mi huerto y mi familia.

–¿Por qué los has dejado?

De nuevo, Mosi tarda unos instantes en contestar:

–Uno de mis hijos se ha perdido. Lo estoy buscando.

Awoshi lo mira fijamente.

–¿Qué edad tiene? –pregunta.

–La mitad de la tuya. Si lo llevaseis con vosotros, os lo habría pagado muy caro.

–¿Tan caro como un niño oko?

–Más aún –contesta Mosi.

Silencio. Se pone de pie. Se vuelve a meter las pistolas en el cinto y pregunta:

–¿Vais a volver a la costa?

–Sí, puesto que dices que no hay nada allí arriba –contesta Awoshi.

–Eso he dicho. Solo quedan la tierra quemada y los árboles ennegrecidos.

–¿Y tú?

–Yo voy a acortar hacia allá –contesta Mosi mostrando una dirección a su espalda–. Puede que el niño esté ahí. Llegaré hasta Chama.

–Aquello ha cambiado mucho.

–Para mí nunca cambiará lo bastante –dice Mosi, ya en marcha–. No soy el mismo hombre.

Eeko no ha despegado los ojos de quien lo ha salvado. Lo mira adentrarse en la oscuridad. Entonces, se vuelve hacia su hijo, que parecía estar esperando una señal suya. Baako sale corriendo hacia Mosi.

–¿Adónde va? –pregunta Awoshi.

–A hablar con él. No le ha dado las gracias por mi vida.

De rodillas al lado del león, Awoshi ha sacado el cuchillo. Quiere provisiones para el resto del camino.

–Sí que es el Moisés Shackle que conocí –dije Eeko mientras se sienta–, pero parece que lo han lavado de todo lo que era.

Awoshi limpia el cuchillo en la hierba.

–No lo creas. Hay manchas que no se van nunca.

Muy cerca de allí, Baako acaba de aflojar el paso al acercarse a Mosi.

–A mi padre le gustaría hablar contigo –dice.

Mosi se vuelve hacia él.

–Algo de lo que no podía hablar allí –dice Baako sin aliento.

Silencio.

–Ese niño que has dicho...

–Sí.

–Mi padre vio a un niño de esa edad. La mitad de la mía.

Mosi no se mueve.

–Era de noche. Hace unos días. Más o menos, a la mitad de esta luna. Estábamos doce hombres en un campamento. Mi padre se alejó de los que estaban durmiendo...

Mosi sigue escuchándolo.

–Vio al niño lavándose en el arroyo.

Silencio.

–Solo me lo ha contado a mí.

–¿Dónde? ¿Dónde estaba?

–No lo sé. Hemos cambiado de dirección tres veces. Pero el niño estaba libre.

«Libre» repite Mosi mentalmente. Si Lam está libre, aún hay esperanza.

–¿Por qué tu padre no les contó nada a los demás?

–Los niños... –contesta Baako como si fuera suficiente para explicar el silencio de su padre–. No le gusta que capturen a los niños.

Baako se queda en silencio preguntándose lo que habría hecho en su lugar y luego dice:

–Una chica en el arroyo...

–¿Una chica? –exclama Mosi.

–Una chica.

Mosi da un salto hacia él.

–Dime que era un chico.

Baako calla. La mirada de Mosi lo asusta.

–¡Dímelo!

–Podría decírtelo, pero era una chica. Incluso sin luna, no se equivocaría. Tiene una vista de águila pescadora.

Mosi grita:

–Tu padre no me vio llegar, no se fijó en el león que estaba a dos pasos de él, ¿y dices que no se equivoca? ¡Tu padre es un águila pescadora a la que le han sacado los ojos! ¡A quien ha visto solo puede ser mi hijo! ¿Cuántos niños pueden andar por ahí solos tan lejos del mundo?

Baako se aleja andando hacia atrás, como si hubiese herido accidentalmente a alguien. Sale huyendo. Se arrepiente de haber creado una esperanza tan fugitiva.

Cuando se reúne con los otros, su padre se ha quedado dormido en la hierba. A su alrededor, la selva ha recuperado su ronroneo. Cruje y zumba muy bajito.

Se queda admirando el sueño profundo de su padre. En este mundo peligroso, a los ancianos no se los respeta porque se hayan vuelto sabios de repente debido a su avanzada edad, sino porque, si han conseguido seguir vivos lo suficiente para envejecer, es que desde pequeños ya eran los más sabios.

–Retomaremos el camino mañana –le dice Awoshi a Baako.

–¿Hacia la costa?

–No.

–Pero habías dicho…

–Fue Shackle quien lo dijo. No yo. Seguimos adelante.

–Dijo que no había que buscar de dónde viene la pista del caballo.

Awoshi sonríe.

–¿Acaso tengo que aceptar los consejos de Moisés Shackle? Si un ladrón alarga la mano para mostrar que está vacía, yo miro la mano que tiene a la espalda. Y, cuando Moisés Shackle indica una dirección, yo me vuelvo hacia la que va en dirección contraria. Vamos a buscar de dónde vienen las huellas del caballo hasta el final.

Awoshi observa sonriente la sorpresa de Baako. El pobre chico ya se estaba imaginando de vuelta en la aldea, sentando junto a su padre al pie de un árbol para que acabase sus días en paz.

–No tengas miedo –dice Awoshi–. Ha sobrevivido a ese animal. Puede que te sobreviva a ti. Pero no olvides lo que te he dicho: nunca sigas el camino que te indique otro cazador.

15

De oro y de óxido

–¿Oro? –murmura Poussin–. ¿De dónde te sacas que hay oro en este barco?

Joseph Mars aguza el oído. Ha sorprendido esas palabras en el momento en que bajaba al entrepuente. Se cuela detrás de un mamparo de roble para escuchar. A unos pasos de él, el carpintero está hablando con Abel Bonhomme. El enjaretado del techo arroja sobre ellos unos cuadraditos de sol.

–Si estás buscando oro –le sigue diciendo Poussin a Abel–, te has equivocado de sitio. Sin embargo, en esta nave hay con lo que abrir varias tiendas de comestibles, quincallerías, una marroquinería, una taberna y todos los comercios que quieras…

Joseph sigue oculto en la penumbra.

–Con todo lo que hay almacenado a nuestros pies, Bonhomme, también podrías llenar una panadería, una armería, una tienda de telas o de loza… Puedes encontrar prácticamente de todo menos oro.

Poussin se da la vuelta de golpe.

–¿Eres tú?

Joseph no quería que notasen su presencia. Ha fallado. Da un paso hacia ellos con las manos en los bolsillos.

–Sí, soy yo.

El carpintero parece que todo lo ve y todo lo sabe. Con él, Joseph se pasa de la mañana a la noche dudando entre la desconfianza o la admiración.

–Échanos una mano –dice Poussin–. El tonelero lleva diez días enfermo. Duerme en la lancha que está arrizada ahí arriba. Hace las veces de enfermería. Estoy intentando sacar adelante su trabajo sin él.

En efecto, con la ayuda de Abel, Jacques Poussin está montando uno de los toneles cuyas piezas habían metido en la bodega para esta primera parte de la travesía. En la costa de Guinea, esos toneles servirán para completar las reservas de agua potable porque habrá que embarcar al menos cincuenta mil litros para llegar hasta las islas sin que la tripulación y los cautivos se mueran de sed.

–¿Qué? ¿Tú también estás buscando oro? –le pregunta el carpintero a Joseph.

–Como todos los marinos del mundo...

Joseph sonríe para que no se note lo turbado que está. Ha respondido sin pensar. ¿Quién podría sospechar que lleva semanas buscando a bordo cuatro toneladas y media de oro puro? Aunque tenga pinta de niño que se ha caído de las nubes, Joseph Mars solo piensa en ese oro.

–No me ha entendido –exclama torpemente Abel Bonhomme–. Lo que he dicho es que, para comprar cautivos cuando lleguemos a la costa, el capitán iba a necesitar oro. Y le he preguntado, por curiosidad, si ese oro estaba a bordo.

–¿Por curiosidad? –se burla Poussin.

Abel se encoge de hombros.

–No funciona así, Bonhomme –suspira Poussin–. Y no solo para desalentar a los curiosos de tu calaña o a los aventureros como Joseph Mars.

–¿Qué es lo que no funciona así? –pregunta Joseph.

Poussin suelta las herramientas. Arriba, el estado mayor debe de estar empezando a comer. Hay que aprovechar el único rato en que la vigilancia se relaja.

–Escuchadme –dice.

Poussin se sienta con los brazos cruzados. La enorme superficie vertical en la que apoya la espalda es la parte profunda del palo mayor que hunde las raíces por debajo de la cubierta y atraviesa la nave hasta la quilla.

–Voy a contaros el secreto de este comercio: no debe salir ni un gramo de oro de las fronteras del reino.

Respira hondo.

–Lo primero es que el oro se vuelva invisible.

–¿Invisible?

–Lo hacen desaparecer. Lo dispersan.

Poussin traza en el aire un ademán mágico con los dedos. Abel y Joseph se acercan a él sin atreverse a sentarse.

–Empiezan enriqueciendo el astillero donde se construyen los barcos, pagan a los leñadores, los madereros, los artesanos, toda la gente del puerto, y también a las manufacturas de Francia y de fuera, a los fabricantes de galletas o de fusiles malos, de tafetán, de sedas, de aguardiente, a los cuchilleros, a los batidores de barreños de cobre o de estaño... Compran todas estas cosas en grandes cantidades. Se quitan el oro de encima. Y, desde los puertos, este oro remonta los ríos grandes y pequeños, como si fueran las venas del país, mientras que los productos bajan.

La nave se convierte en un tremendo bazar flotante, una cueva de tablas llena hasta las baterías. La nave zarpa. Al llegar a África, el capitán intercambiará esa carga por cautivos...

Abel y Joseph escuchan atentamente. La noche anterior, mientras trabajaban en la sentina, Poussin les contó cómo era la armazón de una catedral comparándola con la arquitectura de un nido de pájaro. Consigue demostrarlo todo con la misma precisión y el mismo apasionamiento.

–Pero, antes de zarpar, también han dejado mucho oro a las compañías de seguros, que a su vez se lo dan a otras compañías de seguros. El barco se hunde con la carga, se les pagará todo y podrán empezar de nuevo. Es magia, os lo he dicho.

Vuelve a mover los dedos gruesos como el mango de un martillo.

–Dará la impresión de que nadie ha perdido nada.

–¿Nadie? –pregunta Abel.

–Yo no he dicho que todo el mundo ganase tanto...

Se vuelve hacia Joseph.

–Tú, chico, por ejemplo, he creído entender que no estás ganando nada... Algún día tendrás que explicarme tu arreglo con Gardel.

Silencio.

–Pero hay casos peores. Están los que no ganan nada y pagan por todos los demás.

–¿Quiénes? –pregunta Abel.

–Puesto que todo el mundo se enriquece, alguien tiene que pagar. Esos pagan las velas y el casco, pagan a los aseguradores de Lloyd's en Londres, pagan al carnicero de La Rochelle que ha ahumado la carne del capitán...

Poussin no consigue parar.

–Pagan el material y la tripulación. Pagan tu sueldo de treinta libras al mes, Bonhomme. Pagan al señor Bassac, que es el dueño de este barco, sus caballos, su tabaco, las fuentes de su jardín. Pagan su invernadero lleno de naranjos de España, las botinas con cordones de su hija. Pagan la piedra de todas las mansiones que se ven en los puertos. Pagan las cenas con velas de los cultivadores de las islas, sus orquestas, el cuero de sus látigos. Pagan su generosidad cuando esos cultivadores dan una moneda a la salida de la iglesia. Pagan la comida de Hércules, el bueno del gato del cocinero. Pagan los impuestos que suben hasta Versalles, de modo que pagan las plumas que adornan el sombrero del rey, sus carrozas, sus amantes, algunas de las guerras contra Inglaterra. Pagan también la granjita que la reina María Antonieta ha mandado construir y el tejado de paja de su palomar. Sí, esas personas, las únicas que no ganan nada, son las que pagan por todo.

–¿Quiénes son? –pregunta Bonhomme, maravillado con esos bienhechores–. ¿Cómo se llaman?

Poussin tiene la vista nublada. Habla con voz más sorda.

–A estas alturas, ya ni siquiera tienen nombre. Andan por caminos de tierra. Las encierran en corrales para ganado o en sótanos en la costa. Las verás dentro de ocho días. Las subirán a bordo una por una. Las amontonarán aquí. Tres por metro cuadrado. Si todos los demás ganan, es porque ellas lo han perdido todo. Han perdido hasta su nombre y el de su pueblo, que ya no existe. Han perdido a sus hijos. Ya no les queda nada y pagan por todo.

A Joseph se le olvida respirar. Comprende en qué mundo se ha metido. Intuye también que Poussin no es una pieza como las demás en ese engranaje.

Los tres se quedan callados.

Abel es el primero en espabilarse. Intenta concluir con lógica:

–Y el día en que las vendan en las islas, cuando el barco vuelva a La Rochelle, cuando ya no haya cautivos, ¡la bodega, por fin, se llenará de oro!

–De ninguna manera –contesta Poussin–. Habremos dejado a los cautivos en Saint-Domingue a cambio de azúcar metido en toneles, de café, de índigo, de pimienta, de algodón en sacas..., pero ni una sola moneda de oro. Los habremos cambiado contra lo que otros esclavos han recogido en las plantaciones de las islas. La caña de azúcar, el café, también son ellos quienes lo pagarán con sudor y sangre. Os lo vuelvo a decir: si estáis buscando oro, jamás lo encontraréis aquí. Reaparecerá al final en la estupenda tierra de Francia, de Holanda o de Inglaterra. Allí, el último cargamento se venderá carísimo. Y todo ese oro lo encerrarán en los bancos y en las mansiones.

Joseph ve cómo Poussin se pone de pie. Se pregunta qué pinta ese hombre en semejante historia.

–Ya sé lo que estás pensando, chico –le dice Poussin con los ojos brillantes–. Escúchame. Llevaba veinte años sin pisar un barco negrero. Lo había dejado todo. Estoy aquí por unos amigos.

–¿Unos amigos? –pregunta Joseph.

–Les estoy echando una mano.

–¿Están a bordo?

–No. Voy a dar mi última función y me retiraré...

En cubierta, por encima de ellos, se oye una estampida; luego, un griterío, y después, un tremendo silencio.

–Id a ver qué pasa –dice el carpintero.

Los jóvenes salen corriendo y dejan a Poussin solo con su tonel y sus sentimientos.

Joseph es el primero en subir a cubierta. Se queda paralizado. Ve a los hombres apiñados a babor, inclinados por encima de la batayola.

–¿Qué pasa? –pregunta Abel asomando también la cabeza.

–Es África –murmura Joseph.

En efecto, a lo lejos se divisa una línea oscura. Algo ha cambiado. En la nariz y en la boca notan un sabor de tierra caliente. Los marineros se quedan mudos. Miran la superficie del agua y el horizonte. Contra el casco chocan islitas de ramas y cocos germinados a la deriva.

–¡Mirad! –grita un hombre.

En la cresta de una ola han visto pasar el lomo y la aleta de un tiburón. Y otro más.

Detrás de Joseph, una voz murmura con un tono que podría parecer conmovido:

–Miradlos. Nos estaban esperando…

Es Lazare Gardel. Ha dicho estas palabras al ver surgir los primeros tiburones, como un cazador que se reencuentra con sus perros al volver a casa después de un largo viaje.

Incluso la espuma blanca que brota de la proa del barco ha cambiado de color. Se ha vuelto de color de fuego.

Allá, en la costa, los ríos Senegal y Gambia deben arrojar su lodo al océano y teñirlo de oro y de óxido.

16

¿Cómo será el infierno?

El cirujano castrense emerge, bostezando, por la abertura de la escala principal. Acaba de levantarse de la mesa. Es el último en llegar a cubierta. Joseph ve cómo mira hacia el horizonte y se abalanza hacia Lazare Gardel.

–Capitán, a la derecha de la punta que se ve allí...

–¿Sí?

–Es la isla de Gorea.

El capitán se queda atónito.

–¿Cómo dices? –dice.

–Se ha desviado veinte millas al sur. Hemos debido de pasar Saint-Louis hace varios días.

–Explíquemelo, señor cirujano –dice el capitán con voz empalagosa–, continúe sus explicaciones. Me apasiona usted...

–En Saint-Louis habría encontrado cautivos. Pero, en Gorea...

–¿Quiere usted decir que no hay que hacer escala en Gorea?

–Le dará una alegría a la guarnición del fuerte. Se aburre mucho. Sin embargo, en cuestión de negocios... Me permito darle mi opinión...

–¡Me interesa su opinión, Palardi! Cuénteme más cosas sobre África y su comercio.

El cirujano se ajusta el sombrero. Se las da de modesto sin percatarse de la ironía del capitán. A su lado, el pilotín Morel trata de hacerle señas.

–No es que yo sea un especialista –prosigue Palardi–, pero me alegra serle útil.

–¿Útil? No solo me resulta útil, Palardi, es usted mi salvador. ¿De modo que me he equivocado en más de cincuenta leguas? ¿Han oído? ¡Morel! ¡Vaugelende! ¡Absalón! Hasta un tirador borracho apunta mejor que yo. ¡Voto a Dios y a la Virgen, nos hemos desviado más de cien millas hacia el sur! ¡Soy un inepto, por todos los ases de guía!

Morel se golpea el pecho como un mal actor. Pone a los demás por testigos.

–¡Un principiante! Menudo capitán deben padecer, caballeros.

A Palardi empieza a preocuparlo el espectáculo. El capitán se le acerca.

–Dígame, señor cirujano...

–Sí.

–Si a mí se me ocurriera...

–¿Sí?

–Si a mí se me ocurriera abrirle muy despacito la barriga para operarle el bazo o el hígado con unas tijeras de velero, si hiciera eso ahora mismo en cubierta, delante de todo el mundo, y lo cosiera con un sedal...

Palardi traga saliva ansiosamente.

–¿Cómo dice?

–¿Le gustaría? –prosigue Gardel.

–Yo... Eso sería más bien tarea para...

–¿Un cirujano?

–Sí.

–Cierto. Tiene usted razón.

El capitán hace ademán de irse, pero se para y da media vuelta.

–¿Y usted?

–¿Yo?

–¿Es usted el capitán del barco, Palardi?

Agarra al cirujano por la oreja. Apenas alza la voz, pero casi lo levanta del suelo.

–¿No?

–No...

–Entonces, ¿por qué intenta explicarme mi oficio? ¿Cómo puede pensar que no sé adónde voy?

Los pies de Palardi ya no tocan el suelo. Gime quedamente.

–Ni por un segundo se me ha ocurrido detenerme en Saint-Louis –dice el capitán–. Sé que ahora no hay nada que esperar en esa zona de la costa. En cuanto a Gorea... En este momento debe de haber allí tres naves de La Rochelle, sin contar las de Nantes o de Honfleur, peleándose por dos cautivos delgaduchos y un marfil amarillento.

El capitán, por fin, le suelta la oreja al cirujano. Se vuelve hacia la tripulación.

–¡Si alguien más piensa que hemos llegado, que levante la mano!

Los mira uno por uno.

–Os creéis que es el final cuando apenas hemos empezado. Faltan aún diez días para llegar a Elmina. Escuchadme bien. No vamos a tocar tierra antes de ese día. Es allí donde empezaremos la trata. Compraremos todo lo que encontremos. Y luego seguiremos la costa hasta donde vive el rey del Congo si es necesario. ¡Y más lejos aún! Hasta que en el casco de esta nave ya no haya sitio ni para un recién nacido, hasta que no se pueda respirar ni una bocanada de aire debajo de este suelo. ¿Lo habéis entendido?

Los que están en los obenques se agarran al cáñamo para no desmayarse. La tripulación parece haberlo entendido.

–La nave tiene que estar lista dentro de diez días. Hasta hoy, algunos de vosotros habéis podido ocultaros, pero en lo sucesivo sacaré uno a uno de su agujero. Vais a trabajar hasta caeros al suelo delante de mí. Prefiero que os desmoronéis ahora a que lo hagáis con quinientos cautivos a bordo. Acabáis de pasar dos meses en el paraíso. ¡Preparaos para el infierno!

Abel Bonhomme se apoya en el palo mayor, tembloroso. Está convencido de que el capitán se refiere a él.

–¿Dónde está Tavel, el tonelero? –vocifera el capitán.

–Está enfermo –dice tímidamente el cirujano, frotándose la oreja.

–¿Enfermo?

–Está descansando un poco en la lancha –añade Palardi señalando la embarcación bien estibada por encima de la cubierta.

–El médico es usted, Palardi. Si Tavel no está en pie mañana por la noche, los desembarco a los dos en la islas Bijagós. Hay unas playas preciosas y serpientes de diez pies de largo. ¿Lo ha entendido?

–Sí, capitán... –susurra Palardi.

–¿Y Poussin? ¿Qué está haciendo Poussin?

–Estoy aquí –dice el carpintero asomando la cabeza.

–¿Cómo va la barricada?

–Nos va a faltar madera para terminarla, como ya le avisé, pero hay tres cuartas partes listas para montar.

–¿Cuántos hombres necesita?

–Ocho.

–¿Y cuánto tiempo?

–Cinco días para encajarlo todo.

–Irá a buscar madera a la Costa del Oro cuando lleguemos a Elmina o a Cape Coast. Vaya colocando lo que tenga. Le doy cuatro hombres y tres días.

–Cinco. He pedido cinco días. Y ocho hombres.

–Por quejarse, serán solo dos.

–¿Por qué?

–Porque a mí me apetece. Y, si no termina a tiempo, se unirá a los señores Tavel y Palardi en las islas, entre mosquitos y mambas.

Gardel gira sobre sus talones gritando.

–¡Rumbo sur, sudoeste! ¡Arribad a un largo abierto! ¡Todos a trabajar! Y látigo para el que se queje.

Se aleja. Toda la tripulación se pone en movimiento. Varios hombres se unen al carpintero.

–Bajad al entrepuente y esperadme –les dice tranquilamente Poussin–, tengo que zanjar una última cosa.

Sigue con la mirada al cirujano, que se ha subido a uno de los pasamanos y está metiendo un pie en la lancha. Se reúne con él.

Allí, bajo un techo de lino alquitranado, yace el tonelero Tavel, con la cabeza apoyada en un saco de paja.

Poussin mira cómo Palardi se inclina sobre él y le pone la mano en el hombro.

–¿Cómo se encuentra, Tavel? –pregunta tontamente el médico–. Va a tener que pensar en ir curándose.

El enfermo menea la cabeza.

–¿Cómo lo está tratando? –pregunta Poussin apartando a Palardi.

–Con sangrías matutinas en el brazo. Al final, funcionará.

–¿Sangrías?

–Cinco onzas de sangre cada vez.

–¿Dónde ha aprendido eso?

–En Rochefort, en la escuela de cirugía.

–Habrá conocido a Eugénie.

–¿A quién?

–Una mujercita pelirroja, de cinco pies de altura. Vivía en Doëlan, cerca de Quimperlé. Viví en su granja un año.

–¿Cómo dice?

–La pobre mujer hace tiempo que murió. Tenía ochenta años y los ojos azules. ¿No cae usted?

–Yo… ¿Doëlan? No he estado en Doëlan.

–Eugénie… Dulce y dura como la madera de haya. ¿De verdad que no le suena?

–Creo que no… ¿Y pertenecía al gremio?

–En absoluto, pero yo la veía hacer la matanza todos los años en enero…

–¿Y qué?

–Pues que habría jurado que fue a la misma escuela que usted.

Palardi intenta agarrar a Poussin por la garganta, pero el carpintero lo tira de un manotazo al fondo de la lancha, junto a Tavel.

–Estoy intentando salvarle la vida, Palardi. No le haga nada más a este enfermo. Dele para beber el agua de cocer el arroz. Es lo único que funciona con la disentería. Pídasela a Cook. Destape la lancha durante la noche, deje a Tavel al aire libre y espere. Necesita tiempo. Le pido que espere.

–No puedo esperar –se lamenta el médico–. ¿Ha oído lo que ha dicho el capitán?

–¿Por qué cree usted que Gardel quiere que el tonelero se cure a toda costa?

Palardi no se lo piensa mucho.

–Para que fabrique toneles.

–Exactamente. ¡No es solo porque le preocupe su salud! Así que deje a este hombre en paz, que yo me encargo.

Poussin se inclina hacia el enfermo con una sonrisa reconfortante.

Le susurra:

–Duerma, Tavel. No se preocupe por nada. Vamos a sacarlo de aquí.

A su lado, el cirujano busca algo que decir, pero el carpintero ya ha salido de la lancha. Palardi se queda solo con los leves gemidos del tonelero. También él tiene ganas de llorar. Sabe de sobra que nunca ha curado a nadie. Se dedicó a la marina mercante porque ya no aguantaba más en los buques de guerra, donde, en pleno combate, atendía a los heridos con la sierra y un delantal de carnicero atado a la cintura.

Poussin ha bajado a reunirse con sus hombres.

–La barricada divide la cubierta en dos partes –le explica un marinero a Abel Bonhomme–. Separa la proa de la popa. Si los cautivos se amotinan, la barrera nos salvará.

–Basta con estar del lado correcto –añade Poussin al entrar.

Absalón, el contramaestre, aparece detrás de él. Viene a buscar a Joseph Mars.

–¿A mí?

–El capitán quiere hablar contigo. Date prisa.

Joseph obedece. Poussin se queda mirando cómo se marcha y les dice a los demás:

–Adivinad qué vamos a hacer ahora.

–La barricada.

–No –dice el carpintero.

Sonríe ante el desconcierto de los marineros y les anuncia:

–Vamos a hacer toneles.

Tras las aterradoras palabras del capitán, a Abel Bonhomme le vuelve a latir el corazón. De los dos días de trabajo que le han concedido, el carpintero cede la mitad para tratar de salvar al tonelero. En la mirada de Abel Bonhomme, que lleva meses sufriendo por cada segundo que ha pasado a bordo, acaba de posarse un poquito de claridad.

Mientras empieza a encinchar el primer tonel, Abel piensa de nuevo en la monstruosa declaración de Gardel. Intenta imaginar su futuro. Si los dos últimos meses de verdad han sido un paraíso, ¿cómo será el infierno?

17

La fortuna

Joseph ha pasado a decirle una cosa al cocinero y luego se ha ido volando a la cámara del capitán. Muy concentrado, da dos golpes en la puerta.

Es la primera vez que vuelve allí desde aquella noche del mes de agosto en la que tomó prestados los diamantes y el reloj. Por cómo suena la puerta al abrirla, se da cuenta de que han añadido otra cerradura. Ahora Gardel desconfía. Por eso Joseph nunca había vuelto a pisarla.

–Siéntate –dice el capitán.

Joseph entra. Reconoce el sonido del reloj de péndulo. Toma asiento. La mesa que tiene delante es de caoba. Le han acortado dos patas para que se mantenga horizontal a pesar de que la parte trasera del barco está muy inclinada. Las cortinas están abiertas y forman un drapeado en torno a cada ventana. Todo es muy refinado. Cuesta creer que, a dos pasos de allí, el resto de la nave cada vez se parece más a una cárcel.

La litera del capitán, muy alta y forrada de rojo, es como una cama oriental. En el otro extremo, en la esquina de las últimas ventanas, se abre un reducido jardín. Es el retrete personal del capitán: seguramente el mayor privilegio de este navío. El resto de la tripulación comparte una plataforma agujereada al aire libre encima de los beques, a proa, con el viento y las olas golpeando en el peor momento.

–Hace un rato –dice Gardel–, en cubierta, me referí a los débiles que se esconden... ¿Lo recuerdas?

–Sí.

El capitán deambula por la cámara. Abre y cierra su navaja de barbero, una de esas grandotas que son su juguete favorito.

–Mientras hablaba, ni siquiera estaba pensando en ti.

–Gracias.

Joseph nota esta presencia que le pasa por detrás, muy cerca.

–No voy a mentirte. A bordo hay algunos marineros a los que quizá me deje olvidados en una cala de la Côte-au-Vent o intercambie con otro navío. Pero nunca te he contado a ti entre ellos.

Joseph oye tras de sí el leve chasquido de la navaja cuando Gardel la pliega dentro del mango de marfil.

–No, tú no estás en ese lote, Joseph Mars.

Se queda quieto.

–A ti te incluyo más bien entre las cucarachas y las ratas. Con esas no me tomo la molestia de bajar el bote que estás viendo aquí, colgado justo encima de la ventana, y llevarlas hasta una playa desierta. A las ratas es más rápido pillarlas por sorpresa de noche en la sentina y cortarlas por la mitad.

Vuelve a sonar el chasquido seco de la navaja y, luego, un prolongado silencio.

–Un parásito. Una boca que estoy alimentando inútilmente. Tienes que entenderlo, hijo. No estás haciendo nada de lo que te pedí. No hemos avanzado nada en más de un mes. ¿Tú sabes lo que me debes?

–No.

–La vida. Así de sencillo.

Joseph calla. El capitán se ha parado detrás de él.

–Hijo, he estado pensando largo y tendido –dice–. Intento comprender lo que haces. O bien eres sincero y no has encontrado nada relacionado con el pergamino del viejo pirata, o bien no quieres contarme lo que sabes. En ambos casos, correrás la misma suerte.

El reloj está anclado a la pared justo delante de Joseph, que no aparta los ojos de él. Encima de la esfera hay esculpida una niña negra con una flor de algodón en el pelo.

Joseph se queda mirándola. Es como si contara con ella. Está esperando algo.

–Para satisfacer mi curiosidad –prosigue el capitán–, y antes de que acabemos con esto, ¿cuál de las dos explicaciones es la correcta? Responde con franqueza, no va a cambiar nada.

–La segunda.

–¿La segunda?

–La segunda explicación, sí. No sé qué hará usted conmigo el día en que lo resuelva todo. Así que es posible que no le esté contando lo que he descubierto. Es humano.

Gardel se ríe bajito.

–¿Humano?

Rodea la mesa, saca una silla de debajo y se sienta enfrente de Joseph. Espera un ratito y, de pronto, clava la navaja en la madera justo delante del muchacho.

–¿Tú crees que puedo negociar?

–Sí.

–¿Qué pruebas hay de que sabes más de lo que cuentas?

–¿Y qué pasa con usted? ¿Qué pruebas tengo de que me llevará el día en que sepa dónde está el tesoro de Luc de Lerne?

Gardel vuelve a reírse en silencio. Luego se calla.

Se queda pensando un momento y pregunta:

–¿Qué te esperabas? ¿Garantías?

–Sí.

–Escucha, hijo. ¿Ves la manecilla de este reloj? Dentro de dos minutos darán las doce del mediodía. Si antes de la última campanada me demuestras que estás progresando, te juro que estarás conmigo cuando desentierre el tesoro.

–¿Está dispuesto a jurarlo?

–Te doy mi palabra de hombre.

Esta vez es Joseph quien sonríe de oreja a oreja.

–¿Qué pasa? –pregunta Gardel.

–No creo en su palabra de hombre.

El capitán aprieta los dientes.

–Entonces, ¿qué hacemos? –pregunta.

–Júrelo por la mar y las tempestades –dice Joseph.

–¿Cómo?

–Júrelo por la mar y las tempestades.

A Gardel le cambia la cara. Titubea. Es el único marino del mundo que desprecia todas las supersticiones. Aun así, ese juramento lo asusta. No cree en nada, traicionaría a todos los dioses del cielo; pero con la mar y las tempestades no admite bromas.

–Dese prisa –dice Joseph–, va a sonar el reloj.

–Lo juro –gruñe Gardel.

–¿Por la mar y las tempestades?

–Por la mar y...

–Las tempestades.

–Por la mar y las tempestades –dice por fin el capitán, con el rostro tan blanco como la gran bandera de los buques mercantes que se ve ondear al viento detrás de las ventanas de la cámara.

Apenas han sellado el pacto cuando el reloj da la hora. Encima de la esfera, la niña de la flor de algodón empieza a golpear la campana con una varilla dorada. Una campanada, dos...

¿Cómo se ha arriesgado tanto Joseph?

Siete, ocho.

Acaba de sonar la novena campanada. Gardel recobra el color del rostro mientras vigila a Joseph. Dentro de tres segundos el pacto no tendrá validez alguna.

Pero, en el momento en el que la niña de la flor golpea por decimosegunda vez la campana, alguien llama a la puerta enérgicamente.

El capitán arranca la cuchilla clavada en la caoba de la mesa.

–¿Qué sucede?

Se pone de pie y acude a abrir la puerta.

–¿Me ha mandado llamar? –pregunta alguien.

Joseph, desde la mesa, reconoce la voz de Cook.

–Adelante –ordena desde lejos, como si estuviera en su propio camarote.

Gardel se aparta y deja pasar al cocinero.

–Me han dicho que me esperaba a las doce.

–Siéntese enfrente de mí –le dice Joseph.

Gardel se queda mirando la escena, incapaz de reaccionar. Tiene la sensación de ser el lacayo de ese niño que se ha acomodado en su camarote.

Cuando se dispone a cerrar la puerta, el gato se cuela por el resquicio, se mete en la cámara y se sube de un salto a las rodillas del cocinero, que acaba de sentarse.

Presa del pasmo, el capitán cierra de un portazo. Se vuelve hacia ellos. Cook está acariciando tranquilamente la cabeza del animal.

–No puede estar sin mí –se disculpa.

Sonríe y las mejillas se le inflan como las velas cuando sopla el viento.

–¿Cómo se llama el gato? –pregunta Joseph.

–Hércules –contesta Cook con ternura.

Gardel se siente cada vez más desamparado.

–¿Hércules? –vuelve a preguntar Joseph.

–Sí.

–¿Podría explicarle al capitán por qué lo ha llamado así?

Cook ya no sonríe en absoluto. No contesta. Le echa una ojeada a Gardel.

–Díganos por qué lo ha llamado Hércules –ordena Joseph.

Ahora el cocinero lo mira a él. Horrorizado, le parece estar entendiendo por qué lo ha citado en la popa.

–Es agua pasada –dice–. Ya pagué por aquellos años.

–¿Qué años? –grita el capitán, que sigue sin entender.

–¿Te lo ha contado Abel? –le pregunta Cook a Joseph.

Pero no espera la respuesta.

–Se lo perdono. Abel me cae bien. Soy yo quien se ha ido de la lengua.

–¡Que alguien me lo explique! –ordena Gardel–. ¡No me entero de nada!

–Hércules era el nombre de un cañón que disparaba balas de cuarenta y ocho libras. Estaba en una goleta en la que serví quince años. Las balas podían atravesar el casco de dos naves abordadas.

–No me tome por tonto. Jamás se ha visto un cañón de cuarenta y ocho –dice Gardel.

–Yo he visto uno.

–¿Cómo se llamaba el barco?

–Era un buque de cuatro palos que se llamaba La Hidra –contesta el cocinero.

Gardel se vuelve hacia Joseph. Ese chico es un demonio. Va a salvar el pellejo una vez más.

–¿La Hidra?– repite Gardel.

–Sí.

Gardel vuelve lentamente los ojos hacia el cocinero. No ha conocido más que un buque de cuatro palos en todos los mares. Era el de Luc de Lerne.

–Voto a Dios –dice.

Se queda mirando fijamente a Cook.

Resulta que ese bribón, con su acento londinense y sus mofletes como bolas de croquet, había navegado quince años con el famoso pirata.

Cook baja los ojos.

–¿Por qué sabe eso Abel Bonhomme? –pregunta el capitán.

–Le ha visto el tatuaje de la espalda –contesta Joseph.

Gardel se pone detrás de Cook y, de buenas a primeras, le rasga la camisa. En la parte superior de la espalda del cocinero aparece un pirata en equilibrio encima de dos calaveras. Es la última bandera negra de Black Bart, la que Luc de Lerne había heredado de su maestro a los veinte años. Cook no miente. La prueba está ahí mismo, grabada con pólvora en su piel negra.

El capitán vuelve a tapar al cocinero con la camisa. Sabía que ese hombre ocultaba algo. Nunca se equivoca.

Al ver su mirada exaltada, Cook se pone de pie bruscamente.

El gato ha bajado al suelo de un brinco y se esconde debajo de la cama.

–Ya he pagado –dice–. Pasé cuatro años en el barro de la cárcel de Portchester. Casi me quitan las dos piernas por culpa de la gangrena. He pagado por aquellos años.

El capitán se le acerca.

Por desdicha, Joseph vuelve a tener razón. Cook es el hombre que necesitan. ¿Quién mejor que él podría ayudarlos? ¡Quince años al lado de Lucas! Bastará con interrogarlo y actuar con sutileza para que no pueda sospechar lo que andan buscando.

La voz de Gardel es más empalagosa de lo que nunca ha sido.

Le pone la mano en el hombro.

–No te preocupes –dice–. Vuelve al trabajo. Yo respetaba al viejo Lucas. Algún día me contarás cosas suyas. Me alegro de que Mars me haya contado esto de ti.

Pero Joseph Mars parece estar pensando en algo muy distinto.

Ha seguido con los ojos al gato Hércules.

–¿Mars?

El capitán Gardel mira cómo Joseph se pone de pie a su vez para ir a arrodillarse delante de la cama. Mete la mano entre los pliegues de tela roja que la cubre. Los dos hombres lo oyen llamar al gato.

Joseph aparta la colcha.

–Hércules –susurra.

El colchón está colocado sin más encima de dos cajas de madera de casi tres pies de algo. Al deslizar la mano debajo de la cama, Joseph nota los gruesos candados de hierro forjado que las cierran. Agarra al gato por la piel de cuello y tira de él. La tela vuelve a caer hasta el suelo y tapa las cajas.

Joseph se incorpora. Era la única cámara inaccesible de toda la nave. La única que no había podido registrar de arriba abajo.

–Lo tengo. Lo he cogido –dice mostrando a Hércules.

Cook acude a recoger al animal y lo abraza.

–Y, ahora, ¡salid de aquí! –dice el capitán, que empieza a estar harto de tanta cursilada.

Cook y Mars se marchan. La puerta se cierra tras ellos.

–¿Por qué has hecho eso? –susurra Cook cuando llegan cerca de las cocinas–. ¿Quieres que me mate?

–Creo, antes bien, que te he salvado la vida –contesta Joseph misteriosamente –. Y, de paso, he salvado la mía.

Cook se queda mirando cómo ese chico tan raro se aleja a paso ligero.

–Pero, por encima de todo, he encontrado lo que estaba buscando –suelta Joseph antes de desaparecer.

–¿El gato? –pregunta Cook.

Apenas llega a oír la alegre respuesta de Joseph:

–No. ¡La fortuna!

SEGUNDA PARTE

18

Un elefante en una sombrerera

Si fueras una corriente de aire, podrías colarte por debajo del portalón del palacete de Bassac, en la calle de L'Escale de La Rochelle; y, si el cochero no te detiene, agitar las hojas secas, pasar por debajo del último racimo de uvas del emparrado, atravesar la puerta acristalada y meterte en la casa.

Entonces, podrías adentrarte en los salones de techos cubiertos de sirenas y goletas, en cuyas tapicerías están representados todos los dioses del mar, esquivar a los lacayos apostados en cada rellano y, al llegar al piso de arriba, entrar por la cerradura de un amplio despacho, ocultándote de los dos hombres que están allí hablando, volar suavemente bordeando los espejos, alcanzar por fin una galería que bordea los estantes más altos de la biblioteca y sorprender allí a la joven que parece estar durmiendo en medio de los libros.

Pero Amélie Bassac no está dormida. La ha interrumpido la llegada de su padre y del contable Jean Saint-Ange. Ha preferido no revelarles su presencia. Desde hace unos minutos, medio aplastada debajo del enorme tercer volumen del *Diccionario universal del comercio* que tiene apoyado en el vientre, intenta comprender el significado de lo que los dos hombres están diciendo muy serios en el despacho, a sus pies.

–Ya no pego ojo, Saint-Ange. Paso las noches en blanco.

–Que no le quite el sueño, señor Bassac. No tiene nada que temer –contesta el joven Saint-Ange con una sonrisa reconfortante en la voz.

–Pero es que es todo lo que tengo –susurra Bassac–. Todo lo que tengo en el mundo, junto con esta casa y unos cuantos muebles. Y mi hija.

–Y una plantación de cuatrocientas hectáreas en Saint-Domingue –añade Saint-Ange–. ¡Y los ciento cincuenta negros que trabajan allí!

Silencio. Amélie oye crujir el parqué encerado bajo los pasos de su padre.

–¿Y si lo ha descubierto alguien? –sigue diciendo.

–Sabe de sobra lo prudentes que hemos sido. Además, no es casi nada. Ni se nota.

–¿Casi nada? –brama Bassac.

–¿Me creería si le digo que podría haber cabido todo en cuatro o cinco cajas de un pie de lado?

Amélie aguza el oído. No acaba de entender de qué están hablando. ¿Qué puede ser eso tan valioso que cabe en unas cajas cúbicas tan altas como una pila de libros?

Unos años antes, después de morir su mujer, Bassac vendió sus joyas porque su hija le juró que no se las pondría jamás. Pero ¿quedarán más recuerdos de valor en alguna parte? Amélie se acuerda de los documentos familiares que acumula su padre, contratos de matrimonio de sus antepasados, facturas de la tiendecita de comestibles

del bisabuelo, de cuando la familia Bassac aún vivía en su pueblo de origen.

–Ni siquiera el capitán Gardel está al tanto –dice Saint-Ange–. En la tripulación solo hay un hombre que lo sabe. Nos mantendrá informados de todo.

–¿Es de fiar? Por cierto, que todavía no me ha dicho usted cómo se llama. Cuatro mil quinientos kilos no son poca cosa, ¿cómo quiere usted...?

La irrupción de un bólido cubre las últimas palabras del armador. Se trata de la señora De Lô, la temible preceptora de Amélie. Ha abierto las dos hojas de la puerta empujándolas con el hombro. Con el impulso, patina por el parqué y se detiene justo delante de Bassac.

–Le ruego que me disculpe –dice.

–¿Está buscando algo, señora?

–No.

–¿Nada?

La señora De Lô recupera el aliento.

–Un libro, quizá. Ya no lo sé.

Saint-Ange se queda mirándola. Una mujer compacta y jadeante. De ojos chispeantes. El pelo peinado hacia arriba parece duplicar su estatura. El vestido lleva un siglo de retraso respecto a la última moda, con bordados de hojas verdes y cintas que levantan la tela por los costados.

–Señor –le dice a Bassac–, aprovecho para decirle, ya que estoy aquí...

La señora De Lô lanza ojeadas por encima del hombro de Bassac. Arriba del todo, Amélie se agacha para que no la vea.

–... que están a punto de anunciarle que el almuerzo está servido en el patio acristalado.

–¿Mi hija ya está allí?

–No… no lo sé. Seguramente.

–Ahora bajo.

Se vuelve hacia el contable.

–Dígame, Saint-Ange, ¿no ha recibido nada más desde el primer correo de Lisboa?

–Nada de momento. Nuestro hombre le habrá encomendado otro mensaje a un barco cuando la nave tocó tierra en África. También recibiremos las cartas oficiales de Lazare Gardel. Solo nos queda esperar.

Bassac suspira.

–Me está quitando el apetito. Vuelva mañana con buenas noticias, por favor.

La puerta chirría y se cierra. La estancia vuelve a quedar en silencio. Se oye un eco de pasos en el rellano.

Amélie espera un poco más. Se incorpora al fin, coloca el diccionario en su sitio y baja de la galería por la escalera de caracol. Se acerca al escritorio de su padre, hundiendo los pies descalzos en la mullida alfombra.

Del techo cuelga la maqueta inmensa de un barco. Se trata de La Rosa Encarnada, la primera nave de Bassac, que se perdió hace mucho tiempo. La maqueta pende de un juego de poleas que la mantiene encima del escritorio y aporta a la estancia un ambiente de altamar.

Cuando era pequeña, Amélie desataba la cuerda y bajaba lentamente La Rosa Encarnada para pasear la mirada por el interior del casco a través de las aberturas.

Pero esa mañana encima del escritorio solo hay un papel cuadrado con unas palabras garabateadas.

–¿Amélie?

La muchacha se da la vuelta y descubre a Saint-Ange junto a la ventana.

No había salido con los demás. La ha sorprendido cuando bajaba de la galería.

–Me parece que la están esperando en el patio acristalado. Su ama de gobierno...

–Es mi preceptora. Ella no gobierna a nadie, caballero.

El contable sonríe.

–La estaba buscando a usted, pero no lo habría confesado jamás, ¡aun estando muerta de angustia y al borde de la apoplejía!

Amélie no se ha movido. Apoyada en el escritorio, con las manos a la espalda, mira a Saint-Ange a los ojos. Está furiosa por haberse presentado descalza delante de ese hombre. Hurga con el dedo gordo en la lana de la alfombra.

–Por cierto, no me llame Amélie.

Ese hombre está enamorado de ella. Lo sabe. No le gusta la gente enamorada. De hecho, no le gustan ni el amor ni la gente.

Solo le gusta su padre, que le resulta conmovedor.

Y la señora De Lô, que está loca pero sabe química, griego, inglés, aritmética y lo necesario sobre filosofía y casuística. También le enseña a tocar el piano y astronomía. De ninguna manera es su ama de gobierno. Amélie la llama «su gobernalle».

–Discúlpeme, señorita –responde Saint-Ange con voz apagada–, la llamaré «señorita».

Además, ese hombre es un estafador. Amélie ha repasado las cuentas de los últimos barcos. Faltan veinte mil libras solo en el buque El Africano. Y en otro barco, dos trabajadores y tres niños negros han desaparecido por arte de magia de los registros entre la llegada a Saint-Domingue y el mercado de esclavos.

Una noche se lo contó a su padre, que le dijo riendo:

–¡No hace falta que lo acuses de robar para no tener que casarte con él! Sabes de sobra que harás lo que tú quieras, aunque ese hombre tiene talento. Promete mucho.

Todos los hombres prometen mucho. Lo cual no es motivo para creerlos. Amélie no quiere que nadie se meta con la casa Bassac.

Todos los días dibuja curvas con el precio del azúcar, el algodón y el café. Cuenta una y otra vez a los cautivos en los registros. Controla. Prevé. Calcula las estaciones más rentables, la trayectoria favorable de los vientos y las corrientes. Le gustaría que la nave que lleva su nombre llegara a Saint-Domingue antes de Navidad, coincidiendo con las cosechas de caña de azúcar, cuando el precio de los cautivos está por las nubes.

Mientras ella esté viva, nada podrá empañar el esplendor de la casa Bassac.

–Es su padre quien me ha pedido que la llame Amélie –explica Saint-Ange–. Dice que tenemos casi la misma edad.

–La octava parte de su edad es la raíz cuadrada de la mía –responde Amélie con una pedantería que la que ya se está arrepintiendo–. No puede decirse que tengamos la misma edad.

–No exactamente la octava parte, señorita. Creo que usted nació en diciembre.

Estaba segura. Se muerde la mejilla por dentro. «Lo peor –piensa– es que sabe contar». Por eso no le perdona las tremendas lagunas de los libros de cuentas.

–Saint-Ange, ¿sabía que todas las noches la señora De Lô le escribe a usted cartas de amor metida en la bañera y luego se las esconde en el pelo?

Amélie ha soltado esas palabras sin pensar, lo más deprisa posible, con la intención de aprovechar el desconcierto del hombre para recoger el papelito que está detrás de ella en el escritorio.

–¿Cómo dice? –pregunta Saint-Ange.

–Nada. Olvídelo.

Arruga el papel en la mano y lo hace desaparecer.

–Me había parecido entender...

–No confunda sus anhelos con la realidad –dice ella–. El corazón de la señora De Lô ya tiene dueño. Le es fiel a su marido. Usted no puede cambiar eso, aunque la arruinara hasta el último céntimo y lleve muerto por lo menos cien años.

Saint-Ange está conmocionado. Misión cumplida. Ya no sabe ni dónde está. Para Amélie, no es el momento de aflojar. Se dirige rauda hacia la puerta y, al pasar muy cerca de él, le susurra:

–Pero le diré lo que siente por ella.

Con el vestido azul y blanco, el roce de la tela sobre el parqué encerado y el tamborileo de los pies descalzos, parece una de esas olitas que van galopando por la arena y no dejan que nada las detenga.

–Sí, se lo diré, nunca se sabe –dice antes de evaporarse.

En las escaleras, se pasa la mano por el vestido arrugado. Piensa que se ha librado del afecto de ese hombre durante una buena temporada.

Se equivoca.

Porque a Saint-Ange esa ola lo tiene abrumado, aturdido, ahogado de amor. Vencido contra la ventana, poco le falta para atravesar el cristal, caerse en el boj del jardín o quedarse enganchado en los rosales trepadores. Necesita oxígeno. Quiere que ella lo quiera. Casi podría olvidarse del gran plan que lleva trazando dos años.

Saint-Ange intenta respirar hondo. Debe mantener la calma.

Cada cosa a su tiempo.

Mientras corre escaleras abajo, Amélie desdobla la hoja que se ha llevado del escritorio de su padre. Se detiene en el último peldaño. No estaba soñando. Cuatro toneladas y media. Eso es lo que está escrito. Lo ha oído en el momento en el que entró su preceptora. ¿De qué será ese cargamento secreto de cuatro toneladas y media? Tendrá que volver a registrar los inventarios.

Atraviesa el vestíbulo y el saloncito. Entra en el patio acristalado. Su padre ya está sentado a la mesa. Brilla un bonito sol de octubre y el aire parece verde y gris, como el musgo de los árboles del jardín.

–¡Hija mía! –exclama–. Ya estás aquí.

–Papá –dice ella con voz dulce.

El padre se levanta un instante mientras la hija toma asiento enfrente de él. Inmediatamente, aparece el mayordomo con una bandeja cubierta con una campana de plata. De entre las cortinas surge para colocar una servilleta en el regazo de la joven. Amélie odia estas finezas. ¿Qué tal si también le limpian la boca o le arreglan las enaguas?

–¿Has visto a Saint-Ange?

–No.

–Seguro que le habría gustado cruzarse contigo.

–Seguro.

–Es un chico agradable.

–No.

Amélie contesta distraída. Tiene la cabeza en otra parte. Ya no ve a su padre, ni al mayordomo que está de pie pegado a su silla, ni a otro sirviente que se acerca con guantes blancos para levantar la campana y servirle unas setas a la crema, ni a la señora De Lô, a quien se ve a lo lejos mientras la sigue buscando al fondo del jardín.

Amélie tiene la mente enfrascada en razonamientos de física y geometría.

El cargamento misterioso pesa cuatro toneladas y media. Y Saint-Ange decía que se podría meter en cuatro cajas cúbicas de un pie de lado. Algo no cuadra en ese asunto. Sería como meter un elefante en una sombrerera.

19

Si fueran ellos

Es imposible seguir remontando el rastro. Awoshi es el primero en llegar al borde del barranco. El caballo no podía venir de más lejos. Los pasos empiezan ahí, bruscamente, cerca de una sima llena de vegetación, como si el caballo hubiese aparecido de la nada.

Awoshi se da la vuelta. Baako y su padre aún están muy rezagados. Caminan despacio, muertos de cansancio. Han dejado de creer en esa búsqueda imposible. Hace muchos días que ni siquiera ven las huellas que persigue su joven jefe Awoshi. Ya no existen en el suelo. El tiempo ha pisoteado el rastro del caballo.

Aun así, Eeko y Baako no han dejado de seguir a un jefe que los tiene aterrorizados. Aunque más bien les parece que lo que siguen es el rastro de su locura.

Pero, por primera vez, delante del barranco inaccesible, Awoshi piensa lo mismo que ellos. No puede seguir así. Sabe que lo tiene obsesionado la leyenda de los últimos okos. Por la noche ni siquiera sueña con cuánto dinero va a pedir por ellos, sino solo con la embriaguez de atraparlos al fin.

A pesar de haber logrado llegar a ese sitio, tan lejos de su tierra asante, está dispuesto a renunciar. Tiene que dejarlo. Awoshi está sentado sobre los talones mientras espera a sus hombres. Mira el barranco lleno de espinas. Un caballo no puede haber salido de esos acantilados.

De lejos, la montaña que acaban de subir parece un volcán inmenso. Ese barranco debe de llevar a un cráter de piedra y espinas. ¿Quién iba a imaginarse que alguien pudiera esconderse allí?

–Awoshi –dice Baako al llegar–, mi padre quiere hablar contigo.

El anciano Eeko, muy debilitado, está detrás de su hijo.

Awoshi le mira a la cara y dice:

–No hace falta que hable. Sus ojos lo hacen por él. Y oigo lo que dicen. Ha llegado el momento de volver a casa.

Baako y su padre se miran.

–Nos volvemos –dice Awoshi.

Está tranquilo, reconfortado por haber oído a su propia voz anunciar que se había acabado. ¿Por qué se empecinó en hacer una expedición tan larga? Varias lunas de marcha a través de tierras deshabitadas mientras su pueblo podría conformarse con vender a sus prisioneros, sus ladrones o sus asesinos.

El anciano Eeko ha dado media vuelta y se está alejando.

–Espera –dice su hijo–. Vamos a sentarnos un rato.

–Estoy listo –dije Eeko–. Quiero volver a casa.

Baako ayuda a su padre a sentarse.

–No estoy cansado –dice Eeko.

El padre y el hijo están sentados. Las ramas que tienen por encima los protegen del sol. Baako le ha puesto a su padre la mano en la rodilla. Se ríe de su impaciencia.

–Ya lo verás –explica Eeko–. A mi edad, cada hora cuenta.

Awoshi se ha apartado encima de una roca plana. Los oye hablar. Se diría que ya están de vuelta, a la sombra de su casa. Se diría que están oyendo la voz de las mujeres a su lado, o la de los niños bañándose debajo del árbol grande y zambulléndose desde lo alto de las ramas con gritos de alegría.

Awoshi recuerda que en el pasado le bastaba con esa placidez.

–¿Nos vamos?

Sus hombres se le han unido. Se ponen en marcha los tres. Eeko parece un pájaro parlanchín.

–El que está cansado es mi hijo, ¿sabes? No yo. Me ha estado utilizando para sentarse un rato.

Bajan por un pasaje muy empinado. Con la risa de sus compañeros, el anciano se lanza:

–Si yo no lo hubiese sacado de allí, se habría pasado la noche sentado en esa canoa. Y tú, Awoshi, dormirías como un niño de pecho.

Baako sigue divirtiéndose detrás de él, pero Awoshi, que va delante, se detiene. Se queda mirando a Eeko.

–¿Qué has dicho?

–Estaba de broma. Hablaba de un niño de pecho... Pero...

–¡Antes!

Eeko lo mira atemorizado.

–¿Qué has dicho antes?

–No lo sé. No quería...

–Una canoa...

–¿Qué?

–Has mencionado una canoa.

–Debajo del musgo donde estábamos sentados, me parece, no estoy seguro... Podría haber sido una canoa bocabajo.

Awoshi vuelve corriendo pendiente arriba. Cuando los otros lo alcanzan, ya le ha dado la vuelta al tronco de árbol. Pasa la mano por la madera desbastada.

–¿Quién se lleva una canoa a lo alto de las montañas? –pregunta Baako riéndose–. ¿Dónde están esos gigantes?

En efecto, se trata de una canoa pequeñita cubierta de musgo.

Baako grita. Trata de recuperar el buen humor, que ha caído en picado. Le da una patada para que retumbe la madera hueca. Pero, a su espalda, Awoshi se ha vuelto hacia el barranco lleno de árboles erizados, zarzas y espinas.

–Un día esto estuvo lleno de agua.

Baako se le acerca.

–Ven –dice–, habíamos dicho que se acabó.

–El caballo salió del agua.

–Ven...

Baako intenta agarrarlo del brazo, pero Awoshi se zafa.

–El caballo no cayó del cielo –repite–. Sí que había un paso.

Baako insiste. Esta vez, Awoshi lo tira al suelo. Lo apunta con el cañón del fusil.

–¿Te crees que vas a detenerme cuando por fin lo he encontrado?

–¡No has encontrado nada! –grita Baako–. ¡Estás loco, Awoshi! Te lo digo aunque vayas a matarme. ¿Acaso las canoas cruzan bosques?

El joven se echa a llorar en el polvo.

–Mi hijo tiene razón –le dice Eeko a Awoshi–. Puede que aquí haya habido agua hace mucho tiempo. Pero no podemos quedarnos a esperar hasta que lleguen las lluvias.

–No, no vamos a esperar –dice Awoshi, que ha recuperado la calma–. No vamos a esperar a que llueva.

Baja despacio el fusil. Los dos hombres le suplican.

–¡Estás loco! –le grita Baako–. ¿Quieres ponerle alas a la canoa?

Awoshi mira el barranco. Frota entre los dedos un poco de pólvora que se ha salido del fusil.

Siempre ha elegido ir contracorriente. Cuando hay que seguir las huellas de un caballo, él prefiere ver de dónde vienen. Cuando Moisés Shackle señala una dirección, él toma otra. Y cuando el agua parece ser la única forma de pasar...

–¡Fuego! –dice Nao delante de la casa–. ¡Hay fuego!

Está sola. El humo sube a lo lejos entre los acantilados. Sum ha ido a apagar ese fuego. El día se acaba. Nao se ha quedado cerca del sicomoro, cansada por las penalidades y por el niño.

¿Y si fueran Mosi, Lam y Alma que vuelven a casa? ¿Y si fueran ellos?

20

Desperdigados

En el valle solo han vivido un incendio, inmediatamente después de que naciera Alma. La pradera se quemó. Fue una noche de rayos y truenos. En la oscuridad, se veía pasar a los antílopes en llamas como antorchas rebotando. Las aves de presa cazaban en la línea de fuego. El cielo también se quemaba.

Hoy está arriba del todo, por el barranco. El humo sube, muy blanco, y vuelve a caer como una lluvia negra hasta el pie de los acantilados.

Desde que los tres desaparecieron en unas horas... Lam, Mosi y Alma... Desde ese día, la vida de Nao se consume. Si se quema todo, ¿qué quedará al final? Está de pie junto a la puerta, donde la lanza de su marido sigue esperando. Se sujeta el vientre con las manos, como si llevara una calabaza hueca.

Con la espalda apoyada en la pared de la casa, Nao se escurre hacia abajo. Los párpados también se le caen. Se queda dormida en cuclillas. El fuego para la comida se ha quedado encendido en un agujero que tiene delante.

Por encima del tejado, en las ramas del sicomoro, los dos monitos se tapan los ojos.

Se ha hecho de noche. Nao está despierta. Parece que el incendio ha cesado. En el barranco ya no hay ninguna luz. Por todas partes, el aire tiene un olor a carbón frío que trae el viento del sur.

Nao se pone de pie despacio. Mete una rama en el hogar casi apagado. Entra en casa.

Camina por la habitación oscura. Le gustaría encontrar allí a todos sus hijos dormidos y oírlos gruñir suavemente cuando se dan media vuelta durante el sueño.

Desde que se han ido, Nao ha vuelto a descubrir a Sum. Durante años, Alma y Lam acapararon por completo a su madre. A su hermano mayor no le quedaba casi nada. Pero, en unas pocas lunas, Sum el silencioso se ha convertido en mucho más que el guardián de Nao. Es todo cuanto le queda. También es el hombro sobre el que llorar.

Lo llama. ¿Por qué no ha vuelto? Desde el fondo de la casa ve el cuadrado más claro de la puerta. Se queda escuchando. El ruido de unos pasos acaba de deslizarse por la hierba, detrás del tabique. En el vientre de Nao, el niño se ha agazapado.

–¿Eres tú, Lilim? ¿Lilim?

Repite la palabra que en su idioma designa la sombra de los árboles. Esa palabra tan dulce con la que llama a sus hijos cuando está a solas con cada uno de ellos.

–¿Eres tú?

Cruza el umbral y se para.

Nao acaba de notar un pincho detrás de la oreja. Alguien le está apoyando la lanza de Mosi en la nuca.

–Hablas la lengua oko –dice una voz.

Nao no dice nada.

–¿Estás sola?

–Sí.

Ha contestado en fante para despistar.

–¿Estás sola en este valle?

Nao implora en silencio al fetiche que lleva en torno al tobillo y a los antepasados que están bajo tierra. Les suplica que Sum se quede escondido en algún sitio. Su hijo no debe aparecer.

–¿Por qué dices que no hay nadie más? No mientas.

–Sí, estoy mintiendo.

–¿Cómo?

–Voy a tener un hijo.

Awoshi le despega un poco la lanza de la piel, lo que tarda en ponerse delante de ella y volver a apoyársela en medio de la garganta.

No debe dejar que lo distraiga. Ni con su belleza ni con el niño. Al contrario, acaba de duplicar el valor de la presa. No quiere correr ningún riesgo.

–Andando. Ven conmigo.

Nao avanza. Si ese hombre se la lleva ahora mismo, Sum se librará. La lanza retrocede ante ella. A Nao le gustaría tan solo darse la vuelta, mirar una última vez la sombra del árbol gigante que estrecha la casa entre sus brazos.

–Espera –dice Awoshi.

Coge un trozo de leña de la hoguera y lo arroja encima del tejado.

La hierba amontonada prende de golpe. Nao cierra los ojos. La casa se quema. Las llamas lamen las hojas del árbol.

–Así que Moisés Shackle no mentía –dice Awoshi.

–¿Quién? –pregunta Nao dando un respingo.

–Un hombre que decía que aquí solo iba a encontrar un campo de cenizas y árboles quemados...

Nao aparta bruscamente el rostro del resplandor del fuego.

Awoshi vuelve detrás de ella.

–Si estás sola en este valle...

–Estoy sola.

Se ponen en marcha. Awoshi se demora, saboreando la victoria, como si cupiera algún orgullo en llevarse a una mujer embarazada a punta de lanza.

–Si de verdad estás sola –repite–, ¿de dónde sale ese muchacho que sonríe y no habla? ¿Ese al que están vigilando mis cazadores allí?

En ese momento, una nube de pájaros mosca se escapa del árbol en llamas, se abate sobre ellos y remonta el vuelo.

–¿Qué ha sido eso? –pregunta Awoshi.

Han desaparecido en las tinieblas.

De camino al barranco, Nao piensa en su familia, en los últimos okos que siguen vivos. Son como un puñado de granos a los que han arrancado de la espiga que los mantenía unidos y que van a acabar desperdigados.

21

Caballo y luna

Alma reprime un grito de alegría. Se tumba sobre los codos para mirar la cantera de tierra roja que hay a sus pies. Está muerta de cansancio, consumida por esa marcha interminable, pero por fin ha visto lo que llevaba tanto tiempo anhelando. ¡Niebla! Ahí está. Una mancha blanca encabritándose en la superficie roja.

Alma ha pasado mucho tiempo recorriendo parcelas sembradas de trigo, campos de arroz y de cacahuetes. Se ha mantenido alerta. En ese paisaje tan ordenado intuía la proximidad de los hombres.

Las líneas perfectamente rectas que separaban los colores. Los caminos de hierbas y mariposas. Los árboles inmensos que se quedaban, muy formales, en su sitio de la linde. Nunca se había imaginado un huerto tan grande.

En el valle, cuando su padre plantaba trigo, mezclado con trébol mojado, formaba tan solo un círculo cerca de la casa, un rinconcito de trigo que a Alma y a Lam les parecía grande cuando se escondían en él, pero del que salían en unas pocas zancadas.

La zona que está recorriendo ahora parece una tela cosida con decenas de esos huertos que se extienden hasta el infinito.

En las últimas semanas, Alma ha cambiado poco a poco su forma de ver las cosas. Creía que su valle contenía el universo entero. Comprende que los recuerdos que tenía estaban hechos a escala de niña. El mundo que está descubriendo no tiene final y el horizonte se aleja a cada paso que da.

Después de tantos días en la aridez del matorral, ha llegado a estos paisajes nuevos donde las gacelas con las patas finas como ramitas la miran pasar en medio de todos los verdes posibles, del más clarito al más oscuro. Tras subir por un sendero, desemboca en una hondonada con otro paisaje distinto, la cantera de tierra roja en la que ha encontrado a Niebla.

Acaba de entender que el caballo está prisionero. Lo han atado a un poste clavado en el centro. Niebla anda en círculos a su alrededor. Sigue teniendo la piel totalmente blanca de las rodillas para arriba. La cuerda se acorta en cuanto da una vuelta al poste. Está aún más agitado desde que ha notado la presencia de Alma.

–Niebla... –murmura ella.

Está dispuesta a ir corriendo hacia él.

Pero, cuando está a punto de lanzarse, la ve: una niña en cuclillas, a un lado que no aparta los ojos del caballo. Alma nunca había visto a otra niña que no fuera ella. Esta tendrá unos nueve o diez años, la edad de Lam. Niebla debe de haberla tirado varias veces al suelo cuando intentaba acercarse a él. De ahí los manchurrones de barro rojo que tiene en las piernas y los hombros. Solo lleva dos anchos brazaletes de estaño en las muñecas y una vuelta de conchas en la cintura.

La niña se incorpora. Es menudita, casi invisible en ese entorno. Incluso la cara está manchada de tierra roja. Hace un último intento de tocar a Niebla, pero el caballo se da la vuelta y la amenaza con los cascos. Furiosa, la niña se pone a increparlo a voces, llorando y blandiendo el puño. Le dice al caballo cosas que Alma no entiende y luego se marcha sin haberse percatado de su presencia.

Una vez más, a Alma le gustaría ir corriendo hacia Niebla para liberarlo. Y otra vez se reprime. Piensa en Lam. Los que han cogido a Niebla también habrán tenido que encontrarse con Lam. Para confirmarlo, tiene que seguir a la niña guapa.

Alma empieza a rodear la cantera. Pasa al lado de un cobertizo de paja donde deben de cargar la tierra con la que construyen las casas. Pero se está haciendo de noche y no hay nadie.

Alma sigue discretamente los pasos de la niña. No la pierde de vista. Está pensando en Niebla. La habrá notado pasar muy cerca. ¿Cómo le habrá sentado que ni siquiera haya ido a saludarlo?

Después de unos minutos andando, tras un recodo del camino aparece de repente el río, detrás de unos grandes árboles abatidos. ¡Qué grande y rápido le parece el río entre las rocas negras! Alma nunca había visto tanta agua junta.

En lo que tarda en volver la cabeza, la niña ha desaparecido. Alma la busca por los alrededores. La encuentra más allá y se esconde para observarla. La niña ha bajado por el ribazo y se ha zambullido en la corriente. En un banco de arena, unas aves la miran también mientras menea los hombros en el agua y se frota el cuello. Vuelve a salir muy limpia y con la piel muy negra cuando antes parecía que la tenía tan clara como la raíz de ñame. Se seca al aire debajo de los árboles. Se vuelve a poner en camino bordeando el río.

La niña no anda muy deprisa. Alma tiene que obligarse a aflojar el paso para no llamar la atención. Oye a la niña lamentándose ella sola y hacer pucheros de rabia. Desde que salió del valle, ha descubierto ese extraño poder de acercarse a la presa sin que la vea, de estar siempre lista para lanzarse aunque no pueda más.

Se para en seco. Tras girar el río, han aparecido unas sombras en la orilla de enfrente. Una casa, luego dos y luego cien. Una pila de casas de tierra y paja. Alma no entiende que alguien haya preferido amontonarlas a orillas del río en lugar de buscar un árbol para cada una y colocarles dos monitos en el tejado, en una pradera hasta donde alcanza la vista.

Más allá de las últimas casas, donde ya no las protege el río, se alza un muro. Y también, por todas partes, delgadas siluetas de distintas alturas que se desplazan o esperan. Falta poco para que anochezca. Suben las canoas hasta la orilla. Empiezan a encender fuegos. El único sonido que se oye es el de un tambor muy grave y muy lento que estremece la superficie del agua.

Alma mira cómo la niña se mete en el río y lo vadea hasta las casas de la otra orilla. No necesita nadar, pero tiene que pelear contra la corriente a golpe de cadera para que no la arrastre. Lleva las manos en la cabeza y los codos hacia arriba como si se le fueran a deshacer en el agua.

Alma no se mueve. Ya no puede seguir a la niña.

Tan solo la ve salir del agua entre las canoas, pero no oye el nombre que un niño grita varias veces:

–¡Sirim! ¡Sirim!

Alma renuncia. Vuelve a la cantera.

Sin dejar que la distraigan de su meta, Sirim sube por un callejón que ha excavado la lluvia. Se cuela por el laberinto de casas y cruza los patios espantando a las gallinas. Sube hacia la fachada más alta, que parece una termitera. Sirim se detiene delante del palacio de tierra que se apoya contra el muro y está horadado de puertas muy bajas y ventanas cuadradas. Va pensando en el caballo que le han encomendado porque era su sueño. Un caballo bravo que no consigue llevarse a casa.

Primero, su padre no quiso ceder. La bravura de los caballos le había dejado malos recuerdos. Pero le habían endilgado ese caballo. Un intercambio con unos traficantes de paso. Y no sabía qué hacer con él.

Sirim le juró llorando y con la frente pegada al suelo que calmaría al caballo antes de la luna llena. Si no lo conseguía, su padre podría hacer con él lo que quisiera. Pero todo va muy rápido. Al cabo de pocos días, ya era muy tarde. Hoy habrá luna llena. El caballo ha mejorado su comportamiento. Y ya está cayendo la noche.

Sirim es la hija del rey y la reina de Bussa, en los límites del territorio yoruba, un reino bendecido por la generosidad del río Quorra, al que la gente del desierto llama Níger, que significa «el río de los ríos». El reino de Bussa vive apartado de las guerras y del comercio, aunque continuamente pasan por allí de refilón las caravanas de cautivos, las pesadas canoas por el agua del río y los guerreros fulanis que llegan del norte para saquear las regiones vecinas.

Sirim, princesa de Bussa, cruza ahora la puerta del palacio. Es una sucesión de casas normales revocadas con boñiga seca y que comunican entre sí mediante pasajes cubiertos o patinillos.

En la primera sala que cruza Sirim se está celebrando una asamblea. La tierra de las paredes y el suelo amortigua las voces. La oscuridad le impide ver la sombra de su padre que, sin embargo, debe de reinar sobre todos esos hombres que parlamentan. Sirim se entera de que están hablando de un rebaño, pero ya ha entrado en otra habitación y luego en una sucesión de pasillos a cielo abierto. Tiene que ocuparse de asuntos más serios que los problemas de cabras robadas de los adultos.

–¡Sirim!

Su madre está sentada en un amplio patio. Parece que tienen la misma edad. Sin embargo, en cuanto ha visto a su hija, en los ojos le aparece una mezcla de preocupación y dulzura. Y ha empezado a parecerse a todas las madres.

A su lado, dos niñas sentadas con las piernas cruzadas la abanican con sendas ramas de palma. Están moviendo el aire para espantar los mosquitos que suben del río.

Sirim se desploma en el regazo de su madre, que la tapa con un pico del vestido y la abraza.

–¿Es por el caballito? ¿Otra vez?

Se oye sonar las ocho pulseras de coral que lleva puestas. Con un ademán, les indica a las niñas que se vayan. Los habitantes de Bussa llaman a su reina Midiki. La han adoptado, aunque es originaria de una región lejana que está muy cerca de la costa. Le ha enseñado a su hija el idioma de su tierra fante.

–Es que tu padre está asustado por ti –le dice a Sirim–. No le hará daño al caballo. Dejará que se vaya. Ni siquiera tiene nombre aún.

Le ha puesto la mano en el centro de la espalda.

El patio del palacio se ha vuelto muy oscuro. Unas mujeres encienden fuego en la habitación contigua. De noche, las voces suenan de otra manera, como las risas en el callejón y el chasquido de los lagartos en el muro.

A lo lejos, el tambor acelera el ritmo.

–Ya habrá otros caballos –le dice su madre con dulzura.

–No, no los habrá.

Mientras llora, Sirim se pregunta qué podría impedir que saliera la luna llena. Se acuerda del eclipse del verano anterior, de todos los milagros que pueden suceder aún. Se queda dormida. Sueña con un caballo cubierto de tierra roja que le come en la palma de la mano.

Cuando abre los ojos, lo primero que nota es la luz de la luna que tiñe de rosa el patio; pero, sobre todo, un zumbido que sube de la ciudad y la voz de su madre por encima de su cabeza.

–Creo que ocurre algo. Van al río.

Pasan sombras. Se oyen pasos precipitados por el palacio.

–¿Hay guerra? –pregunta la voz soñolienta de Sirim.

–No. No entiendo nada. Ven. Hay dos palabras en boca de todo el mundo.

–¿Qué palabras?

–Caballo y luna.

22

Aparición

Sirim y su madre bajan hacia el río con toda la gente. Se tropiezan con quienes suben para apostarse en lo alto del muro. El reino siempre ha sabido protegerse de los enemigos. Los campesinos, los artesanos y los pescadores se convierten en guerreros a la primera señal de alarma. Se sabe que lo que sucede de un lado suele preparar un ataque que viene de más atrás. Pero Sirim no está asustada. A su alrededor hay un rumor extasiado.

–¡Mira! –dice su madre señalando el horizonte.

La luna gigantesca bastaría por sí sola para explicar a qué viene tanto jaleo. Ha salido por la otra orilla del río, de color sangre. En el mundo de Sirim, la luna pauta todos los aspectos de la vida. Reina sobre el tiempo, los cultivos y los cuerpos. Pero, según se van acercando al río, Sirim y su madre intuyen que la luna no es lo único que las está esperando.

Al verlas venir, la multitud se aparta con respeto, deja que la Midiki y su hija lleguen a la orilla. Hay gente por todas partes: sentada en la hierba, apiñada en canoas o de pie en plena corriente. Todo el mundo mira en la misma dirección.

La reina tiene a su hija bien agarrada de la mano.

–Ya lo veo –dice Sirim.

–¿Es él?

–Sí.

En el agua, cerca de la otra orilla, hay un caballo blanco inmóvil. La luna rojiza lo ilumina como a pleno día. Lleva sobre el lomo a una amazona con toda la piel cubierta de rojo. Algunos hombres se han adelantado hasta los rápidos y la están apuntando con el arma. Unos llevan fusiles, y otros, lanzas.

Alma no se mueve. Está muy erguida, roja como el pistilo en la flor blanca del azafrán. La cara también la tiene cubierta con una máscara de tierra roja en la que brillan los ojos en blanco y negro.

–Dejad que vengan –dice la reina.

Los guerreros no bajan las armas, pero se hacen a un lado en la corriente para abrirles paso. El caballo y la amazona avanzan por el lecho del río. Dejan en su estela los reflejos anaranjados de la luna.

Alma lo tenía todo previsto. Se ha puesto las pinturas de guerra. Ha preparado su aparición. Y allí está con el arco. No se esperaba tener tanta gente alrededor; sin embargo, las armas que retroceden a medida que se acerca el caballo son la prueba de que ha triunfado.

Sirim baja hasta el agua. La reina la sigue sin pararse a pensar.

La chica roja ha domado al caballo bravo.

Alma está ahora muy cerca de ellas. No sabe nada sobre la organización de los hombres. No sabe lo que es un reino.

Pero en un instante ha comprendido, por las miradas del gentío, que es a esas dos a quienes hay que convencer.

La mujer le dice a su hija:

–¿Estás segura de que es él?

Alma responde en su lugar:

–Sí. Es él. Sube conmigo.

Se agacha y le tiende la mano a Sirim.

La reina quiere retenerla. ¿Cómo es posible que la chica roja comprenda el fante? Ellas son las únicas que lo hablan en toda la comarca. ¿Quién, sino los espíritus, se dirige a cada cual en su idioma?

Pero Sirim no ha esperado para tomarle la mano a la chica roja y trepar detrás de ella. Lentamente, salen del río montadas en el caballo Niebla. La reina las escolta. Juntas surcan la multitud. El murmullo de la ciudad resurge poco a poco. El caballo va subiendo entre las casas, con el gentío a la zaga. Alma sujeta con una mano la correa de cuero. La otra le cuelga a lo largo del cuerpo.

–¿Quién eres? –le susurra Sirim a la espalda.

Alma mira hacia delante sin saber qué debe contestar. De pronto, al notar el brazo de la niña agarrándola, se acuerda de los de Lam cuando galopaban juntos con Niebla. Decide arriesgarse a decir la verdad.

–Me llamo Alma –dice con un nudo en la garganta–. Necesito tu ayuda. Tengo que quedarme aquí algún tiempo. Estoy cansada.

Sirim echa una ojeada a su madre, que trata de comprender lo que dicen las dos amazonas, pero Sirim ya ha tomado una decisión.

–Párate allí –dice–, cerca de la casa que está al pie de la muralla.

Llegan delante del palacio donde están montando guardia gran cantidad de hombres. Es allí donde han puesto a buen recaudo al rey cuando se ha dado la alerta. Al menor peligro, lo encierran para protegerlo.

Niebla se ha parado en la plaza que hay delante de la puerta baja. La reina entra sola. Alma y Sirim esperan en medio de la multitud.

Por fin sale el rey. El silencio se apodera bruscamente de la plaza. El rey se acerca al caballo y su mujer lo sigue. Va vestido de azul con un gorro de paño rojo.

–¿Quién eres?

Alma no lo entiende, pero la niña que lleva detrás se encarga de contestar:

–Ha viajado mucho. Necesita descansar. Ha venido para que el caballo me acepte.

–¿Hablas el idioma de la región fante? ¿Vienes de allí?

Sirim traduce al oído de la chica roja, que contesta:

–No sé de dónde vengo.

El rey se acerca y agarra la correa de cuero que Niebla jamás ha perdido.

Acaricia al caballo entre los ojos.

–¿Cómo te llamas? –le pregunta a Alma.

–Se llama Alma –contesta Sirim.

–¿Y él? –quiere saber el rey.

–Niebla –dice Alma, que ha adivinado la pregunta del rey.

Él intenta repetir esa palabra. Sonríe porque no lo consigue.

–Fíjate, Sirim, tu caballo tiene nombre –dice la reina.

–Niebla –vocaliza la princesita.

El rey se echa a un lado. Las deja entrar en el palacio. Se agachan para pasar por la puerta montando a Niebla. Una bandada de sirvientes se afana a su alrededor. El enjambre se mueve lentamente por los pasillos. Llegan mujeres con mantas, aunque no hace frío. Otras le frotan los flancos al caballo. Preparan un almuerzo para Alma, ponen a calentar al fuego barreños de agua para lavarla. Las dos niñas siguen agarradas la una a la otra en el lomo de Niebla. Por encima de ellas, un enjambre de pájaros diminutos se ha posado en las flores trepadoras de una terraza. Alma está ebria de cansancio. Le gustaría que su hermano pequeño estuviera en alguna parte al fondo de esa casa o bien que hubiese asistido, oculto entre los juncos, a su aparición.

23

Fiarse cuando escampa

Alma lleva catorce días en Bussa. No le ha hablado de Lam a nadie, ni siquiera a Sirim, que no la deja ni a sol ni a sombra.

Está esperando el momento adecuado.

La primera noche, cuando Alma se escurre al suelo desde el caballo, tres mujeres envolventes como el tronco de esos árboles llamados limba la enjabonan y la frotan rítmicamente con puñados de paja. Dispersan con un baño todo el color rojo que le cubre la piel, toda la mugre que le mantiene el cuerpo en pie. La mujeres se ríen al ver lo sucia que queda el agua. Alma se entrega a sus risas y a sus manos. Sale aturdida. Ya no puede andar. Se duerme antes de llegar a la estera donde se ha tumbado Sirim.

Los días que siguen, Alma recupera fuerzas poco a poco. Le dan de comer todo lo que se puede encontrar en el reino: pasteles cocidos en la ceniza, carne de perdiz o de hipopótamo y las orugas que viven en los karités y que se cocinan en la parrilla. Alma empieza a recobrarse. Está descubriendo el mundo. Sirim le pone en la mano la sal que su padre manda traer de un lago, a diez días de Bussa en dirección norte. Alma se pone la sal en la lengua. Abre los ojos como platos de placer. Nunca había probado ese sabor más que mordiéndole el cuello a su hermano pequeño cuando tiene calor.

Todos los días, a la misma hora, Alma deja que Sirim se acerque a Niebla y luego se vuelve de espaldas, como si su relación no fuera cosa suya.

–¡Ayúdanos un poco! –le grita Sirim furiosa.

Alma los deja familiarizarse. Finge que está haciendo otra cosa. Sirim y Niebla se observan, acortan distancias poco a poco. Y una mañana, la princesa de Bussa, por fin, puede subirse sola a su caballo.

A partir de ese momento, todo empieza para Alma. Dice que se siente responsable de ellos, que tiene que verlos cabalgar juntos. Durante varios días, los hace recorrer cada recoveco de la ciudad, el campo circundante y las riberas. Montada detrás de Sirim, Alma busca a Lam sin decir nada.

Para los habitantes de Bussa que se cruzan con ellas, se convierte en la sombra de su princesa. Pasa por ser su caballista o su guardiana, su dama de compañía, mientras que, desde el primer día, es Sirim quien vela por ella.

Alma todavía no ha encontrado a su hermano a orillas del río Quorra, pero ha descubierto a esta niña de la misma edad que se pone en cuclillas a su lado para enseñarle cómo se machaca la pimienta silvestre. Incluso cuando Alma se despierta en plena noche, nota sobre ella su mirada.

–¿Tienes sed?

Una niña que nunca le ha preguntado por qué estaba allí, ni de dónde venía, y que amedrenta, con la cabeza erguida y los ojos negros, a todos cuantos le hacen preguntas.

Desde hace varias noches, han trasladado las esteras a un patio pequeñito cuajado de flores blancas. Duermen fuera para estar cerca de Niebla cuando se pone a rascar el suelo al ocultarse la luna. Las dos están tendidas en la oscuridad.

Esa noche, alentada por el silencio y la noche cerrada, Alma por fin empieza a hablar. No lo cuenta todo. No habla del valle lejano ni del resto de su familia. Solo de Lam y del caballo Niebla. Describe el camino para encontrarlo.

Cuando termina, las dos juntas escuchan respirar a Niebla.

–Creo que he visto a tu hermano –dice Sirim.

–¿Dónde?

–Te llega más o menos por el hombro, ¿verdad?

Alma se estremece.

–Sí.

–Descríbemelo otra vez para estar segura –le pide Sirim.

Alma no puede responder. No sabe lo que lo distingue de los demás. No conoce a los demás. ¿Debe decir que el ombligo de Lam se parece a la colinita que forman las gotas de lluvia en el momento en que tocan la superficie del agua?

–Es distinto a todo –dice Alma.

–Entonces, podría ser él –dice Sirim.

Deja que se aleje el roce de pies descalzos que pasan por algún lugar del palacio. El cielo está cubierto, la noche es absolutamente oscura. Tan solo las flores de jazmín semejan estrellas fugaces al caer.

–Llegaron del oeste –dice Sirim–. No eran auténticos cazadores de cautivos. Cogían lo que se encontraban. Llevaban seis colmillos de elefante además del caballo bravo y el niño. Pasaron una noche en el río, más arriba.

–¿Cuándo?

–Fue hace dos lunas... O puede que cuatro.

A Alma le parece estar oyendo a Lam, que fecha los acontecimientos con un margen de error de tres estaciones. Para ellos, el tiempo sirve para despilfarrarlo sin tener que contar inútilmente con los dedos.

–Eran cinco hombres –dice Sirim–. Tallaban una canoa para seguir hasta el mar. Uno de nuestros pescadores los vio. Vino a contárselo al consejo. Los sabios decían que había que dejarlos pasar. Decían que el agua del río se encarga de lavar la sangre que derraman esos hombres. En Bussa, no nos dedicamos a eso.

Hasta ese momento ha hablado con el orgullo de una futura reina, pero la voz se le vuelve más vacilante.

–El pescador dijo que el niño tenía hambre.

Alma se acurruca un poco más en la manta.

–En el consejo hubo un gran silencio –sigue diciendo Sirim–. Alguien pidió que al menos se le llevase comida al niño. Todos los sabios estuvieron de acuerdo. Pero mi padre dijo que quería comprar a ese joven cautivo.

Se calla. Antes de aquel día, su padre nunca había querido comprar a ningún cautivo.

–Cuéntamelo –susurra Alma.

–El pescador acompañó a dos mensajeros hasta el campamento. Les hicieron la propuesta del rey...

Alma siente otro escalofrío.

–Mi padre prometía canoas, cuentas de vidrio, una vaca, todo lo que quisieran. Los traficantes lo rechazaron. Entre ellos había un hombre muy alto. Un gigante con la oreja cortada. Decía que en la costa los hombres blancos daban aguardiente, fusiles nuevos, sombrillas de seda con borlas.

Alma escucha el relato de ese regateo. Ignora que algunas cosas se compran y se venden. Nunca ha visto una sombrilla de seda ni una borla.

–Le habían atado las patas al caballo –continúa Sirim–. Lo habían tumbado en la arena junto a los seis colmillos. Prometimos a los traficantes muchos víveres a cambio del caballo vivo. A condición de que le diesen de comer al niño.

–¿Y?

–El gigante de la oreja cortada aceptó. Mi padre compró el caballo. De todas formas, los hombres no podían llevárselo por el río. Y un caballo bravo solo vale lo que su carne y sus huesos. El niño comió ñame y arroz ante los ojos de nuestros hombres. Al día siguiente, lo vi por primera vez.

–¿Dónde?

–Pasaron por el río en canoa, por delante de las casas y de nosotros. Bajaron la corriente. Me acuerdo de sus ojos.

Silencio.

–Había recuperado fuerzas, pero llevaba los brazos atados a la espalda con un lazo de mimbre. Los otros cazadores no atan a los niños. Seguramente intentó escaparse.

–Sí que era Lam –dice Alma.

–Tenía los mismos ojos que tú.

Sirim siente que el aire se mueve muy cerca de ella. La manta cae en la estera. Alma está ahora de pie en la oscuridad.

–Están lejos, Alma. Puede que ya hayan llegado al mar.

Ninguna de las dos sabe cómo es el mar.

–Me voy –dice Alma.

–Llévate a Niebla.

–No. He visto cómo es la selva que bordea el río. Los árboles están muy prietos, no me dejarían pasar con Niebla.

Sirim también se levanta. Pregunta:

–¿Se volverá loco si te marchas?

–La locura no existe –contesta Alma–. Estaba perdido.

–¿Y ahora?

Alma se acerca a Niebla.

–Te ha encontrado a ti.

Sirim va con ellos y dice:

–Tengo una canoa pequeñita escondida en las aguas mansas, más arriba. Te la regalo.

Las tres sombras cruzan el palacio sin hacer ruido. Niebla despliega los cascos por el suelo lentamente, como un felino.

Sirim y Alma llegan a una puerta que da a la muralla. Si se pegan mucho a la pared, los guardias apostados arriba del todo no pueden verlas. Dejan atrás la pequeña capital y se dirigen, rumbo al norte hacia un meandro del río.

Alma mira el cielo que se abre un poco. Si estuvieran en el valle, llevaría a Sirim a tumbarse en la hierba para disfrutar de la noche y escuchar el rugido profundo de los leones, tan grave que te remueve la tripa por dentro. Pero, a pesar de lo gratos que han sido los días que ha pasado en el reino de Bussa, Alma sabe que no siempre hay que fiarse de cuando escampa.

24
Hacia el mar

Alma ha detenido bruscamente al caballo poniéndole la mano en la grupa. Con el otro brazo rodea por la cintura a Sirim, que está justo delante de ella. Hay un silencio absoluto aparte del rumor del río a su derecha. Están inmóviles. A Alma acaba de invadirle de nuevo el instinto de los cazadores.

–Por ahí –murmura–. Mira.

Hacen que el caballo gire muy despacio hacia la corriente. Sus ojos intentan atravesar las tinieblas. Tanto que acaban distinguiendo a lo lejos unas formas pálidas que se reflejan en el agua negra. Ni una voz, ni un ruido, pero sí esos rastros blancos en la oscuridad. Se está tramando algo en la orilla opuesta.

–Los fulanis –susurra Sirim.

Decenas de siluetas de hombres vestidos de blanco. Ahora los ven bien. También se intuyen los caballos que esperan en el agua o en la ribera. Los guerreros no han detectado a las dos niñas.

Alma vuelve a poner al caballo al paso. Se alejan sin hacer ruido. Al cabo de unos minutos, Sirim puede hablar de nuevo:

–Siempre hay pequeñas bandas que vienen a saquear los pueblos. Pero esta vez son muchos. Es una guerra.

–Tenemos que volver a tu casa –dice Alma.

–No. Si rodean la ciudad, ya no podrás salir. Vete.

–Me quedo contigo.

–No estoy sola. Me dejas a Niebla. Tu hermano te necesita. Tienes que marcharte. La canoa está debajo de un árbol al final de este camino.

Alma se desliza caballo abajo.

–Cuidado con los remolinos que hay pasada Bussa, allí el río se vuelve peligroso –dice Sirim tendiéndole la mano.

Niebla se marcha a trote corto. Alma corre un trecho a su lado.

–Buena suerte, Sirim –dice.

Todavía tiene sujeta la mano de su amiga. Cuando ya no le queda más remedio, deja que Sirim se vaya. Su sombra desaparece en una sombra mayor.

Al final del camino, Alma encuentra la canoa a tientas. Es muy ligera, se parece a los pedacitos de madera que ponía a navegar en los arroyos del valle de Isaya, en la estación lluviosa. Alma sabe que para bajar el río tiene que volver a pasar delante de los guerreros fulanis. Si se van a producir combates en Bussa, también tendrá que cruzar el pueblo antes de que empiecen. Mira a su alrededor la profunda oscuridad de la noche.

Alma empuja la canoa dentro del agua. Da un último empujón con el pie. Agarra el remo. Sirim tenía razón: en ese punto las aguas son mansas. No hay ninguna corriente que le indique el camino. Alma busca el equilibrio en ese trozo de madera que gira sobre sí mismo mientras los sapos cantan alrededor. El remo se hunde en silencio.

Recuerda cuando cruzó el barranco inundado. Todo lo que sabe del agua lo aprendió esa noche al salir del valle después de las lluvias.

Esta vez no hay luna. La canoa resulta invisible en la oscuridad. Alma se orienta al azar, creyendo que sigue el sonido de una corriente lejana. De haber tenido los ojos vendados, no habría cambiado nada. Y, aun así, después de remar un rato ha alcanzado esa corriente. Ya solo tiene que dejar que la lleve.

Mientras se desliza por el río, piensa en su hermano pequeño. Fue en una de esas riberas donde lo tuvieron cautivo. Ahí fue seguramente donde intentó escaparse. Trata de recordar la última vez que lo vio. Estaba junto al fuego, en la casa del sicomoro. Tenía los ojos cerrados. ¿Estaría durmiendo de verdad o fingía? Incluso el pasado se transforma por culpa de todo lo que ha ocurrido. Está dispuesta a pelear para mantenerlo intacto.

Un leve desprendimiento en la orilla. El presente vuelve a imponerse. Un caballo fulani ha echado a rodar una piedra. Están ahí, muy cerca, igual de silenciosos. Parecen más numerosos. Están esperando.

Alma pasa en silencio. Ha sacado el remo del agua. La noche la protege. Cree que está salvada.

Al volver la cabeza, descubre otras siluetas justo delante de ella. Dos jinetes más se han alejado de la orilla. Están alineados en medio del río. La canoa va rauda hacia ellos. Alma ni siquiera intenta huir. Se tumba al fondo del hueco

de la madera. Se acabó. Sujeta el remo con ambas manos, pegado a ella, como un sable.

En algún sitio suena un relincho y, a continuación, un fuerte restallido en el agua y chapoteo alrededor. Alma, al fondo de la canoa, no acaba de entender. Oye ruidos ahogados y luego un disparo. Aprieta aún más el zagual. Está esperando el choque. Pero, salvo una leve ondulación del agua, no sucede nada que altere la trayectoria de la canoa.

Todo vuelve a estar tranquilo.

Alma nunca sabrá que su salvador es un cocodrilo de media tonelada. Un caballo fulani se había caído al agua. El jinete logró arrancárselo a los sesenta dientes que se le habían clavado en el anca. Disparó. Y todos los demás se replegaron con él hacia la orilla, dejando el paso libre para Alma.

Cuando se incorpora para mirar a su espalda, la oscuridad lo ha borrado todo.

Las luces de Bussa se insinúan un poco más lejos. Delante del pueblo, el río se ensancha, la corriente no es tan rápida. Sirim ha podido avisar a los habitantes. Hay sombras que van de casa en casa. Antorchas que se encienden. Alma pasa despacio. Pasea la mirada por la oscuridad, contemplando el espectáculo de la calma antes de la batalla, las luces que parpadean en lo alto del muro. Oye el ruido de los pies al golpear la tierra. Deja que el remo vaya arrastrando por el agua.

Niebla está en el centro del río, delante de ella.

El agua le llega hasta el pecho. La mira mientras se acerca.

–Niebla –dice Alma al verlo.

Se agarra a la correa de cuero al pasar. La popa de la embarcación pivota al arrastrarla la corriente. Alma sigue sujetándose a Niebla como a un ancla. La canoa se coloca en paralelo al caballo.

–Nos volveremos a ver cuando todo acabe –le susurra al oído.

El agua canta al pasar por debajo de la canoa, que le ofrece resistencia. Alma ha pasado un brazo en torno al cuello de Niebla.

–¡Alma! ¿Eres tú?

Sirim está en la orilla. Ha ido por un banco de arena. Estaba buscando a Niebla, que se había escapado. El río es profundo. Sirim no puede acercarse a ellos.

–¡Sirim! –dice Alma.

Se queda mirando a su amiga sin poder desprenderse del caballo. La corriente sigue intentando arrancar la canoa.

–Regresaré con Lam –dice Alma–. Volveremos a vernos.

Suelta por fin la correa de cuero y deja que la lleve el río. Se va haciendo más y más pequeña en medio de la oscuridad.

Niebla no se ha movido.

Sirim se mete en el agua y nada hacia él.

–Niebla...

Se le sube al lomo, lo estrecha fuerte entre las piernas y le pasa una mano por el carrillo. Le habla. Juntos, buscan a Alma por última vez con la mirada al frente. Pero ha desaparecido.

–Ven.

El caballo titubea, da un paso hacia un lado y surca el agua hacia las luces de Bussa.

Se dirigen hacia las batallas que los están esperando.

Alma ya ha llegado a los rápidos. Rema entre las rocas negras. El agua lo salpica todo y la dispersa en el aire una nube de pajaritos verdes cuyas alas se mueven tan rápido que casi no se ven.

Elevándonos por encima de los remolinos, más arriba que las aves y los árboles más altos, hasta tener vértigo, podríamos ver el hilo del río estirándose a lo largo de casi mil kilómetros por delante de Alma. Entonces habrá que subir mucho más alto, por encima del tiempo, para descubrir algún día, mucho después, la diminuta canoa deslizándose al fin por aguas tranquilas hacia el mar.

25

Como un espejismo

Desde la costa, con cada salva se ve una nube de humo que envuelve La Dulce Amélie y, al cabo de dos segundos, se oye retumbar la detonación. El capitán Gardel ha ordenado echar el ancla. Señala su llegada atronando con los cañones.

Subido al palo de trinquete, Joseph Mars contempla el pueblo que se estira a ambos lados de una fortaleza totalmente blanca. Se adivinan los colores de la bandera que ondea encima de esa construcción llena de ángulos a la que se accede por una amplia escalera redondeada.

El fuerte de Chama lo construyeron los portugueses, pero desde hace más de un siglo pertenece a Holanda. De hecho, las cuatro goletas que se mecen en la bahía al lado del barco francés han llegado desde Ámsterdam. Los europeos han establecido decenas de plazas fuertes como esa a lo largo de la costa africana y rivalizan para controlar el comercio de los cautivos.

En lo alto del mástil, Joseph anuda una última piola para ceñir la vela contra la verga, camina como un equilibrista hacia los pasos de escala anudados en los obenques y baja a cubierta.

Gardel, hecho una furia, ordena que vuelvan a izar el bote que Vaugelende acababa de botar al agua.

–¿No vamos a tierra, capitán?

–¡Pero fíjese en quién viene!

Dos largas canoas han salido de la playa y se disponen a cruzar la ola que se forma a un tiro de cañón de la nave.

A lo largo de cientos de kilómetros, la costa está protegida por la barra, esa peligrosa ola que se alza como una pared y rompe a unos metros de la orilla. Para atravesarla hay que saber dominarla, haber nacido en el fondo de una canoa o bien querer morir en el intento. Gardel sabe que en Chama la barra no es tan temible como en otros sitios, pero no quiere correr ningún riesgo.

Impulsadas mediante unos quince remos y varias velitas amarillas, las canoas acaban de cruzar la ola. Van directas a La Dulce Amélie.

Abel Bonhomme mira con envidia a Joseph Mars, que está bajando de los obenques. Joseph salta a cubierta y lo agarra del hombro, sonriendo.

–No ha sido cosa mía, ¡te lo prometo!

A Joseph lo han elegido para ir a tierra. No tiene la menor idea del motivo que ha impulsado al capitán a hacerle ese favor. Es un almuerzo de bienvenida que las autoridades del fuerte ofrecen a los oficiales del buque. En él hablarán del estado del comercio de cautivos en la zona y de las negociaciones de los próximos días.

Si pudiera, dejaría de buen grado que Abel fuera a revolcarse en tierra firme como está deseando hacer. Joseph habría preferido quedarse a bordo. No quiere dejar sin vigilancia la cámara del capitán. Está convencido de que el oro que lleva buscando desde Lisboa se encuentra en las dos cajas con candado que ha encontrado debajo de la litera del capitán.

–¿Me traerás un poco de tierra en el bolsillo? –le pide Bonhomme.

Joseph vuelve a sonreír. ¿Cómo ha podido acabar ese muchacho en un buque como este? Está tan fuera de lugar como los pobres lechones enfermos a los que una ola arrebató de la cubierta unos días antes. Al igual que ellos, Abel quizá sería un poco menos desgraciado en el fondo de un abismo.

Los dos marineros ignoran que en ese instante se pasea por encima de ellos el círculo perfecto de un catalejo.

El gobernador del fuerte está apostado en la muralla. Observa a uno de los marineros y todos los detalles de la nave. Con la peluca blanca, la camisa con chorreras y dos petacas de aguardiente al alcance de la mano, silba distraídamente la melodía de una ópera. Observa el buen estado de la cubierta, con la cabuyería bien enrollada. Se demora en el rostro de Amélie esculpido en la proa del buque y pintado de amarillo pocos días antes. Es un navío bien cuidado. Jon Jacobson examina con satisfacción a los oficiales que hay en cubierta, endomingados para la ocasión.

–Franceses... –dice–. Desde hace dos o tres años están volviendo por aquí. Era raro verlos durante la guerra.

Acaba de reconocer en la proa la silueta de Lazare Bartholomée Gardel, un temible interlocutor comercial a quien ha recibido muchas veces en Chama.

–¿Qué guerra? –pregunta una voz detrás de él.

–Se nota que has estado mucho tiempo ausente, Moisés Shackle. América se ha liberado de Inglaterra. Y adivina qué bando eligieron los franceses...

Se ríe mientras baja el catalejo.

–Pues te informo de que no fue el de los ingleses. Debías de andar muy lejos para no haberte enterado.

–Muy lejos, sí –dice Mosi.

–Durante mucho tiempo –prosigue Jon Jacobsen–, los ingleses persiguieron a los buques mercantes franceses. Ya no se veía ninguno. O bien los escoltaban dos navíos de guerra con dos puentes de artillería. Las invitaciones me salían carísimas.

El gobernador de Chama se interrumpe para beber un trago de la petaca de plata. Mira con atención a su visitante.

Mosi ha cruzado a través de ríos, sabanas y selvas para ir directamente a ese puerto de la Costa del Oro. Es desde donde quiere ir siguiendo la costa hasta Angola, o incluso hasta Zanzíbar, para registrar todos los barcos, todos los convoyes, todos los barracones de esclavos, todos los sótanos de todos los fuertes y encontrar a su hijo.

–De modo, Shackle, que, cuando sales de tu retiro, ¿el primer hombre al que vas a ver es tu viejo amigo Jacobsen, a su fuerte de San Sebastián en Chama?

–Conoces las mejores casas –dice Mosi.

El gobernador hace un mohín satisfecho y vuelve a dejar la petaca en su sitio. Con mano algo temblorosa, prosigue la observación con el catalejo.

–Además –pregunta–, ¿no soy el único que sigue en su puesto después de todo este tiempo?

Vuelve a bajar el catalejo e, inclinándose, hace un saludo lamentable.

–¡Su majestad Jacobsen, emperador de la costa!

Se ríe solo.

–Cuéntame, Shackle. ¿Vuelves al negocio?

Mosi observa las canoas que han llegado hasta el buque. Están embarcando al capitán, al segundo, al cirujano y a algunos más.

–Estoy buscando uno o dos cautivos para un buen cliente –dice Mosi.

–Qué inoportuno. Has llegado al mismo tiempo que esos franceses. También hay cuatro goletitas de Ámsterdam que no tienen aún ni un negro a bordo. Pero para Moisés Shackle puede que encuentre una o dos piezas de excepción.

–Quiero elegir. Quiero verlos a todos. Todos los cautivos que tengas en los corrales.

Jon Jacobsen sigue riéndose.

–No has cambiado, Shackle. Mis consejeros y yo nos lo vamos a pensar... Ven a vernos mañana.

Sin apartar la vista del océano, el gobernador recoge las dos botellitas, que son las únicas consejeras que ha tenido nunca. Se las mete en los bolsillos. Las canoas están atravesando la barra con los pasajeros. Han estado esperando mucho rato, agazapadas en una concavidad, y saltan de pronto para trepar por la pared de espuma.

Los remeros de Chama son famosos hasta Porto-Novo. Son los mejores de la costa. Juegan con la ola como gatitos con las pelusas.

Cuando Jon Jacobsen por fin se da la vuelta, Moisés Shackle ya no está.

Mosi baja los peldaños sobre los que se abre la puerta de doble hoja del fuerte. Se queda mirando el pueblo de Chama.

Para Mosi, allí fue donde todo empezó. Llegó a los doce años, hijo de pescadores fantes, contratado como remero en una canoa. Diez años más tarde, era Moisés Shackle, uno de aquellos a quienes llamaban *gold takers,* los mayores mercaderes de seres humanos para los buques que pasaban.

Se dirige hacia la playa. La arena gris hace las veces de plaza del pueblo para la mitad oeste de Chama, donde viven los pescadores y los remeros. Del otro lado del fuerte, en la colina, está el barrio de los campesinos, de los artesanos, de quienes viven de la tierra. Esos dos mundos están enfrentados desde la noche de los tiempos. El gobernador Jacobsen ha aprendido a atizar las brasas de esas guerras que le permiten vender armas y alcohol.

Las canoas han pasado la barra. Como son demasiado profundas para llegar hasta la orilla, las relevan otras, más pequeñas, con el fin de que que los pasajeros no se mojen las medias de seda ni los escarpines.

Mosi vuelve a sentir el frescor de la arena bajo los pies. Ve al grupo dirigirse hacia el fuerte, subir las escaleras y cruzar la puerta que les abren dos guardias jóvenes vestidos de azul y rojo y con unos sombreros que les quedan grandes.

A un chico lo han rechazado a la entrada. Es Joseph Mars. Sus acompañantes lo dejan atrás ahogando las risas.

Un poco perdido, Joseph deambula cerca de la puerta bajo la mirada recelosa de los guardias, que no son mayores que él. Acaba por bajar los peldaños. Llega hasta la playa y se sienta contra una roca cerca de las canoas que una pequeña multitud está subiendo encima de una alfombra de conchas.

Desde mar abierto, las naves miran la tierra.

Un hombre se le acerca y se dirige a él en francés.

–¿No llevabas la ropa adecuada? ¿Es eso?

–¿Cómo lo sabe? –pregunta Joseph.

Mosi sonríe por primera vez desde hace mucho tiempo.

–En otros tiempos, los conocí muy bien. Hablan de una buena cena, se llevan a un grumete hambriento y lo dejan en la puerta porque no tiene el atuendo reglamentario. A los demás les hace gracia.

–¿De verdad cree que el gobernador me echaría a la calle por culpa de mi ropa? –pregunta Joseph.

–Es el único poder que tiene –explica Mosi–. Disfraza a sus soldados, manda pintar las torres de blanco, bebe, juega con sus veinte cañones... ¿Qué otra cosa le queda? Algo tiene que ordenar. Quiere que sus invitados vistan como en el viejo país al que no va a volver jamás.

–¿Por qué no volverá?

–Porque mañana se morirá de fiebre como los demás.

–¿Quién es usted? –pregunta Joseph.

Mosi se queda mirando al muchacho que tiene enfrente. ¿Qué edad tendrá? De golpe, piensa en su hija. Sí, debe de tener la misma edad que Alma.

–¿Cuántos cautivos lleváis a bordo? –le pregunta a Joseph.

Mosi ha entablado conversación con él únicamente para obtener ese dato.

–No tengo permiso para decírselo –contesta Joseph.

–Entonces, yo también me callo. Adiós.

Y se marcha.

–¡Ninguno! –grita Joseph para detenerlo.

–¿Cómo?

–No hay ningún cautivo a bordo. Es la primera vez que tocamos tierra.

Mosi asiente y se aleja. Ahora sabe que Lam no está en la nave francesa. Sabe que los holandeses tampoco tienen cargamento. Ya solo le queda comprobar si su hijo está en los calabozos del fuerte de Chama y seguir camino adelante.

–No me ha dicho quién es usted –dice Joseph, que todavía lo sigue.

Mosi se detiene.

–Me llamo Mosi.

Ha dicho ese nombre para sentirse bien, olvidar por un instante el nombre de Moisés Shackle, borrar la sombra del sombrero que el sol proyecta sobre la arena delante de él.

Entonces, su mirada se dirige hacia el extremo más alejado de la playa.

En la luz del atardecer, acaba de aparecer un reducida columna con una aureola de vapor, como un espejismo.

26

Los cautivos

Avanzan de dos en dos, con pasitos rápidos. Llevan los tobillos trabados con cadenas muy cortas. Serán unos diez hombres. Justo detrás hay tres mujeres y dos niños que van trotando al mismo ritmo, pero sin hierros. Y otros hombres escoltan el convoy. Son negros también, armados con rifles o picas.

Mosi, con el sol a la espalda, parece que va empujando su propia sombra por la arena. Camina hacia el grupo. Aprieta el paso a medida que se acerca.

Detrás de él, Joseph Mars se ha quedado quieto. Observa a los que llegan.

Los cautivos. A bordo llevan meses sin dejar de hablar de ellos, pero es la primera vez que los ve. Ahora oye el ruido de las cadenas que se mezcla con el de las olas que lamen la arena gris.

Mosi se ha detenido a unos pasos del convoy. No le quita ojo a las últimas siluetas, las de los niños que cierran la marcha. Cuando estaba mucho más lejos, había tenido la esperanza de reconocer a su hijo. Pero son un poco mayores que Lam. La niña y el niño van mirando de frente. Siguen el trotecillo de los otros. Por un instante, la niña le lanza a Mosi una mirada breve como un relámpago. Una mirada que le suplica que la arranque de lo que la espera.

Uno de los guardias ha visto que Mosi iba a su encuentro.

–¿Qué quieres? –le ladra parándose delante de él.

–¿Los lleváis al fuerte de Chama?

–No. Donde los ingleses, a tres días de aquí.

–Ah, de acuerdo. Estaba esperando a alguien…

–Lárgate.

Tranquilizado a medias, el guardia da alcance a la columna, que ha seguido adelante. Más allá, los remeros se acercan uno a uno para verlos pasar. Los cautivos no tardarán en llegar a su altura.

Joseph Mars no se ha movido. Desde el principio, se prometió que nada lo afectaría. Cautivos, negros, piezas de India. Conoce todas esas palabras sin querer pensar en lo que representan. Varias veces, conversando con Jacques Poussin, la envoltura de esas palabras se desgarraba, pero esta vez se ha pulverizado. Y ese polvo vuela por debajo de los pies de quienes pasan delante de él. Se mezcla con la arena y los restos de conchas.

Solo quedan esas quince vidas avanzando por la playa. Joseph les ve en la piel cicatrices menudas, que quizá daten de su infancia, o la marca en el hueco del cuello que han dejado las gavillas de arroz que hasta hace tan poco tiempo traían de los campos. Les ve los ojos extraviados que hacen de todo para intentar no pensar en nada, los labios mordidos para no llorar. Quince vidas enteras delante de él.

El grupito se ha detenido. Se oye un grito.

Un remero les ha cortado el paso. Los guardias lo apuntan con el fusil, gritando. Los cautivos aprovechan para respirar. Doblados por la mitad, se apoyan con las manos en las rodillas. Y, cuando alguno trata de reclinar la cabeza sobre el hombro del de al lado, lo empujan para que se incorpore.

El remero que ha detenido el convoy alza las manos. Está rodeado. No quiere pelear. Solo quiere hablar con una de las mujeres. Los guardias cruzan unas palabras. Sin soltar las armas, lo dejan acercarse a la cautiva.

–La conozco –dice el remero–. Es de mi pueblo, a diez días de aquí, en la laguna. No puede estar aquí.

Se acerca a ella. Es una mujer de treinta años, delgada y menuda, con unos ojos como dos soles negros.

–¿Qué haces aquí?

Como no le contesta, intenta tocarle los brazos, pero el guardia lo empuja. El hombre vuelve a alzar las manos.

–¿Qué ha pasado? –le pregunta bajito a la mujer.

Sigue callada.

–¿Qué ha pasado allí arriba?

–Han venido al pueblo –dice con la mirada aún más brillante.

–¿Y tu familia? Puedo avisarla de que estás aquí. Tus hijos...

Aguanta la respiración, abre mucho los ojos, como si entendiera. Pregunta:

–¿Y los míos?

Los dos se miran. Ella se mantiene erguida. Le daría vergüenza bajar los ojos.

–Ya no queda nadie a quien avisar.

El hombre da un grito. Los guardias del convoy lo tiran al suelo. Él se resiste.

–¡La conozco! –grita–. ¡La conozco!

Sigue dando voces, cada vez más alto. La arena se le pega en la piel y la cara.

Sus amigos acuden a sujetarlo. Repiten su nombre para calmarlo.

El convoy se ha vuelto a poner en marcha con el mismo ritmo. El mismo sonido de campanillas cuando las cadenas y los pies descalzos golpean la arena.

Los cautivos se marchan bordeando el mar, hacia el oeste. Se les ve la espalda a contraluz. Según se alejan, se les vuelve a formar un tejadito de vapor por encima de la cabeza.

Aunque no habla una sola palabra de su idioma, Joseph ha comprendido todo lo que ha pasado. Se queda mirando al remero que acaba de ponerse en pie y sube por la playa corriendo, abandonándolo todo. El hombre se vuelve a casa. Sabe que ya no hay nada que hacer, que todo ha terminado, pero vuelve a casa. Los pies se le hunden en la arena. Joseph lo ve caerse varias veces y luego seguir.

En ese mismo momento, llegan gritos desde el fuerte. Los oficiales de La Dulce Amélie están bajando las escaleras en tropel.

Se oye vociferar al capitán.

Vaugelende ha tomado la delantera. Llega a la altura de Joseph.

–Nos vamos –le dice–. Manda botar las canoas. El capitán está enfadado.

–¿Por qué?

–No hay ni un solo cautivo en los calabozos del fuerte. Jacobsen es un borracho. Quería ganar tiempo, facturar unos cuantos servicios prestados y atraer a otros buques gracias al nuestro. Pero aquí no hay ni un negro que comprar.

Se los une Palardi.

–La región está en paz desde hace tres años –dice–. Lo sabía. No hay nada peor para la trata. Si no hay guerra, no hay cautivos. Siempre lo he dicho.

–¿Qué? –dice el capitán, que aparece–. ¿Qué está diciendo ahora, Palardi?

–Que tiene usted olfato, capitán –contesta el cirujano en tono lastimero.

Es una costumbre de viejo comerciante. Gardel manda discretamente a uno de sus hombres a explorar las mazmorras antes de entablar las conversaciones. Esta vez, no había nada.

–Acabo de ahorrarnos ocho días. Este sitio es un asilo de tarados. Vaugelende, avise a los remeros de que se quedan con nosotros. Los vamos a necesitar por lo menos hasta Ajudá. Los remolcaremos. Llegue a un acuerdo con ellos para dos meses. Dos canoas y catorce hombres, ni uno menos. Volverán por sus propios medios. Puesto que ese holandés es un canalla, arramblamos con su marina de vela.

Los hombres de Chama son la flor y nata de la costa. Pero Vaugelende sabe que también son unos negociantes duros. Intuye que por eso Gardel lo envía a la batalla. El capitán tiene sus propios planes. Quiere saber si Vaugelende daría la talla en caso de que más adelante tuviese que encargarle alguna negociación comercial.

–¿Y el agua? ¿Y la madera? –pregunta el pilotín Sauvage.

–Ahora no –ladra Gardel–. Nos vamos. Tenemos agua suficiente para llegar hasta Elmina. Si no, descorcharemos el aguardiente. Y, por encima de todo, que nadie diga a los otros buques por qué nos vamos. Cuéntenles que al gobernador Jacobsen no le gustan los franceses y que reserva las existencias para sus compatriotas. Dejen que todos pierdan el tiempo aquí. No quiero tenerlos incordiando hasta Navidad.

Vaugelende se ha reunido con el jefe de los remeros. Las conversaciones son largas. El jefe parece tener dudas. Se vuelve hacia sus hombres. En realidad, saben que la oferta es aceptable. La crisis de Chama no permite contar con nada mejor de momento. Pero tienen un problema que no quieren confesar. Tras marcharse uno de los suyos, ahora les falta un hombre de los catorce previstos en el acuerdo.

El tiempo apremia. La marea está bajando. Vaugelende, que cree que están regateando, finge enfadarse. Les habla en un inglés espantoso mientras mira de reojo a Gardel.

–Decidíos. No voy a pagar más. Puedo añadir un poco de tabaco para cada uno los domingos.

Joseph se ha quedado aparte. Está mirando cómo Mosi se baña entre las olas. Ha dejado la ropa en la arena formando un montoncito.

El agua le llega a Mosi por los hombros. Joseph lo ve darse la vuelta. Está mirando al grupo de remeros. Titubea, se sumerge una última vez en el agua y sale. Deja la ropa abandonada en la playa. Se acerca al jefe, que sigue con Vaugelende.

–Si te falta un hombre –dice Mosi–, aquí me tienes.

–¿Conoces el mar?

–Nací aquí.

El jefe asiente con la cabeza, se vuelve hacia Vaugelende y le estrecha la mano.

Más arriba, cerca del fuerte, Gardel entiende que han cerrado el trato.

Joseph Mars está en la proa de una de las canoas. A su lado, Mosi rema hundiendo mucho la pala. Se afana aún más que los otros. Acaba de dar con la mejor manera de visitar los fuertes y todas las esclaverías de la costa, puede que hasta Bonny y hasta Vieja Calabar. Irá siguiendo al buque francés.

En la playa, unos niños han encontrado el montoncito de ropa y han empezado a disfrazarse.

Mosi, en cambio, prefiere llevar los hombros y las piernas al aire. Prefiere sentir el agua del mar en la piel. Vuelve a la época en que tenía doce años, entre los remeros de Chama; a la época en que no podía ni imaginarse que algún día un hijo suyo se extraviaría entre los cautivos.

27

Brutal cosecha

A partir de esa tarde de Todos los Santos de 1786, el recorrido de La Dulce Amélie lo marca la recogida de cautivos a lo largo de la costa africana. De fondeadero en fondeadero, por racimos de siete u ocho, a veces un poco más, otras mucho menos, las mujeres, los niños y los hombres van sustituyendo el cargamento de tela, hierro, armas de fuego, alcohol malo cortado con agua y sombrillas con flecos dorados que abarrota los pañoles. El hermoso navío negro y amarillo con velas inmaculadas y una joven en camisa esculpida en la proa se va convirtiendo poco a poco en un buque negrero.

No siempre hay que confiar en las grandes fogatas que los aldeanos encienden en la playa para indicar que tienen cautivos en venta. El capitán escruta la costa. Nunca tarda mucho en decidirse. El buque a menudo pasa de largo sin dejar que lo tienten.

La primera vez, delante de las elevadas torres de Elmina, solo suben a bordo a un hombre. Es el primero. Tiene el porte erguido y orgulloso de una figura de madera, con la mandíbula apretada y la barbilla alta. Se le han enrojecido los ojos por querer tenerlos siempre abiertos. Los marineros lo suben al barco, pero ninguno se atreve a mirar de frente tanta dignidad.

Gardel, en el alcázar, está rabioso. Ha estado a punto de comprar de una sola vez un lote de treinta hombres en perfecto estado de salud. Semejante hazaña habría sido de buen augurio, pero otra nave, un bergantín de ciento cincuenta toneles procedente de Liverpool, superó su oferta al añadir tres barriles de pólvora a la negociación. En lugar de treinta cautivos, solo se llevó uno, demasiado viejo, que no valdrá más de mil libras en destino.

En la primera página del registro, Vaugelende ha llamado al primer hombre Adán y ha escrito lo que ha costado: un barril pequeño de ciento cincuenta litros de aguardiente, una decena de piezas de tela, tres barras de hierro, un poco de pólvora y cuatro fusiles.

El primer hombre está sentado solo en cubierta, debajo de la lancha arrizada encima de él. No se inmuta, con esa especie de sonrisa desgarradora y los ojos fijos, como si se mirase por dentro. Ni siquiera deja oír ni un sonido cuando le marcan en el hombro con un hierro candente la A mayúscula de «Amélie» metida en un círculo.

Joseph se ha refugiado al fondo del barco para no ver nada. Trabaja con Jacques Poussin, que ha conseguido reunir la madera necesaria. Tavel está con ellos. Hace tiempo que el tonelero está curado de su enfermedad. Siente una gratitud eterna por Poussin, que lo salvó gracias a un poco de aire fresco y agua de cocer arroz. Se pasa el día dándole las gracias y no lo deja ni a sol ni a sombra.

Además de la salud, Tavel ha recuperado su verborrea. El tonelero habla sin parar. Se llevó un tremendo susto pensando que tendría que callar para siempre.

–¿Sabe, señor Poussin? En este momento estoy llevando a cabo un modesto estudio que será de su interés.

–¿Ah, sí? –farfulla el carpintero por educación.

–Me he fijado en que el peso de un ser humano al que se compra casi equivale al de las mercancías que cuesta. Es una coincidencia maravillosa.

–Maravillosa, sí… –suspira Poussin.

–Lo que significa que la línea de flotación apenas varía cuando el barco se llena de cautivos.

–¡Menuda suerte! –exclama dando un tremendo martillazo a un perno de madera–. ¿Y cree usted que también descubrirá que, durante la travesía, lo que engorda el capitán equilibrará exactamente a la pérdida de peso de los prisioneros? Sería una noticia no menos pasmosa.

Tavel se queda pensando.

–Voy a echar números –dice–. Veo que tiene usted una mente matemática, señor Poussin. ¿Sabe usted además que…?

–Oiga, Tavel, ¿podría ir a buscarme el mazo que me he dejado olvidado en el nido de cuervos del palo mayor?

–Sí. Cuando vuelva, no se le olvide recordarme que tengo algo que decirle. He inventado un sistema para saber si nos han engañado cortando el aguardiente de las barricas. Se me ha ocurrido un método estupendo…

–Yo ya utilizo ese método –dice el carpintero–, se llama degustación.

–No. Se llama pesaje, señor Poussin, porque resulta que el agua pesa más que el alcohol…

Levanta doctamente el dedo y continúa:

–Coja usted una barrica de doscientas pintas y una balanza…

–Guárdese sus luces para dentro de un rato, Tavel. Suba a buscar el mazo. Lo esperamos aquí.

–Tiene usted razón. Ahora vuelvo. Tengan paciencia.

–Lo intentaremos.

Desaparece. El carpintero suelta un suspiro de alivio.

–¿De verdad se va a subir a lo alto del palo mayor? –pregunta Joseph.

–No. Pero nos da una tregua. Lo que tarde en inventar una máquina para volar o un brazo articulado…

–… o en darse cuenta –añade Joseph– de que no ha podido usted olvidarse el mazo porque lo tiene en la mano.

Al día siguiente, sin más tardar, La Dulce Amélie vuelve a echar el ancla con grandes expectativas. En los setecientos kilómetros de la Costa del Oro, Cape Coast es el fuerte más importante de los pertenecientes a Inglaterra. Encaramado a una roca contra la que rompen las olas, está rodeado de una flotilla de canoas que van y vienen en medio de varios bergantines y buques de tres palos hambrientos que esperan detrás de la barra.

Es en Cape Coast donde Gardel logra cerrar los primeros tratos de verdad. Los precios están por las nubes; la competencia es dura, pero no queda más remedio que empezar a llenar la bodega.

Además, el barco ya está listo para albergar su cargamento. Durante la noche, con las tablas que consiguieron en Elmina, Poussin y Joseph han terminado la barricada que divide en dos la cubierta del barco. La empalizada, en la que se abren dos portezuelas, está colocada justo delante del palo mayor y rematada con pinchos y cuchillas.

Gardel acaba de comprar a siete hombres y una mujer. Los dejan primero en la playa, encerrados en una choza, y los embarcan al día siguiente. Según se acercan a La Dulce Amélie, se quedan pasmados al ver al único cautivo sentado solo, detrás de una barrera desproporcionada y con cuarenta hombres vigilándolo. Suben a la mujer al alcázar. Deciden registrarla en los libros con el nombre de Eva.

¡Adán y Eva! En todos los buques, el juego de inventarse nombres para los cautivos siempre les supone a los marineros una alegría singular. Dan palmadas y se sienten muy ingeniosos, poderosos y sabios. Pero para Jacques Poussin, que mira de lejos el espectáculo, no hay nada más terrible que hacer como si acabaran de crear a ese hombre y a esa mujer. Como si antes no existieran y nunca hubiesen tenido un nombre ni una tierra. Al llamarlos Adán y Eva, están haciendo como que acaban de traerlos al mundo, cuando en realidad han destruido todo cuanto eran.

Joseph se ha subido a la arboladura. Abajo del todo, ve a la mujer, sola en el alcázar, de pie, tensa, dispuesta a pelear. Acaba de morderle la muñeca al marinero que quiere obligarla a sentarse. Recibe una tunda. Y descubre el arma que regirá desde entonces su vida: el «gato de nueve colas», un látigo con nueve correas que llevan varios nudos pequeños muy apretados en el extremo.

Los otros cautivos ni siquiera pueden ser testigos del coraje de esa mujer. Están al otro lado de la barricada, apiñados en torno al hombre al que los blancos llaman Adán. Pronto se olvidarán también de la luz y el aire. Los van a encerrar en el entrepuente.

La canoa que ha llevado a los cautivos a bordo está amarrada en paralelo al buque. Los ojos de Joseph se cruzan con los de Mosi, que se aleja en la otra canoa. Llevan al cocinero Cook, quien ha convencido a Gardel de que, si va a hablar con los barcos vecinos, podrá cambiar judías y arroz por comida fresca. Las jaulas de las gallinas están vacías desde hace meses, los cerdos salieron volando y a bordo se come cada vez peor.

–Ya verá como no se arrepiente –dice Cook.

El cocinero también ha prometido enterarse de cuáles son los ríos más puros de la costa para alimentar la reserva de agua potable. De momento, el agua que sacan de los toneles se ha vuelto marrón. Y apesta a rana.

Mosi acompaña a Cook toda la tarde. Abordan uno a uno los buques y, mientras Cook encandila a la tripulación con su perfecto inglés y su sonrisa, Mosi se desliza discretamente con la canoa a lo largo del casco. A través de las portas, pregunta en las cubiertas inferiores si anda por ahí un tal Lam Lilim de Isaya.

Esas tres palabras empiezan a circular en las profundidades de las naves. Se difunden entre los cautivos invisibles.

Hay que ser padre o madre para creer que, entre las decenas de miles de seres humanos desgajados todos los años a esos kilómetros de costa, se puede encontrar a un niño solo remando y haciendo correr su nombre en el entrepuente de los buques o en los sótanos de las fortalezas...

Esa misma noche, en La Dulce Amélie, Cook servirá en la mesa del capitán unos volovanes de colmenillas que ha preparado el cocinero de La Buena Sociedad, una nave pequeña y rápida procedente de La Rochelle que vuelve allí directamente.

Después de algunas escalas decepcionantes y con apenas tres docenas de cautivos en el sollado, es en Ajudá donde todo empezará.

Gardel ha decidido que La Dulce Amélie fondeará hasta Navidad delante de los tres rompientes que forman la barra en ese punto. El fuerte Saint-Louis de Ajudá es el corazón de la actividad de los franceses en la costa.

En ese tiempo, Joseph Mars no está autorizado a abandonar la nave. Gardel tiene miedo de que aproveche la presencia de otros buques franceses que proliferan en torno a Ajudá para dejarlo plantado antes de haber resuelto el enigma de Luc de Lerne.

La tripulación está dividida en tres grupos.

El primero pronto se trasladará a Ajudá; lo encabeza el capitán, a quien acompaña el cirujano, que es el encargado de inspeccionar la mercancía. Tendrán que negociar con el fuerte para conseguir los cientos de cautivos que necesitan. El capitán también irá a visitar al rey de Dahorey, que vive a una jornada de allí viajando a través de una zona pantanosa.

El segundo equipo acompañará a Vaugelende para una misión a bordo de la lancha que, por fin, botarán. Van a preparar la trata de la etapa siguiente, hacia Porto-Novo y Badagri. Es lo último que se le ha ocurrido a Gardel. Vaugelende juntará cautivos a los que La Dulce Amélie recogerá más tarde. Ganarán mucho tiempo. Los rumores dicen que es allí donde se están haciendo ahora los mejores tratos.

El último grupo se quedará con el contramaestre Absalón y el carpintero Poussin. Vigilarán la nave y a los pocos cautivos que ya están a bordo. Repararán lo que así lo requiera. Gardel les ha dejado, claro está, al cocinero Cook, con la esperanza de que Joseph le saque alguna información sobre Luc de Lerne y su tesoro. Le ha encomendado a Absalón que se encargue personalmente de Joseph. Las reglas son estrictas. Tiene que dejarlo encerrado en el cuarto de derrota para que trabaje desde el amanecer hasta el ocaso.

De modo que, una noche, los tres equipos se separan. La Dulce Amélie se queda anclada. La lancha despliega las velas rumbo a levante para preparar el terreno con Vaugelende y su tripulación. Y los catorce remeros de Chama llevan a Gardel, Palardi y otros quince hombres al reino de Ajudá para continuar su brutal cosecha.

28

Flores oscuras

–Estamos viviendo talmente igual que si fuéramos náufragos –dice un marinero–. Os lo puedo asegurar porque una vez me quedé atrapado un mes en un banco de arena cerca de la isla Bourbon.

–Salvo que nosotros pronto llevaremos dos meses –dice otro.

–... y que yo tengo que alimentar a cincuenta personas dos veces al día –añade Cook con voz grave.

–Callaos, por lo que más queráis –gime Absalón.

El contramaestre está tumbado en el suelo, febril, con los brazos en cruz y un pañuelo mojado tapándole la cara. Los que lo rodean no están mucho más sanos.

Desde hace siete semanas, La Dulce Amélie está anclada frente a la costa de Ajudá. Los tiburones tigre la rondan noche y día. Es la estación del calor extremo y la niebla. Todo está blanco. La tripulación está metida en esa nube densa y ni siquiera ve la costa que tiene delante. Han desmontado la parte superior de los mástiles para que no sean presa del viento. Con la bandera arriada y los palos recortados, la nave parece una galera romana.

La única distracción de los marineros es ver salir de la bruma las dos grandes canoas tres veces a la semana. Morel y Sauvage lideran orgullosamente a sus catorce remeros. Están vaciando poco a poco el cargamento para trueque que hay en la bodega. Amontonan todo lo que pueden en las embarcaciones. Echan al mar las barricas de agua de mayor tamaño, las atan unas a otras y las remolcan hasta la orilla. A cambio de este cargamento, los pilotines Morel y Sauvage llevan algunas noticias a los que se quedan a bordo.

Explican que Lazare Gardel y sus hombres se han acomodado en el fuerte Saint-Louis, donde el gobernador Montaguère, un bandido que no es de ninguna ayuda, los ha recibido fatal. Afortunadamente, Lazare ha podido pagarle al rey de Dahomey lo bastante para tener derecho a empezar a comprar cautivos. Los encierran en unas cabañas construidas en la playa al lado de la mercancía que están descargando del barco.

–Vamos avanzando –contesta de forma imprecisa cuando le preguntan cuánto tiempo más estarán así–, vamos avanzando.

Los marineros de La Dulce Amélie nunca reciben más detalles. Las canoas se marchan ya, cargadas de hierro, de pipas, de tela de las Indias y de pañuelos rojos de Cholet.

–Id a avisar a Joseph Mars de que puede salir de la celda –dice de pronto Absalón, que sigue igual de pálido en el suelo de la cubierta–. Se me ha vuelto a olvidar.

Desde que está enfermo, ha dejado de vigilar a Joseph. Por lo demás, nadie a bordo ha entendido qué pinta el chico todo el día metido en esa cámara minúscula. Joseph cuenta que Gardel le ha pedido que copie varias veces el diario de navegación para enviárselo al armador Bassac y a sus socios. Pero ¿hacen falta cincuenta días para ese trabajo?

–Ya voy yo –dice Cook–. Voy a liberar al chico.

Baja por la escala principal. Llega delante del cuarto de derrota y empuja la puerta que Absalón ni siquiera se molesta en cerrar con llave. Joseph está de espaldas. No se ha percatado de su presencia. Cook se acerca un poco más y se inclina por encima del hombro.

–¿Y bien? –pregunta–. ¿Estás de viaje?

Joseph se sobresalta. Tapa la carta náutica sobre la que estaba inclinado.

–Ya estás en las islas...

–Qué más quisiera –responde–. Es que aquí el tiempo se hace eterno.

–Y lo que nos queda –se lamenta el cocinero mientras se aleja.

–¡Cook!

El hombre vuelve al umbral de la puerta.

–Gardel me ha pedido averiguar más cosas.

–¿Más cosas?

–Sobre los años que pasaste con Luc de Lerne.

–Ah...

Menea la cabeza con fastidio.

–¿Qué quiere saber?

–Me las apañaré con lo que me digas.

Cook se apoya contra la puerta que acaba de cerrar. Se pasa una mano por la frente. ¿Qué puede decir?

–Tenía tu edad cuando llegué a La Hidra. Era en la época en que Luc de Lerne navegaba muy cerca de aquí.

Por Sierra Leona. Le gustaba la Côte-au-Vent… Hay muy pocas fortalezas extranjeras, solo selvas que caen al mar. Y naves sobrecargadas pasando a lo lejos…

–¿Cómo era?

–Respetaba a Dios y al oro. Nada más. Bañaba la carne ahumada en oro líquido y rompía la corteza para servirla. Tenía un monito que llevaba una cota de malla de hilo de oro y, en la cabeza, un casquete rojo como el de los papas.

Joseph sonríe. Sí, no cabe duda de que ese hombre conoció al viejo pirata.

–¿Por qué te fuiste?

–No me fui. Me dejaron olvidado en un navío de la Marina inglesa después de una batalla. Luc de Lerne se fue sin mí. Pasé cuatro años en las cárceles inglesas.

–¿Le guardas rencor?

Cook no contesta. Joseph lo deja marchar. Está más tranquilo. Con esas confidencias, debería poder entretener a Gardel una temporada. El cocinero no parece echar de menos sus años de pirata.

Todo va bien. No será el bueno de Cook quien interfiera en los planes de Joseph. Ya no le queda más que salir rápidamente de la costa africana y engancharse a los alisios que soplan hacia el lugar donde lo están esperando. Entretanto, tendrá que intentar olvidarse de los seres que respiran bajo sus pies en el entrepuente.

Momentos antes, justo enfrente, en la costa, dos cautivos se estaban sentando en la hierba, al borde de la larga avenida con limoneros del fuerte de Ajudá. Acaban de llegar por el norte. Uno de sus guardias lleva un sable de oficial de dragones, y el otro, un fusil de caza.

–Dale una fruta –le dice Baako a su padre, señalando a la mujer.

Acaba de darse cuenta de que no sabe cómo se llama, aunque lleva dos meses caminando con ella. Está esperando un hijo. ¿Cómo puede seguir viva después de tantas fatigas? La oía cantar muy bajito mientras caminaba. No sabía si era para sí misma, para su hijo de veinte años o para el que lleva dentro. Baako solo sabe que canta como ningún otro ser humano puede hacerlo.

–Dale una fruta –repite Baako.

Pero Eeko no se atreve a arrancar un limón en el jardín de los blancos. ¿Y si lo arrojan a uno de los barcos? ¿Si se equivocan? Le asusta estar tan cerca del mar, al borde del vacío. ¿Qué lo diferencia a él de aquellos a los que meten vivos en los barcos? Le gustaría que volviese su jefe Awoshi, que ha ido a buscar al gobernador del fuerte.

Al final, es el propio Baako quien agarra el limón. Se acerca a la mujer y se lo da. Ella lo gira entre los dedos. Se lo tiende a Sum para que lo muerda, solo para romper la piel. Se lo devuelve a su madre. Ella echa la cabeza hacia atrás y lo aprieta encima de la boca abierta. Caen unas gotas. Nao cierra los ojos. Se le humedecen los párpados.

Eeko y Baako contienen la respiración. Se miran entre sí. Es hermosa. Les gustaría darse la vuelta, dejarla escapar. Les gustaría devolverla a aquel valle donde rozaron el esplendor.

Allí arriba, desde la entrada, en unas horas vieron a las manadas de elefantes y de cebras dibujar paisajes desconocidos. Era por la mañana. Las cenizas del incendio se habían posado. El sol salía por primera vez. Las jirafas bailaban al galopar. Las cigüeñas y los flamencos rosa volaban en círculos por el cielo esperando a que la tierra se enfriase.

Cuando se marcharon con los cautivos, los guerreros asantes tuvieron la sensación de que habían asomado la cabeza dentro de un sueño prohibido y de que ese sacrilegio los perseguiría mucho tiempo.

Awoshi vuelve. Lo acompaña un hombre blanco con el pelo recogido detrás de la cabeza. Lleva el sombrero debajo del brazo. Su camisa parece espuma blanca en el pecho, entre las solapas del abrigo. No es el gobernador del fuerte de Ajudá. Es Lazare Gardel.

El gobernador Olivier de Montagère se ha marchado esa misma mañana a una expedición diplomática. Lo llevaban en una hamaca colgada entre dos bambúes. Tiene miedo a los caimanes sagrados de Dahomey que pululan por los pantanos.

Gardel ha aprovechado la ausencia de Montaguère para seguir hasta el huerto de limoneros a ese joven asante que dice tener dos esclavos para vender. Una palabra lo ha atraído debajo de los limoneros. La palabra «okos». Hay que ser un negrero muy viejo y muy entendido para que esa palabra le siga provocando escalofríos. Hay que haber vivido la locura oko.

–Aquí están –dice Awoshi.

Señala a Nao y a Sum.

–Puede que los últimos de la tierra.

–¿Qué rastro?

–Ella, el rastro del canto.

Gardel solo ha oído una vez cantar a un niño oko que tenía el rastro del canto. No lo olvidará jamás.

–¿Y él?

Awoshi se acerca a Sum.

–Aparta.

El muchacho no se mueve.

–¡Vamos!

Lo tira al suelo de un rodillazo.

–¡Dios bendito! –exclama Gardel–. ¡El cultivo!

–Sí –dice Awoshi–. El rastro del cultivo.

Allí, en el lugar donde estaba sentado Sum, en medio del césped ralo, ha crecido un redondelito de hierba de un verde deslumbrante, con plantas trepadoras enroscadas sobre sí mismas y una flor carnosa que crepita al desplegarse.

Gardel se frota la cara. Se chupetea la lengua como si fuera un dulce de frutas.

–¿Son frágiles?

–No.

–Siempre son frágiles.

–Se han pasado dos meses andando. Y eso que ella espera un hijo. Son tres okos lo que tiene delante –insiste Awoshi.

Gardel conoce perfectamente los cinco rastros de los okos. El rastro del cultivo y el rastro del canto... También están el de la curación y el de la caza. ¿Qué rastro tendrá ese niño? Todos tienen un valor incalculable. Solo uno lo asusta porque ha visto barcos arder y explotar por su culpa: el rastro de la guerra.

–¿Y bien? –pregunta Awoshi–. Si no, iré a hablar con los portugueses.

A Baako y a Eeko los admira el aplomo de su jefe.

Gardel se acerca a Awoshi y le susurra algo al oído durante un buen rato. Enumera una lista de mercancías. Nunca ha ofrecido tanto por unos cautivos.

–Eso es todo lo que puedo pagar –dice.

Awoshi se vuelve hacia él.

–Estamos hablando del niño que va a nacer. Pero ¿cuánto me ofrece por los dos que tiene delante?

Gardel suspira. El sudor de la frente se le escurre por los ojos.

Es imposible no ver que está dispuesto a todo.

–Por los otros, ofrezco el doble.

–¿El doble por cada uno?

–Sí –dice, hechizado.

–¿Y la canoa para volver por el río con la mercancía a las colinas de Kumasi?

–De acuerdo. Incluyo también la canoa.

–¿Y tres buenos fusiles para montar guardia?

Gardel no se reconoce a sí mismo.

–Sí.

Awoshi rememora las penalidades que ha pasado últimamente. La ruta interminable. Puede volver a casa. Lo recibirán como a un príncipe.

–Llevadlos a mi habitación del fuerte –dice Gardel, que sigue eufórico–. Pondré hombres para vigilarlos. Los llevaré a bordo durante la noche.

Tiene miedo de que vuelva Montaguère. El gobernador francés de Ajudá desvía los mejores lotes para favorecer a su yerno, que hace negocios en la zona. No pueden enterarse bajo ningún concepto de la presencia de esos okos.

–Pásate por el almacén de la playa para que te paguen –le dice Gardel a Awoshi acercándose a los okos.

Sum da un brinco y se acurruca junto a su madre. Ella lo protege con el brazo. Entre sus piernas entrecruzadas se ven crecer unas flores oscuras.

29

El mar

Ha anochecido. Mosi va andando por la playa a lo largo de las jaulas donde están encerrados los cautivos. Los mira a la cara, uno tras otro. Muchos están sujetos con collares de hierro o atados de dos en dos por los tobillos. Los niños se mueven entre los cuerpos encogidos.

En la época en que se llamaba Moisés Shackle, Mosi no miraba a los cautivos que atrapaba. Eran como las hierbas que te llegan a la cintura y que arrancas con la mano paseando por una pradera. Tiras una, te llevas otra a la boca, las vas sembrando al pasar. ¿Cuántas has recogido al final? Es imposible saberlo. Ibas pensando en otra cosa.

Mosi acaba de registrar los calabozos del fuerte William, que pertenece a los ingleses y está justo enfrente del fuerte Saint-Louis de Ajudá. Hace unos días hizo lo mismo en la factoría portuguesa. Habían sacado a todos los cautivos de los sótanos para lavarlos y afeitarlos. Pasaba entre ellos y pedía ver a los niños. Imposible encontrar a su hijo.

Mosi no puede esperar más. Lam está en algún lugar de esa costa a punto de que lo embarquen. Y La Dulce Amélie lleva semanas rezagada. Mosi seguirá por tierra. Llegará a Porto Novo en tres días y ya no se detendrá. Encontrará a Lam. Aún quedan unas lunas para que la lluvia entreabra el valle. Cruzará el barranco con él. Tal vez sea de noche. Verá la casa a lo lejos. Despertará a Lam, que irá sentado en sus hombros.

–Hemos llegado.

Lo bajará al suelo y le dará la mano.

Nadie los oirá entrar de puntillas. Mosi está seguro de que la primera en despertarse será Alma.

–¿Sois vosotros?

El jefe de los remeros de Chama está con sus hombres sentado en la arena alrededor de una hoguera, lejos de los cautivos. Mosi se sienta a su lado. El otro hace como que no lo ha visto.

–Ya sé lo que me vas a decir –dice al fin.

Mosi lo escucha mirando las brasas.

–Te observo todos los días. Eres el mejor. Conoces la ola. Pero salta a la vista que no estás aquí por ella.

–¿Por quién?

–Por la ola.

–Es cierto. No estoy aquí por la ola.

–Te vas.

–Sí.

–Espera un poco. Quédate esta noche. El mar está agitado. Tenemos que llevar a dos cautivos al barco. Te necesito.

Mosi alza la cabeza.

–¿Dos cautivos?

–Los cautivos del capitán.

–¿Dónde están?

–En el fuerte Saint-Louis.

La esperanza vuelve a brillar en los ojos de Mosi. Una esperanza chiquitita, como cada vez que llega a algún sitio.

–Han llegado hoy con unos cazadores asantes.

Mosi pregunta:

–¿Desde cuándo los asantes llegan hasta el mar?

El otro no contesta.

–¿Hay un niño?

–Sí –dice el hombre sonriendo.

–¿Un niño de diez años?

–Más pequeño. Tan pequeño que aún no ha nacido.

Mosi se levanta. La luz se le ha apagado en los ojos.

El hombre lo llama:

–¡Espera! Hay una mujer embarazada y su hijo mayor. Espera un poco y luego te pagaré.

–No quiero que me pagues. Me voy. No me debes nada.

Mosi se adentra en la oscuridad y se aleja de los rostros amados que esa noche han pasado tan cerca de él.

Más tarde, cuando los remeros llegan a la nave con los dos okos, los sorprende encontrarse con la lancha, que ha regresado de su misión, amarrada a un costado de La Dulce Amélie.

Vaugelende y sus hombres han hecho maravillas. Doscientos cautivos los están esperando en las playas de Porto Novo, a pocas millas de allí. Solo queda pendiente pagar la factura porque las mercancías prometidas a cambio de los cautivos siguen a bordo del buque. Los vendedores incluso se han quedado con Abel Bonhomme y el tonelero Tavel como fianza. No los soltarán hasta que les paguen.

Al enterarse de las buenas noticias, Gardel decide zarpar. Empieza embarcando desde el alba a los cautivos que ha comprado en Ajudá. Los viajes de ida y vuelta de las canoas de Chama no bastan. Recurren a otras embarcaciones que atravesarán la barra varias veces. Se moviliza a toda la tripulación, incluido Joseph Mars.

Ni siquiera ha amanecido. Empieza a llover. Es la primera vez desde hace mucho tiempo que Joseph se aleja de La Dulce Amélie. Va en la proa de una de las canoas.

En el largo rosario de las tragedias de la trata, no hay un momento más desgarrador que este.

Poco a poco van apareciendo las sombras en la playa. Llevan a los cautivos hacia el mar en pequeños grupos. Empiezan a meterse en el agua. Casi todos van encadenados para la partida. Torpes y amarrados, no consiguen subirse a las canoas que se mueven con las olas. Los marineros gritan a su alrededor.

Los cautivos se agarran los unos a los otros bajo la lluvia. Vuelven los ojos hacia la tierra. Reciben golpes en los hombros. La mayoría nunca había visto el mar. Las olas que rompen les impiden subir. Aún notan el suelo debajo. Los pies se les hunden y derrapan en la arena, debajo del agua. Todavía están ahí. A veces aprovechan que el que está encadenado a ellos se ha caído para volver hacia atrás, para demorarse un poco en la tierra. Entonces tiran de ellos con fuerza desde el interior. Se les escurren los pies. Los arrebatan. Ya no notan nada debajo.

Los empujan al fondo de las canoas.

Se acabó.

La orilla blanca de su continente empieza a alejarse. Entre los árboles, les parece ver las luciérnagas brillando

a millones: son los ojos de sus antepasados viéndolos partir.

En las canoas, algunos quieren tirarse al agua.

El peligro de los tiburones no es nada comparado con la incertidumbre absoluta.

¿Adónde vamos? ¿Qué van a hacer con nosotros?

La Dulce Amélie aparece, reluciente de lluvia. Han vuelto a montar los inmensos mástiles. Un poco de luz rosa ilumina por fin el mar. El último resplandor antes de que todo se apague en las tinieblas del entrepuente.

A mediodía sigue lloviendo. Gardel ha mandado sacar las velas que habían guardado en la bodega durante la prolongada pausa. Pesan mucho y se pegan por culpa de la lluvia. En las vergas hay decenas de hombres para izarlas. Tienen prisa.

Poco a poco, la nave se espabila y retoma la travesía.

Al día siguiente, en el fondeadero protegido de Porto-Novo embarcan a los doscientos cautivos de Vaugelende. Esta vez, toda la tripulación cree haber terminado de una vez. Los remeros de Chama han vuelto a casa. Al reunir cautivos al mismo tiempo en Ajudá y en Porto-Novo, el capitán Gardel ha acortado el viaje casi dos meses. Hay quinientos siete prisioneros a bordo. Aún no se ha declarado ninguna epidemia en el entrepuente. Apenas unas víctimas por el tiempo insalubre de los últimos meses. Es algo inesperado. Hay que aprovechar la delantera.

Gardel ha convocado a los oficiales en su camarote.

Imaginan que les va a presentar la ruta elegida para cruzar el océano. Pero a principios de invierno no caben muchas fantasías. Todo el mundo sabe que hay que apuntar directamente hacia las islas, lo antes posible, sin pretender ser más listo que la geometría. ¿Cuál será, pues, este nuevo capricho del capitán? ¿Qué querrá contarles?

Encima de la amplia carta náutica del Atlántico desplegada sobre la mesa, Gardel ha colocado una banda de papel. Es el plano de la nave. Pone el dedo encima de un espacio de la proa, delante del palo de trinquete.

–¿Qué es esto? –pregunta.

–La despensa –contesta Morel, como un alumno aplicado.

–¿Y qué hay dentro de la despensa?

–Los víveres para la tripulación, capitán. Tres meses de víveres hasta Saint-Domingue.

–Que la vacíen.

–¿Cómo?

–Que lo suban todo un nivel, bajo la cubierta de proa.

–¿Y después?

–La despensa medirá por lo menos cuatro por cuatro metros, ¿verdad?

–¿Qué quiere meter ahí? –pregunta Vaugelende.

–Cautivos.

A su derecha, Sauvage se pone a contar.

–Se pueden sacar veinticinco del chiquero de hombres. Así tendrán un poco más de sitio...

–No vamos a meter a menos de cincuenta –dice Gardel–, pero sin vaciar el chiquero de hombres.

–¿Disculpe?

–Quiero cincuenta cautivos más en este buque.

Hasta el propio Vaugelende se desespera.

–En la despensa no hay ninguna ventilación, capitán. Ya hemos sobrepasado las quinientas cabezas que estableció Bassac.

–¿De dónde quiere sacar comida para quinientos cincuenta cautivos? –pregunta Cook.

–Seguiremos teniendo al menos treinta días de adelanto sobre el programa previsto –dice Gardel–. Un mes de víveres es más que suficiente para alimentar a otros cincuenta cautivos.

El capitán ha echado sus propias cuentas antes que nada. Con cincuenta cautivos más, sus ingresos aumentarán una décima parte. Eso supone una gratificación de tres mil libras. Cien meses de paga de un marinero corriente.

–Pero en esta costa ya no queda un solo hombre que comprar.

–Iremos más lejos, caballeros.

–¿Adónde?

Aparta de un manotazo el plano de la nave y planta el puño más al este. Donde el río Níger se arroja al mar.

–¡Bonny! Leven anclas y llévenme a Bonny.

En el lugar exacto donde Lazare Bartholomée Gardel ha puesto el puño, hay una playita de arena gris en la que Alma acaba de encallar con la canoa. Desde hace días, el río se divide y se ensancha tanto que pierde de vista las orillas.

Ahora está de pie en la arena. Mira la extensión infinita que tiene delante, una extensión como ninguna que haya visto antes, negra y blanca bajo el cielo naranja.

Es el mar.

30
Saint-Ange

Unas horas más tarde, en plena noche, una sombra salpicada de faroles, más alta que las casas del muelle, se adentra en el puerto de La Rochelle. Aún no ha empezado a nevar, pero el frío ha tomado la ciudad. En la oscuridad, algunas siluetas caminan haciendo equilibrios por las calles heladas. Todo está silencioso. Nadie diría que es Nochebuena.

El único movimiento se produce a la entrada del puerto, por la torre de la Cadena, donde la sombra avanza sin hacer un solo ruido. La nave de dos palos concluye la maniobra de amarradura. Alrededor, la ciudad parece dormida.

Sin embargo, basta con caminar unos pasos al otro lado del puerto, hacia el canal Maubec y sus casas antiguas, para encontrarte delante del pórtico de columnas de la iglesia de San Salvador. Vas hacia el atrio con mucho cuidado para no patinar. Empujas la puerta y, de repente: la luz deslumbrante, el gentío, el incienso, el órgano, el humo de los cirios, el roce de los vestidos, los susurros, el crujido de los bancos, el ambiente caldeado y húmedo... Es la hora de la misa del gallo.

En las primeras filas están desplegados los más hermosos atuendos de la ciudad. Las mujeres han aprovechado el calor que dan las velas y los cuerpos para vestir la última moda de los trópicos y lucir desde los hombros hasta la rabadilla. El cura, más friolero quizá, rivaliza en elegancia bajo varias capas de faldas y encajes. Dan ganas de sacarlo a bailar.

Los niños se escurren hasta los reclinatorios para jugar con los zapatos de sus madres, que se han descalzado por debajo de las enaguas. Los hombres se han puesto los trajes de brocado con tantos botones como fichas hay en su juego de *backgammon*.

Hasta la última fila, la iglesia es una sala de espectáculos. Están los marinos de pie al fondo, los pajecitos negros que esperan a su señora, las ancianas que han ido a reservar sitio a mediodía con su *quichenotte,* esa cofia blanca de campesina con la que parecen tener orejas de *cocker spaniel.*

En la tercera fila está sentada Amélie Bassac con su gobernalle, la señora De Lô. Amélie no va escotada como las demás. No se le ve ni un poquito de piel. Lleva una capa de color rojo oscuro abotonada hasta la barbilla, cuya capucha le cae por encima de la frente. A su lado, la diminuta señora De Lô, con su peinado de varios pisos, tapa la vista a todos los que tiene sentados detrás.

De vez en cuando, las dos cruzan una mirada cómplice. Es solo porque han reconocido en el latín del cura una construcción poco habitual que les interesa, el uso del vocativo singular *deus* que no existía en tiempos de los romanos o cualquier otra curiosidad lingüística.

Lo cierto es que Amélie preferiría retirarse. Desde niña le gusta la Nochebuena, esa llamita en las profundidades del invierno. Y, aunque fue en Nochebuena cuando le arrebataron a su madre, unos años antes, en cuanto los días empiezan a acortarse ya está esperando esa fiesta, sin saber por qué.

Pero hoy, como si quisiera chafársela, Jean Saint-Ange, el contable de su padre, se ha colocado a pocos metros de ella, a la derecha, junto a una columna. Le lanza miradas profundas. Para escapar de él, Amélie no le quita ojo a un monaguillo un poco más joven que ella. Y la presión de esa mirada le ha puesto al niño las mejillas tan rojas como la túnica que lleva puesta.

Saint-Ange se ha acercado a Amélie antes de que empezara la misa. Le ha presentado sus respetos. Ella no se ha quitado el guante para estrecharle la mano.

–¿Y su padre?

–No ha venido –ha contestado Amélie.

–Está indispuesto –ha especificado la señora De Lô, sentada junto a ella–. No es nada. Se resfrió el domingo en el jardín.

–Pobre hombre.

Saint-Ange se ha retirado. Sabía que no iba a obtener más que las tres palabras que había pronunciado Amélie. Tampoco le ofrecería ocupar el sitio libre que había junto a ella, en el banco reservado donde está grabado el apellido Bassac en la iglesia de San Salvador.

Amélie está pensando en su padre, que debe de estar debajo del edredón de plumas, él solo.

Aun estando enfermo, mandó a todo el mundo a misa. Era una tradición de la madre de Amélie: dejaba que todo el servicio de la casa librara desde la noche del 24 de diciembre hasta la mañana del 25 a condición de verlos comulgar en la misa del gallo. Ferdinand Bassac ha mantenido esa costumbre. Desde el mozo de cuadra hasta la encargada de la ropa blanca, todos los de la casa han salido volando esa noche.

Así pues, y puede que por primera vez en su vida, Bassac se ha quedado solo en la mansión, sin criados. Amélie se lo imagina perfectamente, con la cabeza apoyada en las almohadas, incapaz de moverse. No sabe ni prepararse un té. Ignora dónde está la cocina. Se queda en la cama, congestionado y tosiendo, mientras escucha el tictac del reloj.

En el momento en que el cura se dirige al púlpito, en el centro de la iglesia, Amélie mira de reojo por debajo de la capucha y ve a un muchacho rubio que se inclina hacia Jean Saint-Ange. Al segundo, los dos hombres desaparecen detrás de la columna. Solo el sombrero del contable permanece en el banco.

Se ha marchado. Amélie se relaja de golpe, cuando empieza a resonar un gloria en el órgano.

Saint-Ange camina por el muelle desierto.

–Cuidado con la escarcha –dice el muchacho que lo acompaña, encasquetándose el gorro rojo para taparse las orejas.

–¿Cómo se llama el barco?

–La Buena Sociedad. Es un bergantín de menos de doscientos toneles. Ha llegado de África hace una hora. Y como sabía que estaba usted esperando algo...

–Llevo mucho tiempo esperando.

–Eso es lo que me he dicho. Y como sabía que estaba usted en misa...

–¿Ha visto la carta?

–No la he leído –dice el joven–. Pero alguien que estaba a bordo lo ha nombrado a usted. Y como sabía que...

–Lo he entendido.

Llegan al final del muelle. En efecto, hay un bergantín de dos palos con carámbanos colgando de las vergas. La tripulación trajina en medio del frío. Los hombres se alegran de haber llegado a tiempo para Navidad, aunque la entrada en el puerto en plena noche los ha privado de los vítores y de las muchachas dando saltitos y aplaudiendo en el muelle.

–¿Dónde está el capitán?

Un marinero señala a un corrillo que está a un lado. Saint-Ange reconoce a los caballeros de la aduana, un representante de la autoridad portuaria y a otro hombre que zozobra levemente de pie en los adoquines, como todos los que acaban de pasar varios meses en el mar.

Saint-Ange se dirige hacia ellos, con el guía del gorro rojo a la zaga para recibir su propina.

–¿Es usted el capitán de La Buena Sociedad?

–Lo era hasta hace una hora.

Saint-Ange le estrecha la mano. Se presenta.

–Jean Saint-Ange.

El capitán asiente con la cabeza y se saca un sobre del bolsillo.

–Le dije a su hombre, allá en la costa, que tardaría un mes. Pero no había previsto tres semanas de calma chicha. Han pasado casi dos meses en total. El viento es más caprichoso que los caballos de correos. Tenga.

–¿Dónde le entregaron la carta?

–En Cape Coast, en la Costa del Oro, justo después de Todos los Santos.

–Gracias.

Los dos hombres se separan rápidamente. Un aduanero miope requiere la atención del capitán. El muchacho del gorro rojo corre detrás de Saint-Ange.

–¿Lo ve? Sí que era su nombre el que había oído. Y como sabía que estaba usted...

–Está bien. Lo he entendido. Toma. Vete.

Le pone dos monedas en la mano. El muchacho intenta contar la paga en la oscuridad mientras Saint-Ange se dirige hacia una lámpara de petróleo colgada entre dos socaires del muelle. Ha roto el sobre y ya está leyendo.

A su alrededor, los marineros hablan de dinero y de proyectos extravagantes para esa noche. Se alegran de haber vuelto vivos. Al llegar, vieron acercarse al padre de uno de los tres marineros que habían muerto durante la travesía. El anciano no tardó en ver que su hijo no estaba allí. Le dieron la paga del pobre muchacho, el contenido de su cofre y el precio de la ropa subastada. La venta siempre se celebra en altamar junto al palo mayor después de que muera un marinero. Da lugar a una conmovedora subida de precio. Se piensa en el compañero cosido dentro del coy y arrojado a las olas. Marineros que no tienen un céntimo se gastan una fortuna en una camisa raída, un blusón marinero o unos calzones de piel mediocres solo para engrosar el fondo que se entregará a la familia del muerto.

Detrás de ellos, ajeno a cuanto sucede a su alrededor, Saint-Ange dobla primorosamente la misiva. Alza la cabeza a la luz de la lámpara. Tiene la cara radiante. Las noticias son excelentes, inesperadas.

Cuando empiezan a llamar a la puerta desde el patio, Ferdinand Bassac está en el despacho, con una bata rosa y pañitos de gasa metidos en las orejas. No oye nada. Hace bastante rato que se ha levantado de la cama, presa del catarro y la angustia. A veces, una enfermedad de nada pone en entredicho toda una vida. Sabe que la fiebre te eleva a zonas desconocidas, algo así como el aire caliente que, desde hace unos años, permite a los humanos echar a volar en un globo.

Ferdinand Bassac está mirando los papeles que tiene esparcidos delante. Se ha llevado el quinqué de su cuarto. Lo ha dejado en el escritorio. Colgada justo encima de él, la maqueta de La Rosa Encarnada proyecta una sombra enorme en el techo.

El barco lleva el nombre de su mujer fallecida, Rose. Por entonces, tan solo estaban prometidos y ella se ruborizaba cuando le hablaba del porvenir. Ese fue el nombre que le dio a su primer navío de joven armador: La Rosa Encarnada.

Hace frío. Bassac se siente rodeado de fantasmas. No ha logrado reavivar el fuego en la chimenea. Contempla los números en el papel.

Da un primer respingo al oír por fin los golpes en la puerta de la casa, se quita uno de los tapones para aguzar el oído y da otro respingo cuando vuelven a llamar.

Es la una de la madrugada. ¿Quién será?

Se levanta del sillón y se dirige a la ventana para salir de dudas. Pero el visitante está justo debajo y Bassac no puede verlo. De todas formas, si ha cruzado la puerta cochera que da a la calle, no puede ser más que alguien de la casa que se ha dejado las llaves. Bassac refunfuña. Amélie no volverá antes de las dos. Está solo. Tiene que ir a abrir.

El viejo armador se arropa con la bata apretando fuerte el nudo del cinturón. Vuelve a tomar el quinqué y se dirige hacia la puerta del despacho. Aferrado a la barandilla, baja las escaleras con mucha dificultad.

–Ya va, ya va… –le farfulla al visitante, que seguramente no lo oye.

Vuelven a llamar.

Todavía hay fuego en la chimenea del vestíbulo. Bassac se pasa un buen rato toqueteando la cerradura que no acaba de entender y, por fin, entorna la puerta. Asoma la nariz acatarrada al frío del invierno.

–¡Dios mío! ¡Saint-Ange!

31
La conversación

–Estoy desconcertado, señor. ¿Dónde está su gente?

–En misa. ¿Y usted? ¿Cómo ha entrado por la puerta de la calle?

–He trepado por la tapia del jardín.

Bassac abre los ojos como platos.

–¿Qué está haciendo aquí, Saint-Ange?

–Tengo noticias.

–¿Noticias?

–Noticias de la costa.

Bassac se queda mirando fijamente al contable. Por un instante se había temido una petición de mano o alguna extravagancia de ese tipo que justificase aparecer en plena noche trepando por la tapia del jardín. Se queda más tranquilo.

El joven parece estar de buen humor. Quizá esté empezando a mejorar esa noche de pesadilla...

–Pero pase.

Le franquea el paso y cierra la puerta.

Se oye el silbido de las zapatillas contra el suelo de piedra.

Bassac se enfrenta a las escaleras por el lado norte. Con la bata y el quinqué en la mano, parece un posadero al que un viajero ha despertado en plena noche.

–Discúlpeme, voy a subir con usted, pero tendrá que volver a bajar solo. No tengo fuerzas. Estoy medio muerto.

Al llegar al despacho, Bassac señala la chimenea.

–¿Podría hacer algo con ese fuego?

Saint-Ange se arrodilla. Sopla en la madera. Unas chispitas brotan de las brasas. El armador se dirige hacia la mesa y suelta el quinqué. Se desploma en el sillón y saca el pañuelo.

–No quería esperar –dice Saint-Ange, aún inclinado sobre el fuego–. Sé que estos asuntos lo preocupan.

–Cuando no me preocupan –responde Bassac sonándose–, es que me horrorizan.

Oye cómo resuena la risa de Saint-Ange en el conducto de la chimenea. Es una risa reconfortante, una risa de adolescente.

–Ríase, ríase... –gruñe Bassac.

–Pues sí –dice incorporándose–, me río. Todo lo que emprende, señor mío, le sale bien. Le sale bien incluso estar asustado.

–Hasta ahora, siempre que he estado asustado se ha confirmado que tenía razón.

Ferdinand Bassac se acuerda de la enfermedad de su mujer, de aquellos mareos que no le preocupaban a nadie más que a él.

–Voy a contarle algunas noticias –dice el contable.

Bassac está acodado en el escritorio. Saint-Ange permanece al lado de la chimenea, sentado en una silla de terciopelo que ha acercado allí.

–Nos ha escrito nuestro hombre. La carta ha llegado esta noche.

–¿Nuestro hombre?

–Sí.

–¿Y Gardel? ¿Por qué demonios no me escribe mi propio capitán?

–Gardel le habrá entregado el correo a un barco menos rápido. Ha habido poco viento en la costa de España.

–Siga.

–Nuestro hombre dice que La Dulce Amélie...

Saint-Ange se detiene. Siempre se le acelera un poco el corazón cuando pronuncia ese nombre. Vuelve a decirlo por puro placer:

–... dice que La Dulce Amélie ha llegado a la Costa del Oro.

–¡Ah!

–Todo pinta de maravilla. La trata y lo demás. Y nadie ha descubierto nada de lo que usted ya sabe...

–¿Ni siquiera Gardel?

–Solo piensa en la trata.

–Es increíble que no se huela nada. ¿Y la tripulación?

–Ninguna sospecha por parte de los oficiales ni de los marineros. Solo hay...

–¿Qué?

–Menciona a un chico que no figura en nuestras listas.

–¿Lo ve? ¡Me dijo que lo iba a comprobar todo! ¡Cada ser vivo de esa nave! ¡Su pasado, su familia, el último de sus amigos!

–Lo hice. Solo se me ha escapado este. Por lo visto, embarcó en Lisboa en el último momento, por accidente. No tiene ni quince años.

–Y el otro... Ese carpintero del que hablaba Gardel en la carta de Lisboa...

Mientras intenta recordar el nombre, a Bassac le pasa un nubarrón por la cara.

–Poussin –dice el contable.

–Sepa, Saint-Ange, que no logro reponerme de lo que les ocurrió al otro carpintero, Bassompierre, y a su aprendiz... Caerse en el puerto... Pobre gente. El aprendiz tenía quince años.

–Habían bebido –dice el contable con tono de reprobación.

–¿Cómo sabe que habían bebido? –chilla Bassac.

–Uno no se cae en el puerto así como así.

–Eso es justo lo que me preocupa, amigo mío. Uno no se cae en el puerto así como así.

El armador ha repetido las palabras más despacio, mirando fijamente a Saint-Ange. Pero este hace como si no lo viera. Se apresura a retomar las explicaciones:

–Nuestro hombre especifica que el chico se llama Joseph Mars y que tiene un trato con Gardel.

–Dios mío... ¿No había dicho usted que eran buenas noticias...?

–Es un trato sin importancia, pero que resulta difícil de entender. Por suerte, nuestro hombre dice que se las ha apañado para tener buena relación con el chico y así poder vigilarlo mejor. Parece del todo inofensivo. No hay de qué preocuparse.

–Habla usted de «nuestro hombre», pero, en realidad, es el suyo. ¿Sigue confiando en él?

–Sí.

–¿Y sigue sin querer decirme cómo se llama?

–Señor Bassac, se lo repito, su cargamento está a buen recaudo en su propio barco.

–¿Por qué no ha querido decirme el nombre de nuestro informante?

–Me lo ha pedido él.

Bassac se arrellana en el respaldo del sillón. Se queda mirando al contable.

–Tengo que decirle algo, amigo mío.

Saint-Ange tiene una corazonada.

–¿Sabe? –dice el armador–, acabo de pasar unos días muy malos...

–Señor...

–Me presta usted grandes servicios –lo interrumpe Bassac–. Alabada sea su inteligencia, amigo mío, su habilidad de gato en las ramas de los negocios. Pero la decisión que hemos tomado...

–La ha tomado usted.

–Es una decisión de la que no me gustaría arrepentirme. He puesto toda mi fortuna a bordo de un barco para sus inversiones americanas...

–No son mis inversiones, sino las suyas. Ese país le ofrece el privilegio de prestarle dinero...

–¿El privilegio?

–¡Sí, el privilegio! Todo eso lo recuperará algún día multiplicado por diez.

–Algún día, sí... ¿Y por qué ese privilegio?

–Por gratitud. América le agradece a nuestro país que le prestara ayuda para conquistar su independencia.

–No me importaría prescindir de esa gratitud. Y, por cierto, ¿esos últimos salarios que le debo y sigue sin querer pagarse?

–Ni lo mencione siquiera. Me viene bien. Me pagaré llegado el momento.

–Señor Saint-Ange, esto no me gusta nada...

Bassac intenta sacarse el pañuelo de la manga. Saint-Ange aprovecha para atacar.

–Pues, si lo prefiere, ceda usted su sitio. ¡Y el señor de Cirières le prestará su oro a América! O, si no, será su amigo Roussillon quien triplique su flota y sus tierras. Se abalanzarán sobre esa oportunidad como alimañas. Ese país es quince veces mayor que el nuestro. Las perspectivas son extraordinarias. América se tiene que reconstruir después de la guerra. Si lo que le da miedo es hacerse rico, ¡entonces, sí, renuncie ahora mismo!

–Ya lo ve –suspira Bassac–, me basta con escucharlo para convencerme sin poder evitarlo. Por eso no puedo tomar la decisión yo solo.

Saint-Ange acaba de enderezarse levemente en la silla. Bassac se guarda el pañuelo en el bolsillo.

–He decidido contarle todo esto a mi hija mañana –dice por fin, creyendo que ha puesto punto final a la conversación.

32

La nieve que queda

–¿Amélie?

–Ya sé que la quiere usted como un hermano –dice Bassac con malicia–. Le sorprendería ver lo hábil que es con nuestros negocios. Si usted es un gato muy espabilado, ella tiene algo de tigre. Entre felinos con una buena educación, quizá llegaran a ponerse de acuerdo, Saint-Ange. Nuestro oro podría seguir viajando hasta América como usted lo espera.

Saint-Ange se ha puesto de pie. Aprieta con las manos el respaldo de la silla en la que estaba sentado.

–Señor Bassac, le recomendé que no se lo contara a nadie.

–Y no lo he contado, en efecto.

–A nadie que no seamos nosotros.

–Mi hija no es sino otro yo.

El contable golpea bruscamente el parqué con la silla. La tiene agarrada con fuerza. Bassac se queda inmóvil detrás del escritorio.

Saint-Ange intenta recobrar la compostura. Respira fuerte y habla bajo.

–Señor Bassac, se lo ruego. No haga algo de lo que se pueda arrepentir.

Bassac nunca ha estado tan tranquilo como en este momento. Para amasar su fortuna ha tenido que enfrentarse a situaciones muy tensas. Responde con voz casi desenfadada, sentado tan a gusto en el sillón y levantando solo una ceja:

–Dígame, Saint-Ange, ¿me está amenazando?

El contable no contesta. El fuego ha empezado a prender en la chimenea. Se oyen los primeros chasquidos.

Bassac se queda un momento enfrascado en sus pensamientos; luego alza los ojos y, con un ademán, señala la nave que cuelga encima de él. Diríase un barco fantasma. Mide casi un metro de largo y está hecho tan solo con nogal y palo de rosa. El casco empieza a brillar a la luz de las llamas.

–La Rosa Encarnada... Usted no había nacido... Dos palos y ciento cincuenta toneles. Mi primer navío.

Respira muy hondo.

–Con ese barco lo aprendí todo. A contar, a anticiparme y a imponer respeto. Pero, la mañana en que zarpaba, el capitán fue desleal conmigo. Un detalle sobre una escala que tenía previsto hacer sin decírmelo. Una hora después, La Rosa Encarnada zarpó sin él.

Bassac se queda mirando al contable y dice muy serio:

–¿Lo ha oído, Saint-Ange? ¡Sin él!

Saint-Ange ya no oye nada. Aprieta con las manos el respaldo de la silla.

Solo ve cómo se mueven los labios de Bassac.

Ve que lo mira con los ojos exigentes y tranquilos de un padre.

Dando una vuelta completa sobre sí mismo para tomar impulso, Saint-Ange lanza con todas sus fuerzas la silla, que va girando lentamente hacia La Rosa Encarnada.

Al volver al banco después de comulgar, Amélie lo ve. ¡Saint-Ange! Ha vuelto tan repentinamente como se fue. Ahí está, enfrascado en sus oraciones, con los ojos cerrados, de rodillas delante del sombrero que sigue encima del banco. Saint-Ange, tan formalito como un niño de primera comunión, ha vuelto a ocupar su sitio en la iglesia de San Salvador. ¿Cómo ha vuelto a aparecer?

Ahora que tiene los ojos cerrados, Amélie puede mirarlo a sus anchas. Se lo imagina a su lado, algún día, en este banco. Es cierto que quedaría bonito verlos a los dos, hombro con hombro, arrodillados en el reclinatorio. Pero Amélie odia lo que es bonito. Le gusta lo que deslumbra, lo que es tan hermoso que duele mirarlo. Le gusta lo que casi da miedo.

La misa concluye. La señora De Lô se agarra del brazo de Amélie. Ha llegado el momento de desempeñar su papel: llevarla sin percances hasta la explanada de la iglesia. Con tanta gente fina allí reunida, la explanada es un terreno minado. Socios, vecinos, proveedores, pretendientes… Todos tienen un buen motivo para abalanzarse sobre la hija de Bassac.

La señora De Lô toma el mando de las operaciones. Sujeta firmemente el brazo de la joven. ¿Acaso no es su gobernalle?

Amélie camina a su lado, la capucha aún le tapa los ojos. Empiezan dando un rodeo por la iglesia para borrar su rastro, que no tardan en seguir algunas siluetas convencidas

de su discreción. La señora De Lô hace ademán de sacar un rosario delante de una estatua de la Virgen, pero, de un tirón, agarra a Amélie y se escabulle sin previo aviso hacia el atrio.

Ahí es donde las está esperando la emboscada. Tres mujeres provistas con sus hijos mayores se han apostado en esa vía. Con excepcional virtuosismo, en el momento de llegar a su altura, la señora De Lô se cuelga de Amélie y la hace girar sobre sí misma. Helas ahí contemplando el interior de la iglesia, como si estuvieran admirando el coro, pero sin detenerse ni un momento. Se dirigen hacia la salida, esta vez marcha atrás, igual de concentradas, alzando los ojos hacia la bóveda. Franquean así la pared de indeseables y, en cuanto están fuera, dándoles las espalda a todas las frivolidades de la explanada, se desvían ligeramente para ir hacia el campanario pegadas a la pared.

Ya están en la callejuela que bordea la iglesia hacia el norte.

Están salvadas. Salvadas y encantadas.

–El que me tiene sorprendida –dice sin resuello la señora De Lô– es su amigo Saint-Ange. No me puedo creer que no nos haya seguido.

–No es mi amigo, es el suyo.

La anciana preceptora ahoga una risa en el cuello de piel y confiesa, soñadora:

–Reconozca que no es astroso ni excullado.

–¿Cómo?

La señora De Lô no puede resistirse a enriquecer su vocabulario.

–Es encantador –concluye la preceptora–. He visto ángeles con los mismos rizos dorados en los cuadros de Versalles.

–Fíjese –dice Amélie–, está nevando.

–Hay que volver a casa.

–No. Quiero ver cómo cae la nieve en el jardín de Recoletos.

–Su padre la está esperando.

–¡Está dormido!

–Quizá –le concede la preceptora.

–Seguro –dice Amélie, riendo–. Tendría que haberlo visto entre las sábanas antes de marcharnos. Pobrecito. ¡Una cosa inerte, blanca y blanda!

–La masa del pan en un paño –dice bajito la señora De Lô ruborizándose por su propia insolencia.

–¡Vamos!

Se alejan las dos, haciendo eses bajo los copos de nieve.

–La cocinera cuidará de él –dice la señora De Lô para resarcirse–. Me ha dicho que volvería a casa después de misa. Sus tres hijos están embarcados. No quiere disfrutar del asueto.

–¿Y usted?

–¿Un asueto? ¿Yo?

–¡Sí, usted!

Desaparecen al final de una calle. Se oye una vez más la voz de la señora De Lô:

–¿Cómo se las apañaría usted? ¡Hacen falta por lo menos diez granaderos a caballo para sustituirme!

La nieve borra inmediatamente el cascabel de sus risas, al igual que las huellas de sus pasos.

Cuando, al cabo de una hora, están de vuelta en el palacete de Bassac, la puerta cochera está abierta de par en par. Delante de la casa, la nieve, ya densa, está pisoteada. Hay dos coches parados en la calle y otros dos esperando en el patio. Los caballos humean por el frío.

Amélie y la señora De Lô entran con los hombros cubiertos de nieve. ¿Qué ha ocurrido? Hay hombres subiendo y bajando por las escaleras. La cocinera está llorando sentada en un banco delante de la chimenea del vestíbulo. Le han dado una manta con la que se enjuga las lágrimas.

La señora De Lô corre hacia ella.

–El señor Bassac... –solloza la mujer al verla–. El señor Bassac...

No puede decir nada más.

La señora De Lô se vuelve hacia Amélie, pero la joven ya está en lo alto de las escaleras. Unos policías tratan de retenerla. Ella se zafa y entra en el despacho. Se detiene, se quita la capucha y cubre de nieve la alfombra.

Su padre está sentado en el sillón, con la cabeza apoyada en la mesa. La Rosa Encarnada está hecha añicos a su alrededor. La sangre se ha derramado hasta el parqué.

Un policía se acerca a Amélie con el sombrero en la mano.

–Ha sido la polea de arriba, que ha cedido. La señora de la cocina ha encontrado a su padre hace una hora, al volver de misa.

Amélie se dirige despacio hacia el escritorio.

–Ha sido un accidente horrible, señorita.

Nota que se le derrite en las mejillas la nieve que queda.

33
Muy lejos y muy cerca

Ha bastado con que el viento cambie bruscamente para que Alma note ese olor desabrido que viene del Este. El olor triste de la carne de elefante.

Está sentada en la playa, entre la bruma. Acaba de abrir un agujero donde ha escondido la canoa y el arco. Los ha cubierto con arena. Vuelve a alzar la nariz para aspirar el aire, como un animal cazando.

Desde hace meses, Alma atraviesa selvas de olores. Fue al salir del valle cuando notó por primera vez esas bocanadas invasoras. Intuye la presencia de la mangosta antes de verla. El ave escondida en la orilla del río, los agutíes, los chimpancés... Aparta con la mano las serpientes que se caen en la canoa desde las ramas. Arponea a los peces con una lanza que ha tallado en un junco. Dispara el arco con los ojos cerrados. Mientras bajaba la corriente, ese instinto la ha salvado. Gracias a él, no se ha muerto de hambre.

En los últimos días, ha cruzado el manglar, una extensión de árboles que crecen con la base en el agua, donde el río empieza a adquirir el sabor salado del mar. De ese laberinto se escapaban olores nuevos: las tortugas y los manatíes que subían a la superficie para respirar.

Más tarde, Alma descubrió el mar. Ha estado siguiendo la costa unos días. Subía la canoa de Sirim a la arena. Dormía bajo el cielo estrellado.

La segunda noche vio pasar un barco a lo lejos. No sabía lo que era. Un ave blanca inmensa. Un ave que no existe. Nunca se había cruzado con nada semejante.

Por último, esta mañana, cuando se ha despertado entre las hierbas por encima de una playa brumosa, estaban allí: dos aves posadas detrás de las olas, con las alas cuadradas. Flotaban una detrás de otra, alineadas por el viento. Eran barcos. Las siluetas se mezclaban al mecerse. En un momento dado debieron de cerrar las alas, porque todo lo blanco se cayó de golpe. Pero los esqueletos seguían en el mar y, cuando la bruma se disipaba un instante, a Alma le parecía ver unos seres pequeñitos moviéndose a sus pies. Se acordaba de las historias que le contaba a Lam, historias de casas gigantes con alas gigantes.

Alma lleva varias horas observando esas formas extrañas a través de la bruma cuando, de repente, nota un olor que proviene de levante. Lo reconoce de inmediato. Se acuerda del despojo de un viejo elefante en el valle de Isaya. Los buitres y las hienas se pasaron un mes peleándose alrededor del animal. Al final, cuando llegó la paz, ni siquiera quedaban los huesos en la hierba.

Alma marca el lugar donde ha dejado la canoa. Echa a correr en dirección contraria a la brisa. Sabe exactamente por qué la atrae ese olor. Pero se prohíbe albergar esperanzas.

De pronto, una ráfaga de viento libera la playa de la bruma que aún queda. Alma se tira al suelo. El corazón le late contra la arena.

A un centenar de metros, ve unos colmillos de elefante colocados en la playa. Se pega un poco más al suelo. Hay seis colmillos y dos hombres vigilándolos. Son los vendedores de Lam. Está convencida. ¿Dónde se ha metido su hermano pequeño? ¿Y los demás hombres de los que le habló Sirim? ¿Dónde está el gigante de la oreja cortada?

–¿Qué estás haciendo?

La voz suena detrás de ella.

Alma se da la vuelta. Hay dos niños mirándola. Un chico y una chica que sonríen. Cada uno tiene en la mano una mazorca de maíz con marcas de mordiscos.

–¿Te he asustado?

Alma calla. ¡Sí, la ha asustado! No se lo esperaba. Ha bastado con que llegaran de cara al viento, con su olor dulce de niño y el susurro de la hierba que ocultaba el de sus pasos.

–Vamos a enseñarte una cosa –dice el niño–. ¡Ven!

–¿Vienes con nosotros? –pregunta la niña.

–Si queréis…

Los dos niños se ríen. Repiten «si queréis» con el mismo acento que ella.

–¡Tú vienes de Nembe!

–Sí –contesta Alma, que no conoce Nembe, pero está dispuesta a venir de donde quieran con tal de que no le hagan más preguntas.

La niña le tiende la mano para ayudarla a levantarse.

–Qué flaca estás. ¿Te has olvidado de comer?

Le da la mazorca de maíz. Alma la muerde.

–¿En Nembe hay elefantes?

–Sí.

Con la piel llena de arena, Alma se pone en marcha con ellos.

–¿Siempre contestas que sí?

–No.

La niña vuelve a reírse. Alma se para y se queda mirando a los hombres hacia los que la conducen. Le devuelve la mazorca a la niña.

–¿Tienes miedo?

No contesta.

–Vamos, ven.

Los dos hombres están tumbados entre los colmillos. No se mueven cuando los jóvenes merodeadores se ponen en cuclillas a su lado.

–No toquéis nada –dice uno de ellos.

El niño adopta una actitud digna y le contesta:

–Mi padre puede encontraros un barco que os lo compre todo.

Los hombres se incorporan apoyándose en los codos. Hablan entre sí en otro idioma.

–¿Queréis hablar con mi padre? –insiste el niño.

–A lo mejor. Tenemos que esperar a los otros. Se han ido al barco francés. Te dirán si quieren hablar con tu padre.

Señalan en dirección a los barcos.

–¡Mira, ahí están!

Delante de las inmensas canoas aladas, otra, diminuta y sin alas, trata de avanzar hacia la orilla a pesar del creciente oleaje.

Los dos hombres se han puesto de pie.

–¿Qué han ido a hacer allí? –pregunta el niño.

–Vender cautivos.

–¿Cuántos?

–Dos. Un niño de tu edad y otro.

–Podría haberlos comprado mi padre.

–Me da la impresión de que ya es tarde. Míralos. Ya los han vendido.

El hombre observa con satisfacción la canoa y a sus dos remeros.

Alma también ha vuelto los ojos hacia el mar para que no le noten la emoción en el rostro. La canoa se acerca un poco más.

–El otro día vi a un hombre muy alto. Un gigante con la oreja cortada. ¿Está con vosotros?

Todo el mundo la mira. Es ella quien acaba de hacer la pregunta con toda la indiferencia que ha podido.

–Estaba con nosotros –contesta uno de los hombres.

Claro está, nunca ha visto a ese gigante, pero quiere estar segura de que está hablando con los raptores de Lam. Sigue contemplando el horizonte.

–¿Por qué preguntas por el gigante?

Contesta torciendo la nariz:

–¿Le duele la oreja cortada?

–No. Fue hace mucho tiempo. Cuando el gigante era pequeño.

Los dos hombres se miran. Deben de estar pensando en el día remoto en el que el gigante era pequeño.

–¿A qué barco han ido? –se atreve a seguir preguntando Alma.

–Al primero. El francés. El que tiene tres palos. El otro es inglés. Aquí hay sobre todo ingleses. Pero los franceses pagan mejor.

Alma no conoce ninguna de esas palabras: «inglés», «francés», «tres palos», «pagar». Aun así, ha comprendido lo único que importa. Su hermano pequeño está allí, detrás de la ola. Si encendiera una hoguera, quizá él podría verla. Si gritara todo lo que lleva en el corazón, quizá podría oírla.

Los niños se han puesto a jugar otra vez a rozando el marfil y retirando los dedos muy deprisa como si quemara o estuviera sucio.

–Marchaos –ordena uno de los hombres–. Ya os llamaremos si os necesitamos.

Los niños se han sentado aparte y están dibujando en la arena.

–¿Qué van a hacer con los colmillos? –pregunta Alma.

–Los llevan a los barcos –dice la niña.

–¿Y luego?

–Los barcos se van.

–¿Adónde?

–Se van.

La canoa ha llegado a tierra. Los dos ocupantes se unen a los que están en la playa. Disimuladamente, Alma observa las siluetas de lejos.

Sirim había dicho que a Lam lo escoltaban cinco hombres. Solo quedan cuatro. El gigante de la oreja cortada no está allí.

Uno de los hombres mira el cielo oscuro y revuelto. Echa a correr hacia los niños.

–Marchaos –dice al llegar–. No necesitamos nada. Los franceses nos van a comprar los colmillos. Fuera de aquí. Va a haber tormenta.

A regañadientes, los tres niños se ponen de pie y se alejan. Van playa arriba en fila de a uno, hundiéndose en las hierbas altas que agita el viento.

Las nubes galopan por encima de ellos.

–¿Y la chica? –pregunta de pronto el niño, que abre la marcha.

–¿Quién?

–La chica que estaba con nosotros.

Los dos niños giran sobre sí mismos. La chica de Nembe ya no está.

–Estaba delante de mí. Solo he mirado hacia arriba para ver las nubes...

–Ha desaparecido.

A su alrededor, las hierbas ni siquiera están pisadas. Se miran sonriendo.

–¡O puede que nunca haya existido! Es un espíritu...

–¡Calla!

Abren mucho los ojos para meterse miedo y siguen andando tranquilamente bajo el cielo revuelto, sin prisa, como si no los asustaran ni las tormentas ni los espíritus.

Ese mismo día, a medianoche, a unos pasos de allí, Alma reaparece. Desentierra la canoa y el arco. El viento sopla muy fuerte. Ha empezado a llover.

Un poco antes, bien escondida en la duna, ha estado observando la maniobra de los hombres para ir al barco francés. Se ha fijado en la forma de cruzar la ola, como metiéndose en un túnel. Luego los ha visto volver a la costa. Ya no llevaban los colmillos.

Ahora, Alma está sola en la playa oscura. Saca la canoa de la arena. Sabe que no debe esperar. La primera ave blanca

acaba de irse. La otra podría salir volando en cualquier momento.

Se adentra en el mar en medio de las olas, se sube a esa canoa demasiado ligera.

Alma apunta hacia una luz amarilla que parpadea delante de ella. Cada ola sube tan alto que de pronto se siente protegida del viento. La ola sigue avanzando por encima de ella como un techo, pero, justo antes de encerrarla del todo y de tocar el otro lado, el mar titubea, renuncia, da marcha atrás enroscándose sobre sí mismo y, por último, decide pasar por debajo. Entonces la canoa sale volando al levantarla el lomo redondo de ese animal. Durante un instante, Alma rema en el agua tranquila de la cresta; luego, el animal vuelve la cabeza hacia ella y abre las grandes fauces. Un remolino se lleva la canoa y vuelta a empezar.

En la oscuridad de esa primera noche del mes de enero de 1787, Alma se va. Ya no siente los brazos. Desde mar abierto, en el barco, el punto luminoso le indica la dirección. Se aferra a eso. Le parece que está a la vez muy lejos y muy cerca.

TERCERA PARTE

34
Clandestina

Joseph sujeta la lámpara muy alto a pesar de la tempestad. Está en la plataforma de la cofa mayor, empapado, a media altura del mástil, y ha pasado el brazo alrededor de la madera para no caerse. El viento sopla. La lluvia azota en horizontal y lo congela hasta los huesos.

–Ilumíname, hijo. ¡Ilumina!

El carpintero Jacques Poussin está colgando en el vacío. La bolsa de herramientas se le columpia en el cinto. Joseph se agacha cada vez más. A ratos, tiene la sensación de ver unos pajaritos verdes diminutos, con el pico de plata, volando en torno a él atraídos por la luz. La reparación dura ya cuatro horas. Por encima de ellos, la espiga de mastelero surca la oscuridad como el péndulo de un metrónomo a cámara lenta.

–¡Que ilumines!

Durante todo el día, Poussin estuvo viendo venir la tempestad. Le suplicó al capitán que le dejara hacer las tareas sin las que La Dulce Amélie nunca podría zarpar. Pero Gardel tenía otras prioridades. Quería que el carpintero tendiese redes a lo largo de la cubierta para impedir que los cautivos se tirasen al mar cuando los dejaran salir al empezar el buen tiempo. Muchos intentan saltar al agua en el momento de abandonar la costa, impulsados primero por la frágil esperanza de escapar y, después, por pura desesperación cuando su mundo desaparece en el horizonte.

–No me gusta tirar la mercancía por la borda –dijo Gardel–. Coloque primero las redes. Reparará lo demás al alba. Y partiremos a mediodía.

–Si la tempestad estalla, capitán, ni siquiera podrá levar anclas para resguardarse.

El capitán se burla de Poussin mostrándole el cielo:

–¿Una tempestad en esta costa a 1 de enero? ¡Eso no ha pasado nunca! Tendría que haber embarcado al diablo en persona para merecerme algo así.

Pero, a las ocho de la tarde, la tempestad estaba allí, bramando. El diablo sí que estaba, pues, a bordo del buque. Y había incluso quien pensaba que vestía la casaca del capitán.

Ahora, a la una de la madrugada, las dos anclas derrapan en el fondo de lodo y conchas. La nave se acerca cada vez más peligrosamente a la costa. Jacques Poussin trabaja allí arriba, atado al mástil que baila en la oscuridad.

En la proa, el orgullo impide a Gardel reconocer que se ha equivocado. Ha reunido a sus hombres al amparo del alcázar. Con los pulgares metidos en el bolsillo del chaleco, les presenta la maniobra que se avecina. Levar anclas en cuanto Poussin, desde arriba, dé la señal, y luego orientar el velamen y poner rumbo al sudoeste.

Vaugelende se aventura a levantar la mano. Vuelve a sugerir que no esperen a que termine la reparación.

–Hagámoslo más tarde, capitán. El resto de velas bastará. Solo con la de trinquete alcanzaremos al menos quince nudos...

Gardel manda callar al segundo. No zarpará con una nave defectuosa. Quiere salir de África triunfalmente y a toda vela cuando sea el momento.

Ante él, los marineros ya no sueltan palabra. Cabría creer que es por la tempestad por lo que están tan pálidos. Pero tienen justo debajo la ola que les revuelve las tripas. Es ese rumor que sube de las profundidades. Porque ni la voz de Gardel ni el silbido del viento ni los crujidos de la madera pueden tapar los lamentos y los gemidos que proceden de debajo de la cubierta.

Ahora hay quinientos cincuenta cautivos encerrados en la bodega.

Tres por metro cuadrado de suelo. Con los ciento cincuenta mil litros de agua dulce y las barricas de guisantes y de arroz para dos meses, el casco se hunde en el mar hasta los cañones.

Para que la nave no haga agua, incluso han tapado el vano de las portas, que son las únicas entradas de aire del entrepuente.

Ningún cautivo tiene sitio para tumbarse bocarriba. Están de costado. Algunos tiene que quedarse con las piernas dobladas. Gardel cuenta con el espacio que algún día dejarán libre los que no sobrevivan a la travesía.

–Escuchen –dice súbitamente Gardel levantando la nariz y alzando un dedo en el aire–. Escuchen con atención.

Diríase que acaba de reconocer una pieza para clavecín que está tocando la vecinita de abajo. Observa a sus hombres.

Eso es por lo que los ha reunido aquí. Son los lamentos y los sollozos lo que Gardel quiere que oigan. No pretende conmoverlos ni endurecerlos. No. Quieren que sientan la potencia de esa amenaza que durará toda la travesía. Que no bajen la guardia. La aflicción y la rebeldía lo pueden todo.

–En los salones de París y Londres se debate para saber si lo que transportamos son seres humanos o no. Yo les prometo a ustedes que su rabia será sobrehumana cuando comprendan que nos vamos.

Fuera, la cubierta está totalmente vacía. Solo Abel Bonhomme está sentado a horcajadas en el bauprés que apunta hacia delante, justo por encima del mascarón. Tiene que vigilar las dos anclas y la deriva del navío. Incluso sin tocar los cables, los nota vibrar. Las anclas de dos toneladas cada una ya no se agarran al fondo. Se deslizan rascando el suelo y hacen retroceder el barco.

Entre las olas, Abel no puede resistirse a mirar la figura pintada de amarillo que tiene debajo. Le han contado que es Amélie, la muchacha que da nombre al barco. Desafía las tempestades sin abandonar el puesto. Piensa en la verdadera Amélie, que en esa noche del 1 de enero debe de estar durmiendo en algún sitio en una cama con sábanas secas, calentador y una bolsita de lavanda debajo de la almohada.

Abel da un respingo. El golpe ha venido de estribor. Un objeto ha golpeado el casco. Demasiado tarde para avisar a popa. Al inclinarse, ve cómo se aleja un tronco de árbol girando sobre sí mismo entre las olas. En el último momento, le da la impresión de que es una canoa abandonada.

La forma ha desaparecido en la oscuridad. No parece haber causado daños.

Abel tiene frío. La lluvia se mezcla con el agua de mar a su alrededor. Se pasa la mano por los ojos. En lo que tarda en retirarla, una sombra surge a su espalda sin que la vea. Un cometa pequeñito y negro. Rueda por el suelo y desaparece. Es Alma.

–¡Oé!

La llamada viene del palo mayor. Abel Bonhomme levanta la vista. Ha reconocido la voz de Poussin. Joseph agita la lámpara desde lo alto. Han terminado el trabajo.

Abel deja su puesto de vigía. Encorvado contra el viento, se dirige hacia popa. Sortea uno a uno los seis colmillos de elefante colocados en el suelo del castillo. Baja a la cubierta. Sacude la puerta de la barricada. Le abren. Se reúne con la tripulación agrupada, levanta los dos brazos y dice tiritando:

–Está todo aparejado, capitán. Está todo aparejado. Nos vamos.

Los marineros miran con alivio al mensajero pasado por agua.

Nos vamos.

Poco después, los cuerpos de Jacques Poussin y Joseph Mars se desploman a la vez en el suelo, al amparo del castillo. Han logrado encontrar un hueco en ese lugar al que han trasladado el contenido de la despensa.

Poussin gime mientras se quita la capa alquitranada.

–¡Dormir! –dice–. ¡Dormir un poco!

Joseph ha soltado la lámpara. Nota el olor nauseabundo de los víveres apilados a su espalda. El recuerdo del viento le sigue zumbando en los oídos. Incapaz de moverse o de quitarse la ropa, se queda esperando.

Por fin han levado anclas. La nave se escora a estribor. La Dulce Amélie ha dejado de ofrecer resistencia al viento. Por fin cede. Permite que la lleve a mar abierto.

Durante unos segundos, los cautivos dejan de hacer cualquier ruido.

–Esta vez, sí que nos vamos –dice Poussin.

Se apoya en un codo, se ríe muy bajito, como un borracho que apenas consigue incorporarse en la acera. Allí estarán bien. El mejor lugar para que se olviden de ellos unas horas. Fuera, los hombres se afanan entre los mástiles y la cubierta del buque.

–¡Dormir! –suspira de nuevo Poussin–. Apaga la lámpara, hijo...

Conmocionado por la tempestad, Joseph mira a su alrededor. Cuando zarparon de Europa, hace casi seis meses, veinte marinos podían colgar las hamacas debajo de ese castillo para pasar la noche. Ahora, apenas hay sitio en el suelo para dos cuerpos extenuados. Del suelo al techo se apilan toneles y sacos.

En la despensa, delante del todo, pero un nivel por debajo de donde están, en el lugar donde antes estaban todas estas reservas, han arrojado a las últimas cincuenta mujeres que Gardel embarcó en la isla de Bonny. Sumadas a las ciento cincuenta que están en popa, son un total de doscientas mujeres cautivas frente a trescientos cincuenta hombres.

La mayoría de los buques negreros se conforman con un tercio de mujeres y niños, pero el capitán ha echado bien las cuentas. La despensa carece de ventilación alguna. Es aún más inhabitable que el resto del entrepuente. Gardel apuesta por la resistencia de las mujeres durante la travesía. Está seguro de que el beneficio será mayor que si encerrara allí a hombres, más costosos y menos resistentes.

–Apaga la lámpara –dice Poussin.

Joseph estira la mano y levanta el cristal que protege la mecha. Se inclina casi hasta el suelo para apagarla de un soplido, pero se detiene, confuso.

Toca el suelo con el dedo, muy cerca de la linterna aún encendida.

Tiene en el índice una mancha redonda y oscura, perfectamente redonda. Acerca la nariz para olerla.

Más allá, Poussin farfulla algo con los ojos cerrados.

Joseph coge la lámpara y se sienta en los talones. Unas gotitas dibujan en el suelo una línea regular. Empieza a seguir esa pista que se pierde en una caja.

–Apaga la luz –vuelve a gruñir Poussin a su espalda, tapándose los ojos con el sombrero de agua.

–Sí, ya apago –dice Joseph.

Pero se lleva la lámpara para seguir a cuatro patas las manchas cada vez menos espaciadas. Rodea tres barricas pequeñas, se endereza un poco, pasa por encima de un saco de harina, vuelve a acuclillarse y acerca la luz hacia un recoveco que se ha quedado vacío.

–Apaga la luz –repite la voz soñolienta de Poussin.

Si apagara ahora, quedaría bastante luz para toda una vida, porque delante de Joseph se acaban de encender dos llamas pequeñitas: los ojos de Alma.

Se miran como dos supervivientes del fin del mundo. Las dos únicas personas vivas en un planeta en ruinas que lo hubieran recorrido durante miles de años por separado y, por fin, se encontraran.

Alma sabe que ya le habría dado tiempo a matarlo tres veces.

Si sigue vivo es porque no tiene nada que temer de él. Eso es lo que se dice, porque su instinto no la engaña.

Nunca ha visto un rostro como el suyo. Una cara blanca con las mejillas y la nariz de color rosa, con el pelo revuelto alrededor. ¿De qué mundo viene? ¿La canoa con alas de ave pertenece a estos fantasmitas de ojos grises?

Joseph contempla a la chica. Se sujeta un hombro con la mano derecha. Tiene el cuerpo encogido, los brazos cruzados, las rodillas apretadas cerca de la barbilla. La otra mano se aferra a algo oculto en la sombra.

–No es una cautiva –dice la voz de Poussin.

Joseph se sobresalta. El carpintero está detrás de él.

–Fíjate bien –añade muy bajito–. Lo que lleva en la otra mano es un arco.

–Es libre –dice Joseph.

Al pronunciar esta palabra, los ojos de porcelana se han movido delante de él.

–¿Qué está haciendo aquí? –susurra Poussin.

A la luz de la lámpara, se ve cómo la pupila de los ojos de Alma pasa de uno a otro con muchísima atención.

–Mire –dice Joseph mostrándole el hombro izquierdo.

–¿Qué?

Alma tiene la mano derecha pegada a ese hombro. Un borboteo rojo se le escapa entre los dedos.

Alma mantiene la herida cerrada con la mano. La sangre le baja por la muñeca hasta el codo. Una ola la ha arrojado contra el casco en el momento de salir de la canoa.

Alma mira a Poussin sin disimulo. Intenta leer lo que dicen los ojos de ese viejo fantasma cuyo rostro se parece un poco al del chico, la misma piel descolorida como la hierba en la estación seca. Curiosamente, en ningún momento tuvo miedo al ver a Joseph. Pero ¿este? ¿Qué querrá de ella?

El chico se ha vuelto hacia el carpintero y también lo observa. Piensa en un mundo donde cada cual procura sobrevivir. Un mundo de obediencia y de terror.

Hay una chica armada a bordo. ¿Cómo iba Poussin a dejar de dar la alarma? ¿Qué locura lo empujaría a correr el riesgo de mantener en secreto a esta viajera clandestina?

35

Una libertad inexpugnable

–Me conozco este barco como la palma de la mano –murmura Poussin–. Es mi trabajo. He explorado cada espacio entre las vigas, la mínima ranura del suelo. Incluso te puede decir dónde mete los restos de las ratas que caza el gato Hércules y en qué doble fondo alguien ha escondido un fusil de caza de dos cañones...

Joseph espera. Jacques Poussin nunca empieza por el principio. Da rodeos que no se esclarecen hasta mucho después.

–Si hubiera un lugar –sigue diciendo Poussin sin apresurarse– donde fuera imposible encontrar a una chica herida durante los dos próximos meses, yo lo sabría.

Repite:

–Ese lugar no existe.

Joseph aguanta la respiración.

¿Por qué tiene la sensación de que su vida depende de lo que suceda en los segundos siguientes?

–¿Vas a apagar la lámpara de una vez?

En el instante en que Joseph obedece, se oyen los pasos de un hombre entrar en la cámara. Lleva una llamita vacilante en la mano. Es Cook. No ve las tres siluetas escondidas entre las pirámides de víveres.

El cocinero suelta la lámpara y llena un cubo de arroz. Vuelve a cerrar el saco y se va.

–Cuando te pida algo, hazme caso –le dice Poussin a Joseph–. Si no, estamos muertos.

Un segundo más y la luz los habría delatado.

El carpintero retoma su razonamiento en la oscuridad:

–También habrá que coserle el hombro y alimentarla.

Apenas distinguen la sombra de Alma, no más gruesa que la madera del arco.

–¿Y bien? –pregunta Joseph.

–¿Qué diferencia a los cautivos de quienes son libres?

Poussin siempre contesta con otras preguntas.

–Los cautivos están encerrados en el entrepuente, señor.

–Eso no es lo que los convierte en cautivos. Pronto los sacarán al viento, a la sombra de las velas, y no serán libres. Un día, tendrán caña de azúcar por encima de la cabeza, pájaros alrededor. Irán a beber a un río al volver del campo y, llorando, aspirarán el aire que llega de levante porque ese aire les traerá su tierra perdida. Por último, si sus amos están de acuerdo, puede que se casen. Pero te prometo que seguirán sin ser libres.

–¡Entonces es el color de la piel! –exclama Joseph.

–El cocinero Cook es negro. ¿Acaso es un cautivo? Es un negro libre, como los que hay en los navíos...

–Dígame de una vez lo que me quiera decir –se lamenta Joseph–. Se lo suplico. No podemos esperar.

Poussin declara:

–Lo que convierte a alguien en un cautivo es la marca con el hierro candente en el hombro y su nombre inscrito en los registros del buque.

Silencio.

–Eso no es todo –dice Poussin–. Si esta chica no tiene marca, si su nombre no está en el registro, seguirá siendo libre.

–Pero ¿dónde vamos a esconderla? –pregunta Joseph.

Hace unos instantes no la conocía. Solo vivía para un montón de oro debajo de una litera, la misión que le habían encomendado. Y ahora resulta que gimotea por ella como un perrito herido.

–Por favor –pregunta una última vez–, ¿dónde vamos a esconderla?

–Con los cautivos.

A Joseph le entran ganas de agarrar a Poussin por el cuello.

–Vamos a ponerla a proa, con las mujeres de Bonny –repite el carpintero.

–¿Y el nombre en los registros?

–Su nombre nunca figurará. Los registros se guardan hasta Saint-Domingue. Se cuenta a los cautivos cuando salen a cubierta. Y otro tanto cuando vuelven a entrar. Ella saldrá y volverá a entrar con ellos.

–¿Y la marca en la piel? ¿La A de La Dulce Amélie marcada con hierro candente? ¿Cómo explicar que no la tenga en el hombro?

Poussin sonríe en la oscuridad.

–Confía en mí. Nadie se dará cuenta. Ya lo verás.

Se callan unos instantes.

–Solo quedan dos problemas –dice Poussin–. El primero, tenemos unas semanas para resolverlo: es hacerla desaparecer cuando lleguemos. El segundo problema es más urgente: ¿cómo vamos a conseguir que entienda nuestro plan?

Joseph jamás olvidará la voz grave que murmura en la oscuridad:

–¿Y el arco? ¿Dónde vais a guardar mi arco?

El cirujano Palardi cruza la cubierta bajo la lluvia con su estuche. Acaba de despertarlo Poussin. Han cruzado juntos la barricada.

–Lo que no entiendo es cómo se ha dado cuenta de que la chica estaba herida.

–Mejor alégrese de que haya conseguido sacarla de la despensa. El espacio para pasar es del tamaño de una servilleta y ahí dentro hay cincuenta mujeres. ¿Con qué contorsiones pretende hacerlas entrar y salir?

–Me preguntaba...

–Es el ladronzuelo el que ha accedido a ayudarme... ¿Cómo se llama, por cierto?

–Mars. Joseph Mars.

–Eso es –dice Poussin–. Se llama Mars. Un buen chico, servicial, cuando no está desplumando a Gardel.

–Verá –insiste Palardi–, lo que no entiendo...

–En esta vida no se puede entenderlo todo –lo interrumpe firmemente Poussin.

Ha agarrado al cirujano por los hombros y lo sujeta de frente bajo la lluvia.

–Ese es el drama de los médicos: que no respetan los misterios. ¿Me oye, Palardi? –le repite abriendo mucho los ojos.

Palardi asiente, nervioso. Teme a Poussin como si fuera un brujo desde el día en que le curó la disentería al tonelero Tavel.

–La chica está aquí. La hemos puesto a salvo.

Se agachan para entrar en el sitio donde encontraron a Alma. Joseph la está vigilando. Han escondido el arco con las herramientas de Poussin.

–¿El capitán está al tanto? –pregunta Palardi nada más verla.

–Estará al tanto si no la cuida bien, si la cose como un saco de yute, si la herida se infecta... Sí, le contaré cómo trabaja usted. Al capitán no le gustan las chapuzas. Y esta chica vale quince veces su paga de enero.

Palardi se arrodilla, muy pálido. Le levanta el brazo a Alma.

–Sangra mucho –dice mientras saca una botellita del bolsillo.

Desenrosca el tapón.

–A los negros los limpio con el aguardiente de los marineros. Sale más barato.

–No, démela.

–¿Por qué?

–Porque tengo sed.

Le arrebata el aguardiente y finge beber.

–Coja el producto que usaría para curar a su propia hija –dice Poussin limpiándose los labios en el hueco del codo.

–¿Mi hija?

No tiene ninguna hija.

–¡Use el producto que sea más caro! –le grita Poussin.

Palardi saca a regañadientes un frasquito rojo del estuche de madera.

Alma no aparta la vista de Joseph cuando le cose la herida. Ni siquiera aprieta los dientes o el puño. No mueve ni un músculo.

El cirujano trabaja bien. Ese hombre debería haberse dedicado al bordado y no a la medicina. Habría hecho puños y cubrecamas y habría evitado muchas muertes.

Cuando termina, Palardi saca un trozo de sábana limpio. Le venda la herida a Alma.

–Ahora la voy a marcar en el otro brazo –dice.

–¿Cómo?

–Con la cicatriz ya no se ve la marca del navío –explica el cirujano sacando el hierro con el que se sella a los cautivos.

–¿Está bromeando? –pregunta Poussin.

–No hay más remedio que marcarla –dice Palardi.

Poussin sonríe sacudiendo la cabeza.

–Ya entiendo.

–¿Qué?

–Lo sabe perfectamente, señor Palardi: los cautivos marcados en el brazo izquierdo son las compras personales del capitán Gardel... No se haga el tonto. Veo de sobra lo que está intentado hacer.

Palardi abre los ojos como una lechuza.

–Eso se llama corrupción, doctor Palardi.

–Oiga, caballero...

–¿Pretendía regalarle esta cautiva a Gardel cuando en realidad pertenece al armador Bassac?

–Pero...

–¿Y todo para recuperar la confianza del capitán?

–Le prometo...

–Cállese. La chica no va a salir volando. Ya volveremos a hablar cuando la herida esté curada.

Palardi se queda pálido.

–Por esta vez, diremos que no hemos visto nada –le susurra Poussin al cirujano ante los ojos deslumbrados de Joseph–. No diremos nada. Será nuestro secretillo…

Se oyen unos pasos. Ven aparecer a Vaugelende, que se los une debajo del castillo.

–¡Jacques Poussin! Le llama el capitán. Dice que ya ha dormido bastante y que quiere hablar con usted… Y contigo también, Joseph Mars.

A Vaugelende lo acompaña un marinero. Se paran en seco al ver a Alma.

–¿Qué tenemos aquí?

–Es el trabajo de nuestro cirujano –dice Poussin agarrándole sin miramientos el brazo a Alma y levantando la venda.

Enseña la herida cosida como si fuera una obra de arte.

–Fíjese… En menos de quince días no será más que un mal recuerdo. Al doctor Palardi no le falta talento.

Poussin se pone de pie. No ha dormido ni un instante. Ni siquiera le ha dado tiempo a secarse.

–Devolved a esta chica a la despensa –dice–. Bastante me ha costado sacarla. Ven conmigo, Joseph Mars. Vamos a dejar que estos caballeros hagan su trabajo. El capitán nos necesita.

Se marchan. Vaugelende se queda con Alma, Palardi y el marinero.

–¿Qué mosca le ha picado, doctor? ¡Tiene que avisar cuando saque a los cautivos!

Palardi abre la boca, pero Vaugelende se pone a chillar:

–¡Es el reglamento! ¡Y punto! Además, el capitán también tiene algo que decirle a usted.

Palardi cierra el estuche y se va.

Vaugelende y el marinero mandan a Alma que se levante. La sacan a cubierta y suben hacia el castillo. La joven los deja hacer. Alza la vista. Ya no llueve tanto. El viento no ha amainado. Se lleva las nubes. Incluso se ve alguna estrella en el cielo.

–¡Andando!

Los dos hombres empujan a Alma hacia el trinquete y la entrada de la despensa. No pueden sospechar que en ese calabozo sin ventanas ni aire se disponen a meter una libertad inexpugnable.

36
Una bomba

Gardel manda pasar a su cámara a Jacques Poussin y deja a Joseph Mars detrás de la puerta.

–Tú quédate ahí.

Joseph tenía la esperanza de entrar con ellos. Hace meses que no ha vuelto a los aposentos del capitán. No ha podido volver a ver, en la alcoba, debajo de la litera, las dos cajas en las que ha depositado tantas esperanzas. En el momento en que va a pegar el oído a la madera de la puerta para escuchar lo que están diciendo los dos hombres, el doctor Palardi aparece detrás de él.

–Por lo visto, quiere hablar conmigo…

–Sí –dice Joseph–. Lo está esperando.

El cirujano llama una vez. Gardel abre bruscamente.

–¡Palardi!

De pie en el umbral, el capitán se vuelve un instante hacia el interior.

–Una palabra –le dice Gardel a Poussin– y vuelvo a estar con usted.

El capitán se queda en la puerta sin dejar entrar al cirujano. Joseph alcanza a ver que el carpintero está esperando en una silla en medio de la cámara.

–Palardi, hasta ahora ha tenido usted mucha suerte. No le he echado en cara los cinco cautivos que hemos perdido durante los meses que pasamos en la costa.

–Es usted muy amable.

–El clima podría haber matado a más.

–Hasta las ratas se ponían enfermas.

–Pues yo lo veo a usted muy sano.

–Gracias...

–Y, al menos, salvó al tonelero.

El doctor asiente modestamente con la cabeza, incómodo de que Poussin oiga un cumplido que le corresponde a él. Sobre todo, nota que las palabras amables de Gardel anuncian otras que no pasarán nada por alto.

–Señor cirujano, debajo de este suelo, en la santabárbara, hay una negra que espera un hijo. Estaba entre las que embarcaron en Ajudá.

–Está en el último estado de la anemia, señor.

–Va a sacarla de ahí y a acomodarla en la lancha.

–No merece la pena. No le quedan más que dos o tres días.

El capitán, sin alterarse, agarra al médico de la oreja y empieza a levantarlo otra vez.

–Doctor –dice Gardel–, va usted a hacerme el favor de curarla.

Poussin escucha con atención. Es insólito que el capitán muestre interés por el destino personal de un cautivo.

–Si insiste... –dice Palardi, de puntillas.

–Insisto, señor Palardi. Insisto tanto que estoy dispuesto a hacer grandes sacrificios para mantenerla viva.

–¿Sacrificios?

–Se los voy a contar –susurra Gardel.

Sin soltarle la oreja al cirujano, se lo acerca y le dice al oído:

–Si muere, estaría dispuesto a privar a este buque de su cirujano...

Palardi abre y cierra la boca como un pez. Gardel prosigue:

–Le daré el botecito que se columpia en esta ventana y pondré el cadáver de esa mujer a sus pies. Podrá volver a casa por sus propios medios. ¿Me ha oído?

–Eso creo.

–Entonces, cúrela. Es una orden.

Los talones del cirujano caen en el suelo.

–La reconocerá. Tiene la marca de La Dulce Amélie en el brazo izquierdo.

Es lo que se llama la pacotilla. El armador le concede por contrato al capitán el derecho a transportar dos cautivos que podrá vender por cuenta propia. La mercancía le pertenece personalmente y redondea sus beneficios a la vuelta. También ha cargado tarros de cera de abeja, un tonelito de nuez de cola y pimienta de Guinea. Gardel protege a esa mujer como si defendiera su propia bolsa.

Palardi se retira. Joseph no se ha movido. Intenta no llamar la atención detrás de la puerta que se ha quedado entornada.

El capitán vuelve con el carpintero.

–¿Y el marfil que hay en cubierta –pregunta Poussin– también es suyo, capitán?

Poussin está en lo cierto. Gardel tiene intención de vender ese marfil por su cuenta.

–Precisamente de eso quería hablarle, señor Poussin. De esa manía que tiene de hacer preguntas.

–Se va a quedar sin colmillos en el próximo temporal. No están amarrados. Tres pobres animales habrán muerto para nada.

–¿Tres? Había seis –dice Gardel alarmado.

–Seis colmillos, si me lo permite, son tres elefantes. Es cuestión de ciencias naturales. No se confunda con los unicornios, capitán.

–¡Cállese! –vocifera Gardel–. ¡Haga su trabajo! ¡Amárrelos y deje de hacer preguntas!

Poussin se pone de pie.

–¡No tan deprisa! –grita Gardel–. ¡Siéntese!

Poussin vuelve a sentarse.

–Lo escucho, capitán.

Lazare Gardel intenta recuperar la calma. Se acerca a Poussin.

–Me cuentan que ha mostrado usted mucho interés por el carpintero que lo precedió…

Poussin se acomoda en la silla, un poco inclinado hacia delante, con las manos en los muslos. Los codos abiertos hacia los lados forman como las asas de una tacita bastante gruesa y estable.

–¿Conocía a Bassompierre? –pregunta Gardel.

–Conozco a casi todos los carpinteros de Bristol a Burdeos. Franceses, ingleses y también portugueses. E italianos, porque pasé allí mis mejores años en la armazón de varias iglesias…

–Pero ¿conocía a Bassompierre?

–Sí.

–Cuando llegó a Lisboa, ¿ya sabía que había muerto?

–Se lo oí contar allí a uno de sus marineros que hablaba mucho y había bebido algo más que agua. Pura casualidad. Gracias a él me presenté para el puesto.

Gardel va recuperando poco a poco la calma y la sonrisa.

–Entonces –dice–, me tiene que explicar una cosa…

–Sí, capitán.

–Se cruzó usted con el capitán del Fénix cuando vino a esta mesa a cenar conmigo, hace unas semanas, ¿lo recuerda?

–Es cierto. Lo vi de lejos en cubierta y no en esta mesa, de la que no soy digno.

–Esa noche me dijo que ya lo conocía a usted…

–Fui carpintero segundo cuando él era contramaestre, hace más de veinte años, en un buque de Le Havre.

–¿Veinte años?

–Sí.

–Me contó que lo había visto a usted hace menos tiempo: en el puerto de La Rochelle al día siguiente de que zarpara La Dulce Amélie.

Gardel se da tiempo para observar la cara de Poussin antes de proseguir:

–Ese día estaba usted en La Rochelle. Y en Lisboa, con nosotros, cinco días después. ¿También fue pura casualidad?

Poussin se queda en silencio.

–Hay que tener muy buenas razones para viajar por tierra de La Rochelle a Lisboa en pocos días –insiste el capitán.

–Tenía dos buenos caballos. Y es cierto, quería este puesto.

–¿Lo quería tanto como para ahogar por descuido a su amigo Bassompierre y a su aprendiz en el puerto de La Rochelle?

A Poussin se le descompone el rostro bruscamente.

–Jamás –dice con contundencia.

Se queda mirando a Gardel. ¿De verdad el capitán sospecha de él?

–La muerte de ese carpintero es un trastorno que me disgustó mucho –dice Gardel–. Lamento haber estado ausente cuando sucedió.

–¿Dónde estaba? –pregunta Poussin.

–Excepcionalmente, le voy a contestar. Estaba pasando una semana en Nantes a petición del señor Bassac. Una estancia inútil que me fue impuesta para conocer a los propietarios de unas plantaciones de Martinica. Durante esos ocho días de ausencia, justo antes de zarpar, el señor Bassompierre tuvo tiempo de acabar su trabajo, botar el navío y, por último, morirse. Me ofendió mucho que decidiera desaparecer justo en ese momento.

–No creo que lo decidiera.

Gardel escruta la oscuridad por una de las ventanas de la cámara.

–Sí, es una forma de hablar.

Silencio.

–Mientras me encontraba en Nantes –prosigue–, Bassac envió a su contable Saint-Ange a La Rochelle para sustituirme en los trabajos de reparación de La Dulce Amélie. Ese joven tiene sin duda una buena educación, rizos rubios y bonitos zapatos, ¡pero no sabe nada de cómo aparejar un navío de casi trescientos toneles, forrar el casco o contratar un cocinero!

El carpintero deja que Gardel hable. Si el capitán sospechara realmente de él, no estaría tan parlanchín. No soltaría nada.

–Es cierto, no estoy aquí por casualidad –dice Poussin para ganarse su confianza–. Apreciaba mucho a Bassompierre.

–¡Ajá!

–Era mi maestro y mi amigo.

–Así que vino aquí a terminar su obra.

–Tal vez.

–Y yo –se burla Gardel– llevo cincuenta años navegando porque me gustan las gaviotas reidoras y las sardinas en aceite. No le creo, Poussin.

Sus ojos vuelven a los cristales de la ventana. Le ha parecido entrever un pez volador o unos pajaritos rozando el cristal en la oscuridad. Se asoma y no ve brillar detrás del barco más que una amplia estela blanca.

–Márchese –le dice por fin a Poussin–. Ya volveremos a hablar de esto. Y dígale al joven Mars que pase.

Poussin se pone en pie, alterado. Sale y se cruza con Joseph sin mirarlo.

–Ven –ordena Gardel–. Y cierra la puerta.

Joseph entra. Todavía tiene el pelo mojado por la tempestad de esa noche. Se queda de pie delante de la puerta.

Gardel se saca un papel del bolsillo, lo desdobla y lo apoya en la pared. Se quita unos alfileres de la solapa de la chaqueta y los pincha en las cuatro esquinas del enigma de Luc de Lerne en la pared.

–¿Has visto, hijo? Soy como un rey que convoca a los marquesitos en plena noche. Palardi, Poussin, Mars... Marquesitos que están temblando por lo que les voy a decir.

Gardel pincha el último alfiler.

–Cada cual tiene miedo de que su majestad decida expulsarlo de Versalles... Pero aquí, en el mar, los modales no son tan delicados. No nos andamos con finuras... Dentro de unos días, por ejemplo, cuando todos los cautivos estén en cubierta, me inventaré una falta que ninguno de ellos habrá cometido. Castigaré a uno al azar. Y me dejarán en paz durante mucho tiempo. Sacrificar un hombre a los tiburones a veces sirve para ahorrar.

Joseph no se inmuta. Sabe desde hace tiempo que ese pequeño reino se mantiene por el miedo.

–No –sigue diciendo Gardel–, aquí no colgamos cintas y encajes en todo lo que hacemos. No es el mismo mundo que Versalles o la corte de Inglaterra.

Empieza a ir y venir por la cámara.

–He pensado mucho en lo que averiguaste del cocinero Cook.

–Confía en mí. No me costó...

–¡Cállate!

Joseph cruza las manos a la espalda y agacha la cabeza, como un niño bueno.

–Has dicho –prosigue Gardel– que te contó los años que pasó con Luc de Terne.

–Sí.

–No sirve para nada.

–¿Por qué?

–Ya nos lo había contado.

–Había que comprobarlo... –dice Joseph con timidez.

Si alguien lo mirase discretamente de espaldas, vería que está sacándose del cinto un rectangulito negro, bastante grueso, no mayor que la mano.

–Así que te contó que al pirata le gustaba el oro y que era un hombre muy religioso.

–Sí.

–Apasionante...

Gardel planta el puño contra el cristal, que a punto está de romperse.

–¿Y hay alguien en el mundo que no lo sepa?

–¿Disculpe?

–Cuando yo tenía veinte años, ya llamábamos al mar Caribe «la pila de agua bendita de fray Luc».

Joseph agacha un poco más la cabeza. Lentamente, por detrás, pasa el rectángulo negro del cinto a la manga.

–La próxima vez que dejemos caer el ancla –continúa Gardel– será en Saint-Domingue.

–Si Dios quiere.

–Lo quiero yo, hijo –dice dándole la espalda–. Echaremos el ancla en Saint-Domingue. Y, si no has encontrado el lugar exacto donde está enterado el tesoro, irás atado con los brazos en cruz a esa ancla cuando se hunda en el lodo.

No ha visto que Joseph ha aprovechado esos pocos segundos para brincar hacia delante y luego volver a su sitio.

Cuando Gardel se da la vuelta, Joseph no parece haberse movido en absoluto.

El capitán da un manotazo hacia él, como si apartara un mal olor.

–Ahora, desaparece. Es tu última oportunidad.

Gardel está solo en la cámara. Tiene un objeto negro entre las manos. Acaba de recogerlo de la silla en la que estaba sentado Poussin.

Gardel le da vueltas y lee las palabras grabadas. Se le iluminan los ojos.

Los cuatro Evangelios.

Ya era hora de ponerse con ese tipo de lectura. Por lo que sabe de Luc, la solución debe de estar entre esas páginas. ¿Cómo no se le había ocurrido antes?

Si hace falta, se lo leerá cien veces. Lo encontrará.

Joseph ha ido a cubierta con los demás marineros. Ha dejado de llover. El cielo se ilumina poco a poco a su paso.

Obedece las órdenes, ayuda a bracear las velas, pero los ojos se le vuelven todo el rato hacia proa, como una aguja imantada hacia el norte. Está pensando en la chica que está en la despensa.

En la cámara del capitán, acaba de poner en marcha la última etapa de su plan dejando lo que podría ser el equivalente a una bomba.

37
Ahuyentar las tinieblas

Alma intuye que ha vuelto el día. Una raya de luz rodea el panel de madera cerrado con llave que tiene encima. Ese leve resplandor se extiende poco a poco por el calabozo en el que la han encerrado.

Durante la noche, Alma ha intentado saber cuántas mujeres están con ella. Con los ojos cerrados, contaba las respiraciones y los sollozos.

Ahora las distingue a todas en la penumbra. Cincuenta mujeres. Se turnan para tumbarse o se apretujan en las tablas que están colocadas a media altura. Intentan respirar por encima de las otras y se quedan con los ojos abiertos para tener la sensación de estar vivas.

–Escucha. ¿Lo oyes?

Una mujer alta, justo a su lado, se dirige a Alma.

–¿Oyes ese ruido?

Hay tantos ruidos que reptan por el entrepuente que Alma no sabe de qué habla.

–Ese ruido, ahí. Ese ruido metálico. Escucha.

Alma aguza el oído.

–Sí.

–Los hombres están justo detrás de la pared. Llevan cadenas en los pies. Están atados de dos en dos.

–¿Cómo lo sabes?

–Porque llevo aquí más de dos lunas. Fui la primera. Estaba con las mujeres de atrás. Ayer me trajeron aquí para separarme de las demás. Pensaron que no entendería el idioma igbo que hablan las hijas de Bonny. Pero todas nos entendemos cuando queremos.

Alma se la queda mirando. La mujer es alta y guapa. Lleva la cabeza erguida. Se le adivina en el rostro que antaño fue redondo.

De modo que es posible mantenerse con vida.

–¿Adónde nos llevan?

–Nadie ha vuelto para contarlo.

La mujer sonríe. De modo que es posible sonreír.

–¿Por qué te han separado de las otras?

–Los blancos me tienen miedo.

Lo dice sin orgullo, pero con un poco de asombro. ¿Cómo puede dar miedo solo con las manos desnudas y los ojos abiertos?

–Fui la primera en llegar al barco. Tú eres la última.

Da a entender que esa casualidad las une. Le da la mano.

–Tengo hambre –dice Alma después de mucho rato.

–Hay que esperar. Cuando hace mal tiempo, nunca nos sacan. Nos bajan un poco de comida aquí.

Alma oye más alto el ruido de las cadenas. Los hombres deben de estar despertándose y, aunque no hayan dormido, intentan marcar el paso de la noche al día moviéndose un poco, diciendo unas palabras, haciendo el ruido de una mañana normal.

–Mi hombre no está en este barco –dice la mujer–. Lo prefiero. Quiero poder imaginarme que es libre.

–Pero yo estoy aquí y soy libre.

La mujer sonríe y le aprieta la mano.

–¿Eres libre?

Por nada en el mundo le llevaría la contraria.

–Sí.

–Eso está bien.

Se callan un rato.

–Estoy buscando a un niño al que he perdido –dice Alma–. Un niño más joven que yo.

–Los niños están con las mujeres de atrás. Pero hay muy pocos. Solo he visto a tres chicos.

–¿Hay uno que se llama Lam?

–No sabemos ningún nombre. Nos ponen nombres que no existen. A mí los blancos me llaman Eva.

–Eva –dice Alma.

–No digas ese nombre. No quiero que toquen mi verdadero nombre. Pueden llamarme como quieran. Pero tú no digas ese nombre.

–¿Cómo te llamas?

–A lo mejor te lo digo algún día. Es lo único que me queda.

–Escucha –dice Alma–. Sé que unos hombres trajeron a un niño ayer.

La mujer no contesta.

–Es mi hermano –añade Alma.

La mujer sacude la cabeza como si no la oyera.

–Dime dónde está –repite.

–Ayer no llegó ningún niño –dice la mujer con mucha tristeza–. Yo todavía estaba detrás con las otras. Lo habría visto.

Alma repite conteniendo las lágrimas.

–Ayer llegó un niño. Es mi hermano pequeño.

–Tú eres quien llegó ayer. Ya es mucho. También hubo un hombre un poco antes. Y seis dientes de elefante. Eso es todo.

Silencio.

–Lo trajeron aquí –repite Alma.

–Las últimas mujeres venían de Bonny, hace tres días. Están todas aquí, con nosotras. Luego llegó el hombre del que te he hablado. Y tú.

A Alma se le ahoga la voz. Ya no hay ni un ruido en la despensa. Todas las cautivas las han oído hablar. Una joven toma la palabra al fondo del todo:

–Tienes que creer a la mujer a la que los blancos llaman Eva. Solo hemos visto al que embarcaron inmediatamente antes que a ti. En ese momento todavía estábamos fuera. Un hombre muy alto.

–Sí –exclama Alma–, eso es, ¡Lam estaba con él! ¡Un gigante con la oreja cortada!

Alma apenas se ha enderezado, pero ya nota el techo contra la cabeza. Se baja para adoptar la posición de las cautivas.

–El gigante estaba solo –dice la joven al fondo de la despensa.

Alma se tapa los oídos. No cree a esas mujeres. Su instinto de cazadora le dice que en ese barco se respira una presencia familiar. La notó al subir. Incluso a través del olor a muerte, percibe el aroma de su valle y de los suyos. A bordo existe un pedazo de su valle de Isaya. Lam está ahí, en algún sitio.

Cuando se quita las manos de los oídos, oye a las mujeres que siguen hablando entre ellas:

–Han comprado al gigante –dice una– porque es alto y fuerte como cuatro hombres. Pero normalmente no se llevan caras estropeadas, piernas que cojean ni a nadie con dientes ni orejas de menos…

–Y tú, para guardar el aceite o la sal –pregunta una voz en las sombras–, ¿comprarías una tinaja rajada o con el asa rota?

Silencio. Cabe imaginarse risas en la oscuridad. Cabe imaginar que algunas lamentan no haberse roto un diente tiempo atrás para seguir sonriendo en su casa. Y, aunque solo les quedase un diente, se alegrarían de estar sonriendo a la puerta de su hogar mientras ven cómo sale el sol. Al menos, no estarían llorando en esta tumba.

–Yo sí que compraría esa tinaja algo rota que dices –contesta entonces la mujer a la que los blancos llaman Eva–. La compraría porque lo que está vivo siempre está algo roto.

Otro silencio, esta vez más solemne.

–¿Qué nos van a hacer? –susurra alguien.

–Nadie ha vuelto de allí para contarlo.

Durante los tres primeros días, las mujeres no ven la luz ni una sola vez. La tempestad ha empezado a amainar. Al final, desde fuera abrieron el postigo de un respiradero minúsculo. Las cautivas amontonadas se suceden para asomarse a respirar y que se les pase el mareo que sufren una tras otra. No se quejan. Saben que del otro lado, muy cerca, los hombres están encadenados a un compañero y que un enfermo no se puede mover sin llevar a rastras a otro hombre a veces aún más débil.

Todas las mañanas, el panel de madera doble se abre unos segundos para meter un barreño con la papilla de habas y arroz. Comen con el plato y la cuchara de madera que les han colgado al cuello. Cuando los marineros recogen el barreño y las tinajas de agua vacías, una de las mujeres se encarga de sacar los cubos de hojalata que usan para hacer sus necesidades durante la noche. Esa mujer sube por la escala. Sale como un emisario procedente de los infiernos. Llega a la cubierta, con la luz cegadora. Vacía los cubos por la borda mirando a su alrededor.

Cuando vuelve a bajar, todas las cautivas la están esperando. La escotilla vuelve a cerrarse. Se sienta en el centro de la despensa, cuenta las noticias de la superficie. Cuenta lo blancas que son las velas. Dice que la tierra se ve cada vez más fina, como una cinta, luego como un hilo de algodón, luego como la pestaña de un niño. Cuenta que la mirada ya no tiene nada en lo que fijarse. Habla de que las aves han desaparecido del cielo.

Y, cada día, las mujeres tienen los ojos más secos cuando la escuchan porque incluso las lágrimas acaban agotándose.

Por la tarde les bajan unas galletas gruesas y pardas que saben a tierra seca.

Las noches son interminables. El miedo, la ausencia y la tristeza se adueñan del entrepuente. El aire se enrarece, el dolor de tripas es más lacerante. Las mujeres se agarran unas a otras.

Ninguna se había imaginado nunca algo así. Aunque su aldea llevara mucho tiempo amenazada. Aunque alguna vez los merodeadores raptaran a sus hijos cuando los dejaban jugar en las arroceras para ahuyentar a los pájaros. Jamás se habrían imaginado esa pesadilla.

Se oyen lamentos ahogados por todo el barco.

Por fin, al cuarto día, la escotilla se abre de par en par. No aparece el recipiente con el rancho, sino un hombre que suelta una escala y da órdenes. Las mujeres tienen que subir.

Alma es una de las últimas en salir.

Han esperado a que la tierra desapareciese.

Se ha cortado el último hilo. Solo queda el mar. Los cautivos flotan entre dos mundos. Es lo que los blancos llaman «pasaje del medio». Dos meses al menos entre África y América, sin ver tierra.

Alma acaba en el castillo, entre otras mujeres de la despensa. El espacio es angosto y está lleno de colmillos de elefante. Pero, por fin, hay aire. Las cincuenta mujeres están sentadas cerca del trinquete, entre la campana y la proa de la nave. Miran el cielo que tienen encima. Cuando pasan las nubes, las velas blancas parpadean.

Las vigilan dos hombres blancos armados sentados en el foque. Hay uno más en los obenques, colgado como un mono. Alma no ve entre ellos al fantasma joven que la encontró en su escondite. Ni al fantasma viejo de manos grandes. ¿Cómo han podido abandonarla?

Detrás de la lancha arrizada, solo ve la empalizada cubierta de cuchillas que la separa de la popa.

–Del otro lado están las mujeres de las que te hablé –susurra la mujer a la que los blancos llaman Eva–. Son tres veces más que nosotras. También las habrán dejado salir.

Se callan. Les ha parecido oír que alguien cantaba detrás. Pero deben de ser los gritos de los marineros.

–¿Y los hombres? –pregunta Alma.

–Nunca salen a la vez que nosotras. Son muchos. Estamos del mismo lado de la barrera. Los blancos no pueden vigilarnos a todos.

–¿Cómo sabes todo eso?

–Intento pensar como ellos.

A través de los vanos abiertos en la barricada, dos cañoncitos listos para disparar metralla han girado hacia ellas. Antes de colocarlos allí, Gardel los puso a escupir fuego hacia el mar para que los cautivos vieran el rayo que aplastaría las revueltas.

Más abajo, en la barricada se ven dos puertecitas cerradas con doble vuelta que comunican las dos mitades del barco.

Día tras día, Alma va descubriendo la rutina de esa cárcel flotante: el calor, la pestilencia, los gritos nocturnos, los enfermos a los que encierran aparte, a los que alimentan a la fuerza, los que nunca vuelven al entrepuente, los tiburones que siguen pacientemente al barco.

Cuando se pregunta qué la ha llevado allí, se acuerda de los pajaritos valientes del valle que veía posarse en el lomo de un búfalo o entre los ojos claros de un cocodrilo. Quiere ser uno de ellos. Alma piensa en Lam. Piensa en su familia, que debe de estar esperándola. Debajo del sicomoro, estarán vigilando la pradera que estrían las cebras. Sueñan con ver a los dos hijos desaparecidos cayendo en la hierba con las primeras lluvias, empapados y entumecidos como si hubieran resucitado.

Alma no sabe que su casa ya no existe, que los animales van todos los días a la linde de la hierba quemada, se detienen y miran el enorme ficus negro como si estuvieran esperando algo o a alguien.

Alma no sabe que su hermano Sum está justo a su lado, encadenado en el chiquero de hombres. Todas las mañanas se despierta encima de un musguito verde y flores de sotobosque que le han crecido debajo y que se apresura a quitar para que nadie los vea.

Alma no sabe que su padre está recorriendo la larguísima franja de la costa africana para encontrar a Lam.

Tampoco sabe que, cuando está fuera, en el castillo, si de pronto saltara como es capaz de hacerlo, podría aterrizar en la lancha y acurrucarse contra el cuerpo cansado de su madre que murmura sus canciones bajito para sobrevivir y ahuyentar las tinieblas.

38

Tinta negra

–¿Nada?

–Casi nada –dice el notario, desolado.

Amélie Bassac, totalmente vestida de negro, está de pie en el sitio de su padre, detrás del escritorio. El viejo notario de la familia está sentado al otro lado de la mesa. Tiene en las rodillas un legajo de papeles cubiertos de tinta que se escurren al suelo. A sus pies, en la alfombra, la cartera vacía parece un sapo al que ha atropellado una carroza.

El señor Bournazeau es un antiguo compañero de escuela del abuelo de Amélie, fiel notario que ha presenciado los logros y las vicisitudes de la familia desde principios de siglo. Es imposible saber qué edad tiene. Cuando le hacen cumplidos sobre su longevidad, responde que los notarios no tienen derecho a morirse. De modo que dejó de envejecer hace cincuenta años.

A su lado está Jean Saint-Ange. No aparta la vista de los dedos de Amélie, que acaban de posarse como mariposas sobre la superficie de la mesa.

Ahí, encima del tafilete de color tabaco, es donde murió Ferdinand Bassac quince días antes. Saint-Ange solo piensa en eso. No logra alzar los ojos hasta el rostro de la joven.

–Tengo aquí –prosigue el notario– un testamento de su padre que le lega a usted absolutamente todo, señorita. Pero este texto ya tiene cinco años. Data de después de la muerte de su pobre madre. Pero resulta, ciertamente, como acabo de decirle, que todo lo que enumera: el contenido de las cajas fuertes, las tierras, los viñedos, las cuentas bancarias, los inmuebles de París...

El notario casi se atraganta.

–Todo eso...

–¿Sí?

–Todo eso ya no existe.

Hace unas horas, el señor Bournazeau estaba seguro de que podría anunciarle a Amélie, como único consuelo, que era la heredera más adinerada de la ciudad. Pero ha descubierto que ya no queda nada.

–Nada.

–¿Y cómo lo explica? –pregunta fríamente la joven.

–Creo que...

–La pregunta va dirigida al contable de mi padre. ¿Cómo lo explica, caballero?

–¿Saint-Ange? –pregunta el notario volviéndose hacia el joven.

El contable da un respingo. Estaba enfrascado en sus pensamientos y ni siquiera había oído la pregunta de Amélie. Se serena. Contesta con la emoción y la solemnidad debidas:

–Me cuesta creer que acabe de enterarse hoy de esta situación, señorita.

–Créame, acabo de enterarme –dice Amélie.

–Habría jurado que estaba usted al tanto...

–Pare de decirme lo que usted pensaba que yo creía y dígame sin más lo que ocurre realmente.

El contable respira hondo.

–Cuando su padre requirió mis servicios, hace dos años, fue porque la situación era catastrófica.

–¿Catastrófica?

–Su padre no tenía medios suficientes para llevar su tren de vida.

–¿A qué tren de vida se refiere? –dice Amélie–. Mi padre llevaba el mismo traje todos los días del año. Lo llevaba a recomponer a la calle de Carmes. Y yo llevo mandando agrandar mi ropa de luto desde los ocho años y medio. Lo único que constituye un gasto en esta casa son las enciclopedias y las cartas de navegación.

–La guerra contra los ingleses perjudicó mucho a los negocios de su padre. Tenía que poner sus naves bajo bandera extranjera...

–No me hable de los negocios de mi padre, me conozco las cuentas línea a línea. Los negocios son excelentes. Incluso durante la guerra de América, los ingleses no apresaron nunca ninguno de sus buques.

–Sabe usted lo que ganaba, señorita Bassac, pero también debería mirar lo que le costaba todo lo que tenía.

–Es cierto. De eso no sé nada, porque los libros de gastos los guardaba usted. Me decían que una joven de buena familia no tenía por qué estar al tanto de los gastos corrientes de una casa ni de cuánto gana un cochero.

–Yo tampoco he visto nunca esas cuentas, señorita. Eso es lo que usted ignora.

–Entonces, ¿para qué servía usted?

–Voy a decirle una cosa...

–Dígamela directamente en lugar de anunciar que va a decírmela.

–Su padre llevaba un año sin pagarme.

–¿Ah, sí?

–Yo no se lo tenía en cuenta. Tengo la suerte de haber heredado unos ahorros de mi madre. Me quedé con el señor Bassac por fidelidad.

–Qué bonito –dijo Amélie sin convencimiento.

–En efecto, el año pasado no hay ningún rastro de su salario –reconoce el notario–. Pero ¿desde cuándo un contable accede a no cobrar y, sobre todo, a no tener acceso a la mitad de las cuentas de un cliente?

–Quizá debería haberme ido, es cierto...

Se queda pensando un instante y añade:

–Pero yo no abandono a un hombre que se está desmoronando.

Amélie aparta los ojos.

–¿Cómo es posible –pregunta el notario– gastar varios millones en unos años sin construir palacios y parques, sin mantener a pintores u orquestas?

–No lo sé –dice Saint-Ange–. El señor Bassac seguramente se llevó a la tumba un gran secreto.

–¿Disculpe? –pregunta Amélie dando un respingo–. ¿Qué gran secreto?

–Creo, ciertamente, que el señor Saint-Ange está dando a entender que su padre debía de tener una vida más complicada de lo que cabría creer.

–¿Mujeres? –exclama Amélie–. ¿Amantes? ¿Hijos secretos?

El notario se muestra escandalizado.

–Yo nunca habría utilizado esas palabras, señorita.

Amélie rodea el escritorio.

–¿Por qué no utilizar las palabras si le están quemando los labios? Una mujer… ¿Sabe lo que es una mujer, señor Bournazeau? –pregunta, acercándose al notario–. ¿O tengo que dibujárselo?

Al lado, Saint-Ange le mira los tobillos a Amélie por debajo del vestido negro. Intenta recuperar la compostura.

–Conviene mantener la calma –le dice.

La joven se vuelve hacia él.

–Es usted quien parece estar nervioso, Saint-Ange… ¿Seguro que lo ha contado todo?

El contable consigue no retroceder. Amélie da un paso hacia atrás.

–Fíjese en todo lo que tiene aún –dice con voz muy suave–. No es poca cosa, Amélie.

–No me llame por mi nombre.

–Tiene esta casa en La Rochelle, señorita, tiene la plantación de Saint-Domingue y, por último, el buque que está navegando por el Atlántico, cuyos beneficios le permitirán aguantar cierto tiempo.

Al oírlo, el notario se yergue en la silla más pálido que antes. Se le escurren más papeles del legajo. Parece que está rodeado de hojas secas. Le da una patadita a la cartera de cuero que está a sus pies como si contara con ella para infundirle valor.

–Esto… En fin. Precisamente de eso quería hablarle –dice con voz casi inaudible.

–Parece –dice Amélie volviendo a su sitio– que todavía quedan buenas noticias.

–En el patio hay dos caballeros esperando. Ya sabe, que un armador nunca invierte él solo en un buque negrero.

–Lo sé.

–Estos señores han invertido cien mil libras en la expedición de La Dulce Amélie.

–Que no se preocupen. Las recuperarán en cuanto atraque –dice Amélie–. El buque estará de vuelta en La Rochelle antes de que acabe el año. Echaremos cuentas.

–No es eso lo que piden.

–¿Cómo?

–En su contrato hay una cláusula que dice que, en caso de fallecimiento de uno de los socios, el otro podrá recuperar inmediatamente la suma invertida en el negocio.

–¿Inmediatamente?

–A partir de hoy.

–Y… No estará diciendo que desean hacerlo…

–Tienen dudas sobre…

–¿Sobre la capacidad de una hija de catorce años para gestionar los negocios de su padre? ¿Es eso?

Amélie se acerca a la ventana.

–Quiero ver qué pinta tienen esas generosas almas.

Apoya la frente contra el cristal y mira el patio.

–¡Anda, una visita! ¡El señor de Ciriéres y su hijo!

Se vuelve hacia el notario.

–No me diga que…

–Sí. Son ellos. Están esperando sus cien mil libras.

Amélie no puede aguantar la risa. Abre la ventana a pesar del frío de enero.

–No se queden ahí abajo, caballeros. Suban a resguardarse. Tenemos el fuego encendido. Díganle al servicio que los estoy esperando.

En el patio adoquinado, los dos hombres alzan la vista hacia ella. Desde arriba, parecen unos hermanos gemelos, achaparrados y atados como un embutido con la bufanda. El pasmo les agranda los ojos debajo de los gorros de piel de nutria idénticos.

Amélie cierra la ventana. El notario tose.

–Creo que esos caballeros no desean hablar con usted directamente.

–Encantador. ¡Qué valientes!

Esta vez, Saint-Ange no puede apartar los ojos de la nuca y el pelo recogido de Amélie Bassac. ¿De dónde saca tanta fuerza? Huérfana, arruinada, humillada..., y nunca ha estado tan deslumbrante.

Al poco, los Cirières, padre e hijo, entran en la habitación. Con la confusión del momento, se les ha olvidado quitarse el gorro y demás bártulos.

–Dejen los animales junto al fuego, no vayan a mojarme la alfombra.

Los dos hombres tardan un rato en entenderlo. Se miran y se acercan a la chimenea para dejar delante los gorros.

Las pieles de nutria los han hecho ricos desde que las importan a millones de las islas de México. Las lucen en todas las estaciones y bajo todas las formas. Se cuenta incluso que hasta la ropa interior que llevan es de piel vuelta.

–No los invito a tomar asiento –dice Amélie–, sé que tienen prisa.

Les dedica una sonrisa.

–Parece ser que están preocupados por el buque que lleva mi nombre. Lo lamento.

–Mi padre desea recuperar su dinero –dice con valentía el joven Charles.

–¿Cien mil libras?

–Ciento veinte mil, con los intereses –corrige el joven.

–Sí. Las cuentas, claras… Lleva usted razón, muchachote.

Charles se ruboriza.

–¿Sabe que, tres días antes de Navidad, su padre le contó al mío sus planes de boda?

–¿De… de boda?

Se ruboriza aún más.

–Así me quedé yo –dice Amélie–. Al principio entendí que su padre quería casarse con el mío. Pero creo que estaba pensando en usted y en mí, Charlie.

Se vuelve hacia Cirières padre.

–¿Ha cambiado de opinión, caballero?

–Quiero mi dinero –contesta Pierre de Cirières–. Nunca he hablado de bodas con nadie.

–Yo estaba escondida en este despacho cuando lo dijo. Le oí a usted perfectamente, aunque solo le viera los pies. Puedo incluso decirle que esa mañana llevaba usted unas polainas de piel de nutria encima de los zapatos. Le dijo a mi padre: «Algún día habrá que pensar en casar a los chicos».

–Su padre se inventaría eso para darle a usted una alegría.

–No es el tipo de alegría a la que aspiro. La mitad de esta ciudad ha pronunciado esa frase en el momento de cerrar un trato comercial con mi padre. He acabado hartándome.

Se pasa los largos dedos por el vestido negro.

–¿Qué es lo que ha cambiado desde Navidad?

Amélie se levanta ligeramente el vestido por los lados y lo mira.

–¿Acaso este color no le gusta, caballero? Si celebramos la boda dentro de dos o tres años, quizá pueda vestirme de blanco…

El señor Bournazeau, al borde del ataque de nervios, se levanta de la silla.

–La señorita Bassac sigue conmocionada, caballeros. Los papeles de su padre aún no están en orden. Creo que le gustaría que le concedieran unos meses más.

–Quiero mi dinero –repite Cirières.

–Comprenda que...

–Señor notario –interrumpe Amélie–, ¿se me permitirá algún día hablar en mi propio nombre? ¿Es mucho pedir, ahora que soy la única que lleva el apellido?

Se vuelve tranquilamente hacia los visitantes.

–Señores, jamás un Bassac ha hecho esperar a sus acreedores, y menos a los más miserables. Estamos a lunes. Les pagaré el viernes. Cojan esos bichos y váyanse.

El notario y Saint-Ange no apartan la vista de ella.

–Señorita... –vocaliza Charles de Cirières.

Amélie agita la mano en dirección a la puerta.

–Dense prisa. Les he dicho que recojan sus cosas. No se lo tomen a mal, pero está empezando a oler. Tendrán su dinero el viernes por la mañana.

Los dos hombres recuperan los gorros y se van andando hacia atrás.

–No es usted sensata, Amélie –dice el notario cuando desaparecen.

–No dispone de ese dinero –añade Saint-Ange.

–Dispongo de todo cuanto necesito –dice ella con un amplio ademán para mostrar lo que la rodea–. ¿Cuánto creen que vale esta casa?

–¡Amélie! –exclama Bournazeau.

–Vale ciento cincuenta mil libras si tengo que venderla mañana. Con eso puedo devolverles el dinero a esos caballeros, pagar el año de sueldo atrasado al señor Saint-Ange y sus honorarios, señor Bournazeau, antes de despedirme de todos los que tan afectuosamente se preocupan por mí.

–¿Y después? –pregunta el notario, que tiene una máquina aritmética en la cabeza–. Le quedaría un poco de dinero si vendiera..

–Con el resto pagaría un camarote en un buque que fuera a Saint-Domingue.

–Quiere decir...

–Tengo que ocuparme de lo único que me queda en el mundo. Y, si he entendido bien, solo tengo una plantación de caña de azúcar y una nave perdida en el océano.

Se cruza de brazos para que no se note cómo le tiemblan las manos.

–Venda esta casa, señor notario. Y también los muebles, los cuadros y las alfombras. Y, ahora, déjenme. Tengo mucho que hacer. Como decía mi madre, el equipaje más ligero es el que más tiempo lleva preparar.

Saint-Ange y Bournazeau salen aturdidos del despacho. Cuando se cierra la puerta, Amélie mantiene el equilibrio unos instantes. Está esperando a oír sus pasos en la escalera. Entonces se derrumba en el suelo, sentada con las piernas cruzadas y llorando. En torno a ella, el vestido es como un estanque de tinta negra.

39
Todos los niños perdidos

Al llegar al final de la calle de L'Escale, Saint-Ange y Bournazeau se estrechan la mano bajo el soportal. Hace frío y está oscuro.

–Qué historia tan trágica –dice el notario–. Al menos, hagamos lo posible para que esta niña se marche de la ciudad dignamente. Este tipo de desgracias es mejor no airearlas. Llegará un día en que tenga que casarse.

Añade, en voz más baja:

–Lo mejor habría sido que se encerrara en un convento.

El notario se fija en lo pálido que está Saint-Ange.

–No se preocupe, joven –dice estirándose para pellizcarle la mejilla–. Usted no podía salvar a Bassac de sí mismo. Todo hombre alberga una parte oscura que nadie sospecha.

El contable asiente con la cabeza mecánicamente. El eco de esta última frase retumba en la inmensidad de su parte oscura.

Bournazeau se despide. Se oye el sonido de los tacones de madera bailando por los adoquines. Tanto si han sido portadores de muy buenas como de muy malas noticias, los notarios, los jueces y los médicos, entre otros, siempre pueden volver a casa, ponerse las zapatillas, comerse aún caliente el muslo de pato que habían dejado junto al hogar y jugar al caballito con sus nietos. Para ellos, la vida continúa.

Saint-Ange sigue caminando un poco más y se cuela en un pasaje angosto, lleno de basura, que se abre entre dos edificios. Le flojean las piernas. El tiempo es gélido y húmedo. El viento del mar silba melodías lúgubres por la calle.

Saint-Ange se apoya de espaldas contra la pared de piedra. Levanta la cabeza para respirar. Ni siquiera nota a su alrededor el olor a pescado podrido. Cierra los ojos.

No había previsto nada de lo sucedido. Todo pasó sin que se diera cuenta. La fortuna embarcada en esa nave era para enriquecer a Bassac. Lo jura. Él solo organizó el secreto. Y, cuando en Nochebuena ese secreto se vio amenazado, Jean Saint-Ange se asustó.

¿La muerte de Bassac? ¡Fue un accidente! Saint-Ange no es un criminal. Tampoco fue él quien quitó de en medio a Bassompierre y a su aprendiz. Fue su hombre de confianza a bordo del barco, que actuó por su cuenta. Saint-Ange no pretendía nada semejante.

Y, por último, puede que lo peor de todo. El silencio que guardó en el despacho cuando Amélie se enteró de que todo había desaparecido… Ese silencio tampoco era premeditado. Había previsto contarle lo del oro embarcado en la nave. Cuatro toneladas y media de oro puro propiedad de la familia Bassac. Toda su fortuna fundida en metal precioso. Pero, de pronto, delante de esa niña ya no pudo más. Quería que lo mirase. Quería que lo necesitara.

Para eso, ella tenía que quedarse sin nada. Era la única solución. Saint-Ange tenía que hacerse rico y ella, quedarse sin nada. Entonces, lo amaría. No le quedaría más remedio.

Recupera el aliento. Poco a poco, acaba por no sentirse culpable. Le queda recoger el cargamento cuando llegue. Entretanto, velará por el tesoro mejor de lo que lo haría una niña de catorce años.

Jean Saint-Ange se queda mucho tiempo en medio de ese hedor que revolotea con el viento. Sigue con los ojos cerrados. Cuando al fin los abre, ve delante de él, encima del montón de basura allí abandonada, a las ratas que lo miran sin asustarse, como si fuera una de ellas.

Alguien llama rascando a la puerta de Amélie.

Es otro tipo de roedor perteneciente al género *rattus bibliothecae,* vulgarmente conocido como «ratón de biblioteca» o «ratón negro de los salones». La diminuta señora De Lô entra en el despacho. Lleva vistiendo de luto mucho tiempo por su anciano marido; pero, tras la muerte del padre de Amélie, ha añadido, haciendo gala de mucha inventiva, una capa de tinieblas a su atuendo. Tules de color negro, malva y gris se le amontonan en el vestido. Le cubre el pelo una especie de mantilla que le ondula delante de los ojos como una rejilla cuajada de moscas de hilo negro. Si alguien pudiera ver cómo se viste delante del espejo, al rayar el alba, en su cuarto abuhardillado del último piso, sabría que incluso el tontillo que lleva debajo de las nueve enaguas es de bambú *nigra,* cuyas cañas de color negro natural crecen en los bosques de China. La señora De Lô no va de luto, va de ultraluto. Ocupa la más alta cima del arte de ser viuda.

Al ver a Amélie desplomada en la alfombra, lo primero que hace es buscar frenéticamente una cita griega de Arcesilao de Pitane o de Asclepíades de Bitinia sobre el consuelo o la fortaleza ante las adversidades. Pero, impotente ante tantas lágrimas, la abraza y son estas palabras latinas las que se le ocurren:

–*Elixus agnus!*

Que significa: «¡Mi corderito empapado!».

La señora De Lô ya está al tanto de todo. El notario, a quien no le resulta indiferente su encanto austero y refinado, la había informado al pasar de lo que había descubierto. Ahora ya sabe que a Amélie no le queda nada. Bournazeau había aprovechado para avisarla de que, si la casa Bassac tenía que prescindir de ella, él estaría encantado de que la señora De Lô les enseñase bordado y buenas maneras a sus bisnietas de ocho y diez años. A lo que ella respondió amablemente que sabía tan poco de bordado como de buenas maneras, pero que lo mantendría informado de sus planes.

Amélie nunca había llorado delante de nadie. La preceptora nunca la había abrazado. Son muchas primeras veces a un tiempo.

–¿Sabe? –dice la señora De Lô–. Me vi en la misma tesitura cuando murió mi marido. Pero, en mi caso, no fue ninguna sorpresa.

Sonrió tristemente.

–Para empezar, era mi marido, no mi padre, aunque lo pareciera. Y, para seguir, ¡yo ya sabía desde el día siguiente a la boda que me había elegido para desplumarme!

–¿Y le dejó que lo hiciera? –pregunta Amélie entre sollozos.

–No me acuerdo de nada. Tenía dieciocho años. Fue entonces cuando me dio por la astronomía. Miraba el cielo sin vigilar mis bolsillos. Arruinó a mi familia hasta la última cucharilla de corladura.

–¿Y en el caso de mi padre? ¿Se podía usted imaginar algo así?

La señora De Lô se encoge de hombros.

–No. Pero siempre he tenido muy poca imaginación.

Amélie se queda un instante mirando al vacío.

–No me creo todo este asunto –dice–. Jean Saint-Ange tenía que saber algo.

La señora De Lô sonríe. Abraza a Amélie un poco más fuerte.

–También yo, después de la ruina, quería buscar culpables.

–Tiene que haber un culpable.

–Sí.

–¿Quién?

El rostro de la señora De Lô se ensombrece.

–Por entonces, yo también busqué. Lo que descubrí sobre mi marido era mucho peor que lo que me habían contado. No insista mucho, queridita, se lo suplico.

–Saint-Ange...

–Pobre muchacho... Es el culpable ideal. Ha cometido el error de quererla. Y usted no lo quiere a él.

–Si fuera un incompetente, no sospecharía de él. Pero es imposible que haya dejado que mi padre se arruinara. Lo oí hablar de un cargamento misterioso...

–Déjelo en paz.

–Estoy convencida de que sabe algo.

–Ya no tendrá que tratar con él nunca más.

–¿Por qué?

–Porque se marcha.

–¿Se lo han contado? –pregunta Amélie.

–Sí. ¿Sabe que, desafortunadamente, no soporto los climas cálidos?

–Lo sé.

–Mis padres me llevaron una vez a las islas por sus negocios. Tuvimos que volver de inmediato. Me puse como esos caracolitos resecos que aparecen en la hierba en verano. Ya no quedaba nada vivo en mí.

La joven, sin dejar de llorar, se queda mirando a su preceptora.

–De todas formas –dice–, no me habría podido permitir que siguiera usted conmigo.

–Es cierto. Los tiempos cambian. ¿Quién iba a pagar los servicios de alguien que ni siquiera puede enseñarles a las niñas a bailar el minué o la gavota?

La señora De Lô se ríe. Amélie la mira, sorprendida por tanta frivolidad cuando su relación está a punto de concluir.

–Va a suponerme un gran cambio –dice Amélie.

–A mí también. Me gustaba mi cuartito. Y los sorbetes del cocinero. Pero lo superaremos, ya lo verá.

Le da unos toquecitos en la punta de la nariz con el índice.

Amélie tiene los ojos como platos. ¿La habitación y los sorbetes? ¿Eso es con lo que se queda su preceptora después de tantos años juntas? Con un nudo en la garganta, trata de fingir la misma indiferencia.

–Podrá escribir a sus primos de Versalles –dice.

–¿Qué primos? –pregunta la señora De Lô.

–Esos que querían presentarla en la casa del rey. En la corte pronto habrá unos principitos sabios gracias a usted.

–¡Qué me dice! ¿Y ese milagro?

–El milagro serían sus enseñanzas –contesta Amélie.

–¿Mis enseñanzas? Pero ¿cómo voy a enseñarles nada en Versalles si voy a dedicarme de lleno a convertirme en un caracolito con usted?

–¿Un caracolito? –dice Amélie.

–Sí.

–¿Un caracolito reseco?

–En efecto. Y un caracolito muy mal pagado.

Amélie se echa a llorar de nuevo, muy bajito, como una niña de tres años.

–¿Quiere decir que vendrá conmigo? –dice.

–Por supuesto.

–¿Por qué?

–Porque toca usted espantosamente mal el piano y ni siquiera se ha puesto aún a reflexionar sobre la duplicación del cubo. No puedo dejar que se vaya sola en semejante estado.

–¿Hay que llevarse el piano?

–Y un arcón de libros. Son mis únicas condiciones.

Amélie suelta un suspiro en el que chapotean los últimos sollozos.

Entonces, entregándose a los brazos de la señora De Lô, nota cómo, después de las primeras lágrimas, se adueña de ella una fuerza nueva. El deseo de revancha. Las ganas de volver a construirlo todo.

¿Cómo es posible que ese día un cerebro tan joven, tan límpido, con millones de neuronas perfectamente conectadas, no piense ni por un instante en los ciento cincuenta esclavos que trabajan en sus tierras de Saint-Domingue, ni en los quinientos cincuenta cautivos encerrados en La

Dulce Amélie, ni en todos los demás? ¿Cómo la pérdida de sus padres y sus bienes, ese minúsculo cataclismo, no le abre los ojos para ver por fin la inmensidad de los dramas que viven esos hombres y esas mujeres? ¿El fin de la libertad, el fin de todo un mundo? ¿Los millones de casas y familiares desaparecidos? ¿Todos los niños perdidos?

40

Renacer

Alma lleva casi dos meses esperando este día y, sin embargo, ni siquiera le contesta cuando él viene, por fin, a hablar con ella. El fantasma joven cuyo nombre aún no conoce está justo detrás de ella. Le pregunta:

–¿Cómo estás?

Joseph está de rodillas debajo del foque, que apenas se mueve. Se inclina hacia el suelo fingiendo que trabaja. A dos pasos de él, Alma está agachada al sol con las demás. Hace un calor aplastante. Las veinticinco velas cuelgan como sábanas mal planchadas. No hay ni un soplo de viento desde hace días. Sin embargo, no les queda mucho trayecto por delante. Si la calma chicha cesara, en menos de una semana llegarían a Cap-Français, en Saint-Domingue.

Joseph mide los postigos que cierran la despensa.

–No he podido venir antes –dice sin levantar la cabeza para que no le vean hablar con ella–. Perdóname. No me dejaban subir a proa. Estaba esperando a que se me ocurriera algo para venir a verte.

Como todas las mañanas, Alma está hacinada en el castillo con las cautivas. Ese día solo tienen un vigilante. Va armado con un trabuco y se ha apostado en el otro extremo, al lado de la campana. Está sudoroso y colorado, con un pañuelo húmedo en la cabeza. Cuando meta a las mujeres en el calabozo, los hombres podrán salir del suyo para estar en cubierta, debajo de la lancha.

Alma nunca ha visto a ningún cautivo aparte de las mujeres que están con ella en la despensa. No ve a las que están en la popa, ocultas tras la barricada. Tampoco se cruza con los hombres. Esa separación rigurosa y el aroma de su valle que sigue rondándola la ayudan a conservar la esperanza de que Lam está a bordo a pesar de lo que le han dicho.

El guardia acaba de ordenar a dos mujeres que bailen. Otra golpea un tambor pequeñito. Las tres mantienen los ojos cerrados. Bailan bajo el sol plúmbeo.

Todos los días ponen a los cautivos a bailar. El armador lo ha recomendado para que estén sanos. Gardel obedece las órdenes que ha dejado Bassac en la carta de mandato; pero, puestos a hacer ejercicio, suele preferir ponerlos a frotar la cubierta con arena y agua de mar.

Alma tiene los ojos clavados en la blancura del horizonte. Se niega a mirar a las mujeres que bailan. Cuando te imponen bailar apuntándote con un fusil cargado, cuando el calor es sofocante, cuando el ritmo del tambor lleva tantos recuerdos, cada movimiento duele. Pero las danzantes no consiguen no resultar conmovedoras.

Alma está resentida con el chico que trabaja a su lado. Creía que se había olvidado de ella. Ha pasado mucho miedo. Sin él, ¿quién habría sabido que era libre?

–No me has dicho cómo te llamas –dice él.

Alma no contesta.

–¿Me guardas rencor? Te prometo que quería venir. La herida está mejor…

Más silencio. Es cierto que la herida del hombro ya casi no se ve.

–Muchas mujeres se han muerto ahí abajo –dice por fin Alma.

–Lo sé. Por eso estoy aquí. ¿Te acuerdas del hombre que estaba conmigo cuando te encontré?

Joseph habla entre dientes. Ha terminado de medir. El guardia se ha puesto de pie y va lentamente hacia él, pasando entre las cautivas.

–¿Te acuerdas? El hombre del que te hablo se llama Poussin –sigue diciendo Joseph antes de que llegue el otro–. Le ha pedido al capitán que se cambien los postigos por celosías de madera para que pase el aire. Me estoy encargando yo.

El guardia está muy cerca.

–Volveré mañana. Me llamo Jo…

No le ha dado tiempo a decir su nombre entero.

El hombre lo ha agarrado por la chaqueta.

–No te entretengas –dice–. No te dejes nada aquí.

Lo empuja delante de él. Alma los mira alejarse.

El fantasma joven se llama Jo.

Esa misma noche, mientras el entrepuente por fin se duerme, una mujer se desliza en la oscuridad entre los cuerpos revueltos. Se acerca a Alma, que no la ve llegar.

–¿Hablas su idioma?

Es la mujer a la que los blancos llaman Eva.

–Te he oído hablar su idioma. Ven conmigo.

Le tiende la mano para guiarla en la oscuridad. Alma la sigue. Dobladas por la mitad, avanzan juntas a tientas. La mujer le indica que se agache encima de un trozo de tabla cuadrada, contra el tabique. Baja también ella, espera unos segundos y golpea dos veces en la pared. Le responden otros dos golpes.

Alma ve entonces que la mujer pone un dedo encima de una mancha negra del madero de roble, a la altura de su cabeza. El dedo se hunde en la madera.

El tabique está hecho de vigas de al menos quince centímetros de grosor. Con el calor, ha debido de estallar un nudo del roble que ahora se puede deslizar y volver a colocar como un tapón.

Del otro lado, alguien acaba de sacar el cilindro de madera oscura que deja un agujero tan ancho como una moneda entre el calabozo de las mujeres y el entrepuente de los hombres. Una voz murmura:

–¿Está contigo?

La voz viene del chiquero de los hombres.

–Sí –contesta la mujer–. Aquí está.

–¿Me oye?

–Te oye.

–Dile que se acerque.

Alma se inclina.

–¿Quién es ese blanco con el que hablas? –pregunta el hombre.

–No lo sé.

–¿Cómo es que hablas su idioma?

–No lo sé. Hablo los idiomas que me enseñaron mis padres.

–¿De dónde vienes?

Alma no contesta.

–El chico blanco al que conoces...

–No lo conozco.

–Si habla contigo es que lo conoces.

–Tú estás hablando conmigo y no te conozco.

Durante un rato, deja de oírse la voz.

–Quiero pedirte que me busques una cosa –dice el hombre–. Un objeto que necesito. Lo encontrarás donde los blancos.

–¿Por qué iba a obedecerte?

–Para ser libre.

–Yo ya soy libre.

El hombre vuelve a callarse. Luego dice:

–Sé que estás buscando a alguien.

Alma se vuelve hacia la mujer a la que los blancos llaman Eva.

El hombre continúa:

–Tu hermano no está aquí. Fui yo quien lo vendió a otro barco, delante de la costa de Bonny.

Alma aprieta los puños.

–Estás mintiendo –dice–. Aquí todas las mujeres saben que busco a mi hermano. Te lo han dicho. Me hablas de él para que haga lo que me estás pidiendo.

–Llegamos por el río. Vendimos a tu hermano en el otro barco, el que estaba justo al lado, y luego vinimos aquí para ofrecerles a los franceses los colmillos de elefante.

A Alma le gustaría tapar el agujero para no oír nada. Le dice:

–¿Por qué estás encerrado con los cautivos si eres tú quien los vende?

–Me traicionaron. Mis hombres me vendieron aunque era su jefe. En el último momento, me cambiaron por cobre y armas.

¿Cómo saber si realmente era él? ¿Si estaba con los que se llevaron a Lam?

–Dame una prueba de lo que estás contando.

Silencio. La mujer aún le tiene agarrada de la mano.

El hombre dice:

–Tu hermano llevaba colgada del cuello una calavera de murciélago del tamaño de una semilla de palmera. Montaba un caballo bravo con tres patas herradas...

–Para.

Alma deja caer la cabeza contra la pared. Piensa en su hermano perdido para siempre y pregunta:

–¿Eres el gigante de la oreja cortada?

–Ayúdame –dice la voz.

–¿Por qué te voy a ayudar si está perdido?

–No estará perdido si haces lo que voy a pedirte.

–¡Acabas de decir que está perdido!

–Los barcos de los blancos tienen nombres. Sé cómo se llama su barco. Con ese nombre, por muy grande que sea el mar, podrás encontrar el camino el día que seamos libres.

–Yo ya soy libre –dice Alma–. ¿Cuál es el nombre?

–Haz lo que te pido y algún día te lo diré.

Alma ha vuelto a su sitio. Se tumba de lado, hecha un ovillo, con las piernas encogidas. Se abraza las rodillas para volverse muy pequeña y desaparecer. Lleva tantísimo tiempo siguiendo la pista de Lam por los desiertos, por las selvas, a lo largo de los ríos o a la orilla del mar... Ahora esa pista se aleja de ella y amenaza con borrarse.

A Alma le gustaría estar sola. Le gustaría que sus lágrimas no se perdieran en medio de las que llenan el barco. Le gustaría apartarlas del todo y conservarlas en la mano o ponérselas alrededor del tobillo como piedras preciosas, puesto que no le queda nada más.

Entonces, en la oscuridad oye una voz que acude junto a ella. Es la mujer a la que los blancos llaman Eva.

–Lo que nos está pasando es como la sequía, la langosta o la enfermedad cuando pasan por la aldea. Algún día todo quedará atrás. Y la gente recordará, en torno al fuego, el año de la langosta, la sed durante la sequía y a todos los que desaparecieron.

Alma escucha a esa mujer que la acogió en las profundidades del barco cuando llegó, hace casi dos lunas.

–Todas nosotras estaremos entre las que desaparecieron. Y otros intentarán recordarnos. Pero tú eres distinta. Eres la que sufre y la que recordará algún día. Yo te lo digo. Eres las dos cosas a la vez. Eres las dos mitades de tu gente. Los desaparecidos y los supervivientes. Un día nos recordarás. Recordarás a Umna.

Ese nombre se graba en la memoria de Alma. Es el nombre de la mujer a quien los blancos llaman Eva. Umna.

–Para atravesar la oscuridad, primero tienes que recordar lo de antes. Durante la sequía no te comes lo que se quema al sol en los campos, te comes el trigo que creció cuando todo iba bien y la tierra estaba inundada. Aquel trigo que atesoraste. Recuerda los tiempos felices. Tu memoria es tu granero. Te mantendrá viva.

Y cuando la voz de Umna cesa, Alma sube al granero de sus recuerdos.

Durante toda la noche recupera fuerzas revolcándose delante de la casa con su hermano pequeño, corriendo bajo la tormenta, tejiendo cestas de junco con su padre, mirando los despistes de los cachorros de león que pierden a su madre entre la hierba demasiado alta. Alma se desuella las piernas trepando a las acacias. Se pasa horas peinando a su madre. Fabrica rebañitos de animales con tierra roja. Se esconde para dejar que se acerquen las gacelas y sale de los arbustos ladrando como un chacal. Vuelve a galopar con Niebla, se duerme junto a la hoguera, mira cómo su hermano mayor talla flechas en silencio, fuerza a los flamencos a volar, corre colina abajo en la noche cerrada, se lava en los arroyos que cantan. Oye a Lam pedirle que lo siga diciéndole «Aam, vamos, Aaaam... Ven...», y a su madre decirle al niño «Déjala en paz, suricato mío. Deja un ratito a Alma».

Y ni siquiera el estrépito del buque que se despierta consigue tapar el sonido del valle que, gracias a Alma, puede renacer.

41

El peso de los secretos

Durante los tres días siguientes, Joseph trabaja él solo en los enjaretados de la despensa. Desde el principio hasta el final del montaje, ni una nube en el cielo, ni un soplo de viento en las velas o en el mar. La nave nunca había estado tan caldeada. Cuando riegan la cubierta para que la madera no estalle, por encima del suelo planea una capa de vapor.

Joseph lleva las herramientas en una bolsa de tela colgada del cinto. A ese lado de la barricada todos los objetos puntiagudos o cortantes deben estar a buen recaudo, fuera del alcance de los cautivos. Es la regla absoluta del buque. Hasta los toneles se encinchan con roble para que ninguna pieza metálica pueda servir de arma.

Joseph está en el castillo desde el amanecer. Se toma un descanso hacia las nueve, lo que tardan en sacar a las mujeres encerradas en la despensa. Lo único que está esperando es el momento en el que aparece la chica.

El primer día, ella no le hace caso. Se queda en cuclillas cerca de él, con las demás. Observa a los marineros que tienden un tela para que las cautivas tengan un poco de sombra. El día anterior, dos mujeres se desplomaron al sol. La chica se queda inmóvil, insensible al calor. Joseph le mira la piel seca, que solo tiene dos perlas de sudor en las aletas de la nariz.

El segundo día pasan un cubo con agua de mar entre las cautivas para que se laven la cara y el cuello. El cuenco de las manos no les basta.

A las mujeres les gustaría sumergirse enteras.

No corre ni un soplo de aire. La chica mira las velas de arriba, que no saben ni de qué lado viene el viento. Lo único que se mueve son sus pupilas.

–¿Dónde está mi arco? –pregunta de buenas a primeras, sin mirarlo.

Joseph alza la cabeza. A su alrededor, las mujeres no parecen oírlos. Están esperando a que les llegue el agua.

–Lo ha escondido Poussin –contesta él–. ¿Cómo te llamas?

–Alma.

Él repite el nombre en silencio. Solo tiene que tocar un labio con otro, como si recuperase el aliento.

Al cabo de un rato dice:

–Vas a recuperar el arco, Alma…

–Me dices que soy libre y luego te olvidas de mí. Eres igual que los demás.

Esta vez, Joseph se cruza con los ojos negros. Unos ojos que, sin detenerse, se vuelven hacia la lejanía, dejándolo avergonzado y desvalido. Sí, es igual que todos los demás, hace el mismo trabajo sucio y deja que cincuenta mujeres tengan como única esperanza dos puñados de agua salada en un cubo.

El tercer día sigue sin levantarse viento. Joseph continúa trabajando. Dos marineros bajan al entrepuente. Mientras las mujeres están fuera, queman una mezcla de azufre y de pólvora de cañón en la despensa para desinfectarla, como hicieron el día anterior en la popa. El olor acre tan solo tapa el aire envenenado del calabozo. La humareda se escapa por el enjaretado que Joseph está terminando. Al cambiar de dirección con el viento, envuelve a las cautivas.

Alma aprovecha para acercarse. Es el momento.

–Jo...

En su vida, muy pocas personas lo han llamado Jo. Un chico que se escapó con él de la inclusa de París. Se llamaba Mosca y acabó siendo como un hermano. Y también el anciano que lo está esperando a la vuelta de este viaje.

–Sé que no eres como los demás –dice Alma.

Joseph no ve que se le está acercando más.

–Aquí hay muchas desgracias.

–Lo sé.

–No sabes nada. Mira a esa mujer. ¿Sabes, por ejemplo, cómo llamaba al chico al que quería? ¿El nombre que solo ella le decía al oído? ¿Y sabes lo que le prometió? No sabes nada, Jo.

Él deja de trabajar. Busca con la mirada a la mujer a la que se refiere.

–Lo que cuenta –dice Alma– es lo que solo una o dos personas conocen. Todas estas mujeres existen porque tienen secretos.

Alma se le acerca aún más y deja que las palabras fluyan, como cuando le contaba cuentos a su hermano.

–¿Sabes que aquella hablaba con los árboles cuando era pequeña? ¿O cuál de ellas se bañaba en el río mientras su familia dormía? Tú no ves más que un dolor al fondo de este barco, como un animal muy grande atrapado en una trampa. Pero los hay a centenares.

Los guardias se han apartado del humo tosiendo. Ahora Alma está al lado de Joseph.

–Piensa en algo que solo sabes tú –le susurra.

Joseph se paraliza, olvidándose de respirar.

Tiene seis años. Todavía no se ha escapado de la inclusa. Se ha inventado que la mujer que se ocupa de la ropa blanca, la señora morena de pelo corto, es su madre. Y no se lo puede contar a nadie.

Siempre lava la ropa del director, que piensa que los internos tienen el alma demasiado sucia para vestirla con ropa limpia. Pero, cuando Joseph se cruza en el pasillo con la señora de la ropa y su delantal blanco, afloja el paso. Ella ni siquiera lo mira. Cuando camina, mece un poco el cuerpo y a veces toca la pared del pasillo. Huele a jabón de arriba abajo. Y Joseph está convencido de que si nunca le ha dirigido la palabra es para que nadie pueda sospechar nada.

Una vez al año, cuando llegan las fiestas, se lavan las sábanas y los blusones. Justo antes de que las señoritas generosas los visiten. Después de esa gran colada, Joseph finge que se encuentra escondida entre las sábanas una carta que ha escrito la señora de la ropa. Ni siquiera se lo cuenta a su amigo Mosca. Lee la carta cuando está oscuro y aunque ni siquiera sabe leer. Siempre empieza por «Cariño mío». Y termina por «Te doy un abrazo». Joseph vuelve a doblar la carta con cuidado, aunque no hay ninguna carta, y luego hunde la nariz en el colchón para aspirar el olor a limpio.

Una desbandada. Las cautivas se reagrupan. El humo se ha vuelto más denso y pica más. Los guardias intervienen gritando. Las alejan de la abertura. Joseph tose y busca desesperadamente a Alma.

Ella ha seguido a las demás. Le da la espalda.

De todas formas, se acabó. Ya tiene lo que quería.

Los marineros suben de la despensa con las cajas de humo apagadas. Regresa la calma. El aire sigue sin moverse bajo el sol. Joseph ha terminado el trabajo. Vuelve a popa, afectado. Aún le cuesta respirar.

Al día siguiente, todavía es de noche cuando Joseph abre los ojos en el coy. Está en la guardia de estribor y se ha dormido hace apenas dos horas. Algo lo ha despertado. Un sonido olvidado. Es la caricia del mar que se oye por fin contra la tablazón. Se levanta y sube a cubierta.

Enseguida nota la corriente de aire en el pelo. El viento ha vuelto. Sube al alcázar. Las velas se tensan bajo la luna. Un cabrilleo estremece el mar. El buque vuelve a surcar las aguas.

–Mientras tú te dedicas al bienestar de las cautivas, yo pienso en nuestros asuntos, hijo.

El capitán Gardel está a su espalda, oculto detrás de las jaulas que albergaban a las gallinas. Está acodado en la barandilla del extremo de popa. Joseph no lo había visto. Están solos.

Joseph se fija enseguida en que al capitán le ha cambiado la cara. Se le han agrandado los ojillos. Le tiemblan las fosas nasales. El capitán mira cómo se agitan en la oscuridad el agua y la amplia bandera blanca. De tanto en tanto, echa un vistazo a los dos hombres que están al timón, del otro lado de las jaulas.

–Me han dicho que has tardado tres días en poner dos tristes celosías de madera en la despensa –le dice a Joseph, aspirando la brisa húmeda.

–Le ahorrarán vidas y mucho dinero, capitán.

–¿Me vas a enseñar mi oficio?

–Había tan poco aire en ese calabozo que las candelas no querían arder. Una cautiva viva se vende por mil libras. Y una muerta…

–Cállate. No tienes ni idea.

El capitán Gardel solo tiene dos reglas: amontonar cuantos cautivos sea posible y largarse cuanto antes a las islas. En veinticinco años ha tenido tiempo de sobra de probar su método. Si aumenta el volumen de mercancía tanto como la velocidad de la travesía, logra, a pesar de las pérdidas, mejores cifras que con los remilgos con los que algunas escasísimas tripulaciones tratan a los cautivos.

La única a la que le gustaría salvar de verdad es a la mujer embarazada de la lancha. Dos veces, en Boston y en Cartagena, vio subastar a unos okos. Los compradores estaban dispuestos a cualquier cosa para tenerlos como «negros con aptitudes» o «negros domésticos». Su precio podía alcanzar las diez mil libras si alguien se enamoraba de la voz de un oko con el rastro del canto.

Desde hace unas horas, ni siquiera le interesan ya los okos. Lo ciega un sueño mayor. Ya está oliendo el aroma a cuero viejo de los cofres del tesoro al abrirlos. Oyendo el sonido del oro que se le derrama entre los dedos.

El capitán baja la voz como si alguien pudiera oírlos. Mira alrededor.

–Ven aquí.

Joseph se acerca más. Es lo que estaba esperando. El miedo a que los espíen delata a todos los buscadores de tesoros.

Gardel se saca del bolsillo el librito negro.

–¿Qué es esto? –pregunta.

–No lo sé –dice Joseph, inclinándose hacia el libro.

Titubea. Interpreta brillantemente a un imbécil.

–¿Es el libro de Jacques Poussin?

–Es la Biblia, hijo. Es la Biblia.

–Le va a dar una alegría. La estaba buscando por todas partes.

–¿Te acuerdas de la calavera entre los cuernos del toro...?

–Sí...

–Y del norte y el sur invertidos, ¿te acuerdas?

¿Cómo no iba a recordarlo? Joseph escucha con atención. La cosa empieza muy bien.

–Si giras el pergamino para poner el Norte arriba como en todos los mapas –dice Gardel–, en la boca y los ojos de la calavera aparece algo escrito: XIX, O1, 1O.

–¿Y?

Gardel abre la Biblia.

–«Y he aquí un varón llamado Zaqueo...».

–¿Cómo dice?

–«... Y era rico».

–¿De quién está hablando?

–Lucas, capítulo XIX, versículos 1 a 10.

–¿Qué?

–La cabeza de toro sí que era san Lucas.

A Joseph parece costarle mucho seguir el razonamiento.

–Capítulo XIX, versículos 1 a 10, en el evangelio de san Lucas: «Y he aquí un varón llamado Zaqueo...».

–Zaqueo.

–«... y era rico».

–Era rico... –repite Joseph.

Abre la boca como si creyera que ha entendido algo y luego la vuelve a cerrar con una mueca de apuro.

–No lo entiendo. Lo siento.

Gardel lo agarra por el cuello. De entrada, Joseph piensa que lo va tirar por encima de la barandilla al agua que burbujea tras ellos, pero el capitán lo lleva a rastras en dirección opuesta, hacia la escala principal que conduce a los camarotes. Joseph pierde el equilibrio en los últimos peldaños. El capitán lo recoge del suelo y va tirando de él hasta la cámara. Abre los dos cerrojos. Gardel agarra entonces a Joseph por la nuca, vuelve a arrastrarlo como una marioneta y le pone la cara delante de una carta náutica extendida encima de la mesa. Sin decir palabra, pone el índice encima de una isla minúscula, al este de Saint-Domingue, frente a las costas de Puerto Rico.

Allí, a pesar de la llama vacilante, Joseph consigue leer una palabra que tiene a dos centímetros de los ojos: Zaqueo.

Joseph sonríe. Cuánto ha esperado este momento. El hombre que tiene detrás es tan inteligente como monstruoso.

–¿Zaqueo?

Joseph quería que encontrase el lugar por sus propios medios. Quería que el camino para resolver el enigma fuera tan escarpado que en lo sucesivo nada pudiera parar a Gardel.

–Entonces, es ahí...

–Sí, es ahí –dice Gardel aflojando lentamente la mano en su cuello–. Es ahí. A cinco días de aquí.

Joseph intenta volver la cabeza hacia él. Ve de refilón la sombra de las cajas debajo de la litera del capitán. Todo lo que ha hecho ha sido por ellas. Por el contenido de esas dos cajas que hay en una alcoba, en medio del océano.

El parqué cruje detrás de ellos. Se dan la vuelta.

Es Jacques Poussin, blanco como el papel. Ha entrado sin que se percataran.

–Estoy buscando a Joseph Mars –dice.

Frente a él, Gardel da miedo. Lo taladra con su mirada azul. ¿Qué habrá oído el carpintero de lo que han dicho?

–Necesito a Mars –repite Poussin.

El capitán le suelta la cabeza a Joseph. Se limpia la mano en el faldón de la chaqueta.

–Llévéselo. Ya no lo necesito.

–¿Y eso?

Poussin señala el libro que hay encima de la mesa.

–Creo que es mío.

–Tampoco lo necesito ya –dice Gardel–. No deje sus cosas por ahí tiradas.

Poussin coge la Biblia con sus manazas. Hace semanas que la perdió. Delante del misterio de esos hombres enfrentados, Joseph recuerda lo que había dicho Alma: lo que de verdad cuenta es lo que solo una o dos personas conocen. Siente que el buque se hunde bajo el peso de los secretos.

42

Un gigante en el cielo

El carpintero ha conducido a Joseph hasta un rincón de la bodega, al fondo del buque. Es ahí donde ha instalado su taller.

A pesar de la curvatura del casco, que pone el taller patas arriba, las herramientas están ordenadas en sus casillas. Cada taco de madera está en su sitio. Las tablas están apiladas a un lado. El serrín y los copos están barridos y guardados en medio tonel para encender mañana uno de los dos calderos de la cocina de Cook. Incluso las cuchillas de la garlopa están colocadas horizontalmente en un estante cuadriculado para que no pueda faltar ni una sola sin llamar la atención.

Poussin ha sentado a Joseph en el arcón donde están guardadas las sierras. ¿Qué sucede? Joseph se espera lo peor. Mira de reojo los dos enormes formones colocados en su casilla, a su lado. Si Poussin se convierte en un problema, no le temblará el pulso.

–La gubia –dice al fin Poussin.

–¿La gubia?

–La gubia.

–La gubia… –repite Joseph mientras la palabra empieza a rebotar por su mente.

La mandíbula de Poussin se tensa.

–La gubia… –vuelve a decir Joseph, esperando una pista.

–¡La gubia! –grita Poussin–. ¡La gubia!

Detrás de ellos, invisible, el capitán da un respingo. Se ha alarmado tanto al ver aparecer a Poussin con tan mala cara que los ha seguido hasta el pañol y se ha escondido para ver qué pasa.

–La gubia –dice Joseph como si la palabra pudiera explicarse repitiéndola hasta la saciedad.

Pero no sucede nada que ilumine el misterio de la gubia, y eso que ahora Poussin echa fuego por los ojos.

Cuando Joseph está listo para agarrar los dos formones, su mirada pasa por casualidad al estante de al lado. Se detiene en una casilla vacía. Entorna los ojos y contempla unos segundos ese vacío terrible, lo que tarda en ocuparlo, precisamente, la palabra que ha estado repitiendo el carpintero.

–¡La gubia! –dice.

–La gubia –confirma Poussin con la mayor calma posible.

Ahora están hablando de lo mismo: la gubia, ese formón de caña curva y cortante que se hunde en la madera blanda como una cucharilla en la nata.

–Ayer la tenía –balbucea Joseph–. Estoy seguro de que la tenía.

Hasta Gardel, en su escondite, acaba de murmurar para sus adentros la palabra funesta.

–Esta mañana me encontré tu bolsa encima de este arcón –dice Poussin.

Joseph recuerda cuánto lo había alterado el día anterior la humareda de la despensa.

–Faltaba la gubia –explica Poussin.

–La gubia –repite Joseph.

Con ese objeto rodando por ahí, la nave es tan peligrosa como un barril de pólvora junto al hogar. Antes de que les dé tiempo a tomar una decisión, Poussin y Mars ven a Gardel surgiendo de las sombras.

–No tengo ni la menor idea de lo que es una gubia –dice con los dientes apretados–. Pero juro que, si la encuentro, me vais a servir para darle un uso inhabitual... Un uso que nunca olvidaréis.

Desaparece, dejando pasmados a Poussin y a Joseph.

En ese mismo momento, encima de ellos, en el entrepuente, los cautivos miran cómo el gigante lima la gruesa argolla de hierro que le sujeta el tobillo. Desde hace horas, respiran acompasadamente y tapan el ruido de la gubia raspando el hierro. Después de una noche de trabajo, el grosor de la argolla ha mermado mucho. Pronto bastará con un golpe seco para romperla y para que el gigante de la oreja cortada siembre la rebelión en el buque.

De golpe, el movimiento de la gubia se interrumpe. La respiración de los hombres se detiene. En cubierta han sonado disparos.

Fuera, Gardel acaba de pegar varios tiros al aire.

Se ha transformado en jefe de guerra, reúne a sus hombres, despierta a la guardia de estribor que está descansando y da patadas en el suelo para aterrorizar a los cautivos. Manda a dos hombres que encierren a Poussin y a Mars y luego elige escuadrones de diez para entrar en los tres corrales donde están amontonados los cautivos.

La gubia, una herramienta refinada que nadie conoce, se ha convertido en el arma del demonio.

–¡Registradlos a todos! ¡Sacadlos uno por uno! Examinad los hierros. ¡Y no os fieis! Por ahí hay un arma que os puede reventar el corazón.

Los hombres que abren los postigos van armados hasta los dientes. Por encima de ellos, el sol empieza a salir.

Alma está tumbada en la despensa. Desde mitad de la noche, ya no le quedan fuerzas. La esperanza la está abandonando. Se queda echada en su tabla al cuidado de la mujer a la que los blancos llaman Eva, pero cuyo verdadero nombre es Umna. Aun así, desde el primer disparo, Alma lo ha entendido. El pánico que se adueña del entrepuente la sume aún más en su oscuridad. Ve las siluetas borrosas de los marineros que han bajado y están levantando a las cautivas una a una.

Unas horas antes, cuando Alma pasó la cuchilla por el agujero, al otro lado de la pared, el gigante se negó a darle lo que le había prometido.

–Desconfío de una chica que habla con los blancos. Te diré el nombre del barco de tu hermano cuando el nuestro esté liberado.

Y cerró el agujero. Alma, por su parte, se quedó aporreando el tabique. Murmuraba que ella era libre, ella era libre, ella era libre.

Hasta que cayó en su oscuridad.

El gigante de la oreja cortada siente que el peligro se acerca. Los hombres han empezado a registrar el fondo de la bodega, a examinar a los primeros cautivos. Los sacan a cubierta uno tras otro. Quedan cien hombres antes de llegar a él. Aún puede conseguirlo. Y el desorden del registro lo ayudará. Los calabozos ya estarán abiertos de par en par. Todo será posible.

A su alrededor, sus compañeros no se mueven.

Resisten.

Al principio de la travesía, esos hombres eran efiks de la región de Vieja Calabar o bien sereres del reino de Saloum. Decían ser vecinos de una aldea, haber nacido a orillas de tal río o en la ciudad de Tinmah, más hermosa que todas las demás ciudades. Llamaban con desesperación en el entrepuente a los de su clan o su aldea. Al comienzo de la travesía, un hombre incluso se dejó morir porque era el único que hablaba su lengua. Al principio aún subsistían las eternas rencillas entre los fantes y los chambas, rencillas tan viejas que nadie sabe cómo nacieron.

Pero, día tras día, han cambiado. No han olvidado su tierra, pero ahora el enemigo los ha unido. Eran de todos los colores. Ahora son todos negros.

Se oye a los marineros sacudir los cuerpos anquilosados, los heridos, los enfermos. Entre los cautivos ha circulado una consigna. No dejar que ningún látigo, ningún garrotazo, acelere el movimiento. Hay que ganar tiempo. De un extremo a otro de la nave, todo se demora, se ralentiza, para darle una última oportunidad a la libertad.

En medio del caos, el capitán Gardel observa. Ha comprendido lo que se traen entre manos. Vuelve a disparar al aire, golpea a los remolones. Cuanto más se resisten los cautivos, mayor certeza tiene de que hay una emergencia. Algo se está cociendo.

Llega un grito desde el castillo. Han encontrado el mango de madera de la gubia. Vaugelende lo blande en la proa. Estaba atascado en algún lugar de la despensa.

–¡Pero lo que estoy buscando es la hoja! –grita Gardel–. ¡No otro trozo de madera!

Corre hacia el mástil de proa.

–¡No paréis de hacer lo que estáis haciendo! ¡Continuad!

Se acerca a la entrada de la despensa, aparta a trompicones a las mujeres que se apretujan en el castillo. Agarra una linterna y baja los peldaños, con el segundo a la zaga. Gardel hunde la nariz en la manga perfumada con agua de Colonia. Es un espacio minúsculo y totalmente vacío. Todas las cautivas están esperando fuera. Pasea la lámpara por los rincones. Sigue la pared de tablas.

–Ya hemos buscado varias veces –dice Vaugelende.

–Cállese. Encuentre esa arma.

–No es un arma, capitán.

–Cuando le hayan sacado el otro ojo, Vaugelende, ya veremos si no es un arma.

Gardel está en el fondo del calabozo. Suelta la lámpara, pasa el dedo por un nudo oscuro del grueso tabique.

–Deme su cuchillo.

Da un golpe seco en la mancha negra. El tapón se hunde y cae al otro lado.

–Ya está –dice–. ¡Al fondo del chiquero de los hombres! ¡Ahora mismo! Dadme quince o veinte hombres si hace falta. Justo detrás de esta pared hay un negro armado y puede que ya sin grillete.

El gigante no oye nada. Se ha pasado toda la noche sujetando la hoja con los dedos. El mango no cabía por el agujero de la pared. Tiene las manos heridas, cubiertas de sangre y de limadura de hierro. Ya no oye el rumor que se acerca, los látigos que restallan. A su alrededor, la muralla de sus compañeros empieza a flaquear.

Sin embargo, ya casi no queda nada que cortar, apenas el grosor de una uña antes de la libertad.

Cuando la anilla por fin cede y él se incorpora, nota el cañón de un fusil en su frente de gigante.

–Como te muevas, te mato –dice Gardel.

Los cautivos y la tripulación ocupan íntegramente la cubierta y los castillos de proa y popa. Una marea humana cubre la nave. Están mirando al gigante que está en lo más alto del palo mayor. Han izado su cuerpo para atarlo al mastelero por los pies por encima de la vela más alta.

Cien horas. Es la pena que le inflige el capitán. Cien horas ahí arriba, sin comida ni agua, con los cien latigazos que ha recibido. Los castigos son una ciencia refinada que Gardel cree dominar a la perfección. El gigante debe servir de ejemplo, pero también ser apto para venderlo cuando lleguen.

Lazare Bartholomée Gardel está de pie junto a la rueda del timón. Respira. Ha evitado lo peor. Para mayor tranquilidad, da orden de encerrar a todos los cautivos. No verán la luz del día hasta nueva orden. Los acontecimientos también le han dado un motivo para apartar a Poussin y a Mars, de quienes desconfiaba. Se han condenado ellos mismos. Es perfecto. Ya nada podrá interferir en sus grandes planes.

Solo una cosa sigue obsesionándolo. El mensaje no dice el lugar exacto donde se encuentra el tesoro. ¿Por qué costa de la isla deberán arribar cuando se acerquen a ella? Nota

que el viento arrecia. Un cielo negro se avecina por el oeste. Amenaza tormenta. Los truenos le recuerdan al sonido de una remota batalla naval.

Las órdenes de Gardel vuelven a resonar a través del buque. Cargan las velas bajas para resistir al viento que se avecina. La mitad de la tripulación está maniobrando, la otra mitad sigue encerrando a los cautivos. Un chico se resiste cuando lo llevan al entrepuente. Es Sum. Ha reconocido a Alma, a la que dos mujeres ayudan a bajar a la despensa. Se debate en silencio para que lo vea su hermana pequeña.

Tres veces cae sobre él el gato de nueve colas sin que suelte ni un grito.

–No lo machaquéis –grita Absalón–. Es un pobre de espíritu. Pertenece al capitán.

Sum termina desapareciendo en las entrañas del barco.

Más débil que nunca, Alma ni siquiera se ha fijado en su hermano. Y, de haberlo visto, quizá no lo habría reconocido.

Ahora solo sabe que acaban de encerrar a Jo y al fantasma viejo, los dos últimos testigos de su libertad.

En el momento de bajar a la despensa y antes de cerrar los ojos para mucho tiempo, ve de forma fulgurante, como una bandera negra en lo alto, al gigante en el cielo.

43

Entre los cuernos del toro

Hay mar gruesa y el cocinero Cook sujeta firmemente la sopera de hojalata mientras baja hacia los camarotes de los oficiales. Sin embargo, la sopa es tan viscosa que ni siquiera poniéndola bocabajo podría sacarla del recipiente. Cook se detiene delante de la puerta del cirujano. Mantiene la comida en equilibrio mientras se saca la llave del bolsillo y abre la puerta.

Hace mucho tiempo que el capitán le retiró al cirujano Palardi, por incompetente, sus privilegios y el uso de su camarote. Ahora cena y duerme con la marinería. Le reservan las tareas más duras: untar de grasa de cordero las tablas que hacen agua y llenar de agua de mar los toneles a medida que se vacían para que la nave siga pesando lo mismo. Entretanto, su camarote hace las veces de celda para Joseph Mars y Jacques Poussin.

Cuando abre la puerta, ve que están sentados uno al lado del otro en la litera de terciopelo. Y eso que Joseph hizo todo lo posible para que no acusaran al carpintero igual que a él. Pero Gardel se negó a escucharlo. Poussin dejó que lo encerraran, incapaz de eludir su responsabilidad.

–Es usted el único que no se ha olvidado de nosotros, querido Cook –dice Poussin recogiendo la sopera–. Lo invitaríamos a cenar, pero le iba a costar tragarse lo que nos prepara.

–Prefiero la mesa del capitán –reconoce Cook.

–Yo también –dice Poussin–. Pero nunca ha querido invitarme.

–En los buques en los que he servido –dice Cook–, los maestros carpinteros eran los oficiales más respetados. Ganaban más que el segundo del capitán y bebían antes que él en la mesa principal.

–Será que no soy como los demás.

–No le cae en gracia al capitán.

–Nunca he aspirado a que me apreciara, pobre hombre. Cuéntenos noticias del exterior, Cook. No nos informan de nada.

El cocinero infla los mofletes de sapo y suelta un largo suspiro.

–Todo está muy mal. Los cautivos callan y me tienen muy preocupado. Tendríamos que llegar rápidamente a Saint-Domingue y hete aquí que al capitán se le ha metido en la mollera hacer una escala de refresco.

Joseph se sobresalta.

–¿Una escala?

–¿Dónde? –pregunta Poussin–. ¿En Puerto Rico?

–No. En un pedrusco donde no vive nadie. ¡La isla de Zaqueo! No la había oído nombrar en la vida. Y no será allí donde encuentre pulardas y lechones.

Jacques Poussin parece sorprendido. Las escalas de refresco son frecuentes. Se hacen antes de la travesía, en Santo Tomé o la isla de Príncipe, muy cerca de las costas africanas, y a veces al final del viaje, junto antes de llegar.

A decir verdad, sirven más para camuflar que para refrescar. Fortalecer a los cautivos, cebarlos, abrillantarles la piel con pólvora y zumo de limón, afeitarlos, teñirles el pelo a los más viejos... y marcharse a continuación. Cualquier cosa vale para subir el precio de venta.

La operación se lleva a cabo en los corrales de refresco, cuyo arrendamiento es uno de los numerosos comercios que la trata ha permitido inventar. Basta con unos cuantos barracones y cultivos y un poco de agua dulce. Pero nunca se ha visto a un negrero hacer ese tipo de escala en una isla desierta.

–A lo mejor Gardel necesita un carpintero para construir los alojamientos –dice Poussin.

–No lo sé. Confieso que no entiendo nada. Me gustaría haber llegado ya a Saint-Domingue.

Poussin ha destapado la sopa. El olor lo echa para atrás.

–Huele algo fuerte –dice Cook– porque el agua está rancia. Pero no sabe mal. Solo parece que lleva más setas.

–¡Estupendo! –se regocija el carpintero.

–Yo llegué a conocer bien la isla de Zaqueo –le dice de pronto Joseph al cocinero.

Poussin lo mira riéndose. Ese chico habla como los viejos engreídos que te encuentras en las tabernas de los puertos y que lo han vivido todo.

–Dígale al capitán –prosigue Joseph– que, para atracar con mala mar, el fondeadero resguardado está al sur. Es un paso muy estrecho, entre los cuernos del toro.

–¡Entre los cuernos del toro! –se divierte Poussin.

–Por favor, Cook, dígaselo. Él lo entenderá.

Los dos hombres, incrédulos, se quedan mirando a Joseph. Poussin le dice al cocinero:

–Vuélvase a sus cacharros. Y no se olvide de cerrar la puerta. Me podría haber escapado tres veces desde que ha entrado.

–No iría usted muy lejos –dice Cook–. Me obligan a alimentar a los tiburones con el agua sucia y la basura para que nos sigan hasta el final.

–El capitán Gardel no deja nada al azar.

–Espero que realmente no lo haga –suspira Cook.

Da media vuelta.

Joseph descubre por primera vez en el rostro del cocinero una expresión que no conocía. En el momento de salir, la máscara jovial se ha levantado un instante y ha dejado ver a otro hombre.

Poussin y Mars empiezan a vaciar la sopera compartiendo una sola cuchara.

Tras un buen rato en el que solo se oyen sus lengüetazos de perro y los crujidos del barco, el hombre se limpia la boca con la manga.

–Ahora, chico, podemos hablar.

Joseph se queda mirándolo.

–Empiezo yo –continúa Poussin–. Me llamo Jacques André Poussin. Soy carpintero. Nací en Le Havre el día de Pentecostés de 1726. Soy como tú: durante mucho tiempo, no tuve familia.

–¿Como yo?

–Sí, como tú. Si te llamas Joseph Mars es porque debiste de llegar al hospicio un 19 de marzo, la noche de San José. Te pusieron el nombre del santo del calendario que había en la pared de la entrada y el mes como apellido.

Joseph está atónito. Nunca le ha confesado a nadie que seguramente había nacido en la calle y ahora se entera de que su nombre lo va proclamando. Tal vez ese punto en común es lo que llevó a Poussin a tomarlo bajo su protección.

–Durante mucho tiempo no tuve familia –prosigue Poussin–. Pero sí un maestro. Se llamaba Bassompierre. Era el mejor carpintero de todos, el mejor patrono. Me bastó hasta que me salieron las primeras canas. Luego tuve una mujer, ¡muy poco tiempo! De un mes de mayo al siguiente. Tan longeva como una mariposa. Me dejó un hijo, el único motivo para no morirme inmediatamente después de ella.

Joseph escucha esa vida que Poussin mete en unas pocas frases y que cuenta con los ojos cerrados para que no se le quiebre la voz.

–Hasta que, en agosto del año pasado, en el puerto de La Rochelle, perdí de golpe todo lo que tenía.

Silencio. Va más despacio.

–Mi hijo y mi maestro. La misma noche. Antonio se había convertido en el aprendiz de Bassompierre. Tenían quince y ochenta y cuatro años.

Poussin se detiene para respirar.

–Casi cien años entre los dos. Bassompierre me había escrito justo antes. Quería decirme algo importante. Acudí en muy pocos días desde Lucca, donde estaba trabajando. Cuando llegué, ya estaban muertos. Me dijeron que habían bebido y que se habían caído. ¿Lo oyes? ¡Que habían bebido!

Esta vez no retiene las lágrimas.

–Bassompierre y Antonio nacieron en los bosques de las armazones. Eran dos árboles entre los árboles. Y los árboles solo beben agua de lluvia. Estoy aquí para saber quién los mató y por qué. Estoy aquí para saber lo que sabían. Lo que no les dio tiempo a contarme.

Se quedan en silencio sin poder mirarse.

–¿Y tú? –pregunta el carpintero.

Joseph ha juntado las manos delante de la boca, palma contra palma, como para rezar. Por un instante, sueña con ser tan claro como Poussin. Tiene la tentación de contarlo todo, de recordar lo que decía Alma. Todo lo que te hace existir porque un día lo compartiste con alguien. Contar la oscuridad en que transcurrió su infancia y la luz que está convencido de encontrar algún día. Decir el nombre de quien lo envió a ese buque. Pero Joseph está demasiado cerca de la meta para ceder a las ganas de sincerarse.

–¿Y tú? –repite Poussin.

–¿Yo? –pregunta Joseph como si se despertara.

–Sí, tú.

–Me gustaría ser como usted.

–¿Como yo?

–Poder decir algún día que en mi vida tuve, aunque fuera durante poco tiempo, un maestro, una mujer, un hijo...

–Para –ordena muy serio Poussin–. ¿Qué estás buscando aquí?

Joseph mantiene el tipo. Debería contestar, al menos, que cree haber encontrado en Poussin un modelo, un maestro, pero desconfía de las emociones. Una confidencia conduce a otros secretos.

–Ya se lo he dicho, busco la fortuna, como todo el mundo.

Con esa respuesta, consigue a la vez no mentir y no decir nada.

Es entonces cuando empieza todo.

Puede que el ruido hubiese empezado antes. Al principio, son golpes sordos, como talonazos o codazos contra la madera, muy débiles. Mientras fueron solo diez, no se los oía. Pero, pasados unos segundos, son cincuenta o cien percutiendo al compás.

La nave no vibra. Es un sonido grave. Va creciendo. Ha debido de llegar al chiquero de las mujeres de popa y también al de proa. Es imposible saber dónde ha empezado. El latido no se para.

–¿Qué es eso? –pregunta Joseph.

Poussin respira hondo. Ha comprendido lo que está pasando. Lo vivió una sola vez, hace mucho tiempo, en un buque portugués, pero sabe que es la pesadilla de los capitanes. El principio del fin.

–Están golpeando al compás. Podría ser otra cosa. También podrían lamentarse, negarse a comer o gritar o incluso quedarse callados. Sería lo mismo. Lo importante es que lo están haciendo juntos.

–¿Por qué?

–Están aquí. Son muchos. Están vivos. Se lo están contando.

La cadencia no aumenta, pero tampoco disminuye. Para hundirse más hondo en la nave, como un clavo que se golpea indefinidamente.

–Gardel se ha equivocado –susurra Poussin–. Ha cometido un error. Hay un lugar donde el capitán debe mantener a sus cautivos. Es un espacio muy estrecho, situado justo entre la esperanza y la desesperación. Para mantenerlos a raya, no deben aspirar a nada sin dejar de aspirar a algo.

Joseph comprende lo que dice Poussin. Siempre ha sabido que los hombres viven de promesas pequeñas. A los cuatro, a los seis años, Joseph esperaba. Lo único que hacía era esperar. Aunque nada llegase. Siempre era mejor esperar y creer.

–Es por culpa del gigante –dice Poussin–, el gigante colgado ahí, en lo alto del mástil… Es como un estandarte que dice que todo ha terminado, que ya no cabe esperar nada de nadie, que la esperanza ha muerto. No debería haberlo hecho.

Al amparo del alcázar, mientras escucha el latido de los cautivos y mira los relámpagos y la lluvia, Lazare Bartholomée Gardel está pensando exactamente lo mismo. Pero no dará muestras de debilidad. Y eso que sabe que el castigo llegó en un mal momento, cuando todo el mundo está agotado por el viaje. Sabe que esa gran sombra negra en lo alto del mástil no favorece sus planes.

Gardel reflexiona. Tiene que conseguir que la nave aguante un poco más. Ya solo piensa en el tesoro.

Cook aparece de repente a su espalda.

–Les he llevado la sopa a los dos prisioneros, capitán.

Gardel gruñe. No le importaría dejar que se murieran de hambre.

–Déjeme.

–El chico quiere decirle que conoce la isla de Zaqueo.

El capitán se vuelve hacia él.

–¿Mars?

–Dice que hay un fondeadero resguardado del viento, entre los cuernos del toro, al sur.

Gardel se paraliza.

–¿Eso ha dicho? –murmura, impasible–. ¿Y usted cree que me va a enseñar algo que yo no sepa?

Aparta a Cook con un ademán y se dirige a sus aposentos.

¿Cómo puede ser tan estúpido Joseph Mars? ¿Acaba de revelarle al cocinero la posición exacta del tesoro?

Gardel está furioso y emocionado a partes iguales. Se encierra en su cámara, se acerca al mensaje que ha pinchado en la pared. Retira tres de los cuatro alfileres, gira la cabeza de toro como una brújula. Cuando el norte está arriba, vuelve a clavar los alfileres. Retrocede. La compara con la carta náutica que está encima de la mesa.

Gracias al idiota de Joseph Mars, ahora Lazare Gardel sabe exactamente adónde va. La cabeza de toro se lee como un mapa. Basta con orientarla de la forma correcta. Sí, debe de haber un paso detrás de esas dos rocas puntiagudas, al sur de la isla de Zaqueo, donde se encuentra la calavera, entre los cuernos del toro.

44
Quién está cantando

La lancha arrizada encima de la cubierta es como una isla colocada encima de La Dulce Amélie. Es una embarcación grande, de ocho metros de eslora. Cuando la botan, caben doce remeros sentados. Está apoyada en la arboladura de repuesto.

Desde que el buque zarpó de África, la lancha alberga a los cautivos enfermos, o más a bien a aquellos con visos de curación. Incluso los que no sobreviven, al menos habrán encontrado algo de paz al pasar por la lancha. Porque debajo de la bancada central, al fondo de la embarcación, una voz canta dulcemente.

Esa voz es más frágil cada noche. No deja de cantar. Solo se calla de día, para ahorrar fuerzas en previsión de las horas oscuras. Cuando cae la noche, bajo la tela alquitranada que han montado como una tienda de campaña encima de la lancha, los enfermos se apiñan a su alrededor y la escuchan.

La voz no tiene más alcance que ese reducido escenario. Más allá están el repiqueteo de la lluvia, el bramido del viento y el oleaje, los golpes que dan los cautivos contra el esqueleto de la nave.

Ninguno de los que la escuchan podría decir en qué idioma canta. Son como el niño que entiende las nanas de su madre antes de saber hablar. No se pierden ni una palabra de lo que está contando. Las lágrimas que les provoca les sientan mucho mejor que las purgas y las sangrías del cirujano.

Nao canta. Canta para el niño que espera y para todos los niños que se esconden dentro de esos hombres y esas mujeres que se acurrucan a su lado.

Cuando empezaron los golpes, Nao no los oyó. No los distinguía del latido de su pulso en el oído. Hasta que se calló. Escuchó lo que decía aquel sonido sordo. No decía sino lo mismo que su propio canto. Tomaba el relevo de su corazón para que ella pudiera marcharse.

Ha dejado de cantar.

Ahora, Nao se deja morir. Sabe cuál es la dolencia que se la está llevando. Es la famosa fragilidad del pueblo oko, la enfermedad mortal que les provocan la cautividad y la desesperación.

–¿Ya no canta más, primita mía?

Es medianoche. Una sonrisa se ha inclinado hacia ella en plena tempestad.

El hombre está tumbado en la bancada que está justo encima de Nao. Ha bajado la cabeza para hablar con ella. Es más viejo que la mayoría de los cautivos. Hasta ese momento, nadie había oído su voz. Ni una palabra desde que embarcó en La Dulce Amélie el primer día. Es él, el negro imperturbable al que los blancos llamaron Adán en el registro.

Está en la lancha por culpa de la fiebre. Con el tiempo, la herida de los grilletes se le acabó infectando en los tobillos. Las llagas crecen día a día, compiten para ver en qué pierna llegan antes a la rodilla, pero el hombre no se queja nunca. Conserva la sonrisa sujeta a las orejas como un fetiche.

–¿Ya no canta más?

Nao abre los ojos. El hombrecillo tiene una voz potente y grave que no le cuadra con el cuerpo.

–Escúchelos –dice.

El latido de los cautivos sube hasta ellos a pesar del viento que brama.

–Creo que la están llamando, primita mía.

Retumban tres truenos en una ráfaga. En el chiquero de los hombres, el oleaje arrastra los cuerpos, tira de las cadenas y hiere la piel. Pero los cautivos siguen golpeando al compás. Algunas mujeres, en la proa, se agarran a la madera de los puntales. Otras, agotadas por el mareo, ruedan por encima de las demás sin oponer ya ninguna resistencia.

Un hombre ha empezado a cantar.

Son cientos los que lo oyen al mismo tiempo.

–Esta vez voy a machacarlos –exclama Absalón bajando del coy de un salto.

La voz que canta es más fuerte que todo lo que golpea contra el barco: el agua, el aire, el fuego de los relámpagos. Más turbador que el latido de los golpes de los prisioneros. Entre frase y frase se posan largos silencios. Dejan el tiempo en suspenso y avivan el ansia por saber lo que sigue.

–¡Viene de la lancha! –grita un marinero.

Se encienden linternas en cubierta.

El cirujano es el primero en llegar. Levanta una esquina de la tela y mete la lámpara dentro de la lancha. Se paraliza. No son silencios entre frase y frase, son las estrofas muy quedas de la mujer encinta que está debajo de bancada. Ha vuelto a cantar, con una voz más cautivadora que nunca. Cada vez que se calla para recuperar el aliento, el hombrecillo que está encima de ella lleva su canto por la oscuridad con todas sus fuerzas.

–¿Qué es eso? –pregunta Absalón, que acaba de llegar.

–Es Adán.

Cuando la mujer vuelve a cantar, hasta el contramaestre siente escalofríos al oírla.

–Esa siempre canta de noche –dice el cirujano–. No molesta. Casi no se la oye.

No, ese canto no debe de molestarle mucho; él siempre va a sentarse a su lado para escucharlo. Se queda allí todas las noches y la escucha. Cuando se pone de pie, tiene en el espinazo un sudor helado que le pega la camisa a la espalda.

El hombre al que llaman Adán los observa sin dejar de cantar.

Absalón blande el látigo. Coge impulso con el brazo, echa las nueve colas de cuero por detrás del hombro para darle mayor fuerza al golpe, pero una mano le detiene la muñeca en pleno vuelo.

El capitán Gardel le arrebata el látigo. Tiene la camisa abierta y el moñito deshecho. Absalón parece desorientado ante él.

–No voy a tocar a la negra –dice–, ya sé que le pertenece. Iba a castigar al negro que canta, capitán.

El capitán juega con el látigo entre las manos.

Los dos cautivos continúan cantando por turnos. Nao sigue con los ojos cerrados. El negro que canta no ha dejado de sonreír. Los otros ocupantes de la lancha aguantan la respiración.

–¿No quiere que lo castigue? –pregunta Absalón.

–¿No le ha llamado nada la atención? –dice Gardel apretando los dientes.

–No.

–Abajo... ¡Escuche, por todos los ases de guía! ¡Haga el favor de escuchar! –grita.

Han llegado otros marineros. Aguzan el oído. Mientras la mujer cante, no pueden oír nada más.

–¿Y bien? –pregunta Gardel–. ¿No le llama nada la atención?

Cuando Nao calla, el cerebro les vuelve a funcionar.

–¡El ruido! –exclama uno de ellos–. ¡Escuchad!

Abajo, los golpes han cesado. La cubierta inferior está en silencio.

–Déjelos cantar –murmura el capitán–. Prefiero a dos negros cantando que a otros seiscientos cortándonos en pedazos.

Ha hecho falta muy poco tiempo para que todo se organice. En el chiquero de las mujeres, detrás de la reja de los hombres y el nuevo enjaretado de la despensa, por todas partes, se yerguen centinelas entre los cautivos. Escuchan al hombre al que los blancos llaman Adán. Entonces, toman el relevo de su voz. Cantan para quienes los rodean. Y otros esparcen las palabras más allá en el vientre de la nave, las repiten o las traducen a todos los idiomas, mandinga, fulani, kikongo, akan, y hacia las mujeres igbos de la santabárbara, hacia los hombres colocados a lo largo de la tablazón, encogidos debajo del andamio que ha construido Poussin en el entrepuente.

Al principio, el canto de Nao tan solo los atrapa. No cuenta nada, prepara el momento en el que los tendrá a todos en la palma de la mano. Dice frases como «Escuchad, vosotros que lloráis» o «Escuchadme en estos bosques de tablas y de hierro». Compara su canto con una canoa en el torrente. Dice que su voz nada en la corriente de las lágrimas. Habla de la bóveda de ramas muy baja por encima del río y todos miran al techo del entrepuente que tienen encima de la cabeza y ven lianas y pájaros. «Les doy ánimos a quienes están agotados. La canoa pasa sin hacer ruido y yo voy atrás para cantar».

La tripulación en pleno tampoco puede evitar aguzar el oído.

–¿De qué habla? –pregunta un marinero.

–Cállate.

Gardel es el único que, a pesar de la tempestad, solo oye la calma que ha vuelto bajo sus pies.

Durante mucho tiempo, Nao prosigue su hechizo para conmover a los oídos que ya no querían oír, despertar a los que dormían, a quienes lo habían abandonado todo.

«Creéis haber dejado la vida, pero la vida no nos deja. La memoria es nuestra tierra firme. Escuchadme».

Esparcidas, repetidas, las palabras tardan mucho en bajar de la lancha, colarse entre las vigas. Se demoran en la oscuridad como la luz de las estrellas antes de tocar la Tierra.

Y llega sin avisar. Nadie se da cuenta de que ha empezado una historia. Las sombras se mueven. Diríase el principio de un cuento. El canto habla de un pueblo único. Un pueblo numeroso y floreciente que vive en libertad.

Los okos.

«Y, como la libertad les da la vida, sin ella morirán».

Gracias a la libertad han crecido en ellos todos los dones, porque los árboles tocan el cielo si nada los ahoga. La libertad se convierte en el aire que respiran.

Nao, debajo de la bancada, canta muy bajito la palabra «libertad».

Y en su lengua, esa palabra se dice «alma».

Cuenta cuán depurado es ese pueblo, cuán bellos los jardines, cuán poderosos los doctores y juglares, cuán valientes los guerreros. Llevan el mismo nombre que los pájaros que viven con ellos desde siempre: los okos, los pájaros mosca de color verde esmeralda con pico de plata. Pululan en el tejado de sus casas o en las flores amarillas de las acacias.

No se separan nunca de ellos.

Durante toda la noche, el canto de Nao planta cara a la tempestad, ahoga los crujidos del barco, acalla los gritos y los sollozos. Le devuelve un poco de vida a Alma. Vívido y desgarrador, el canto describe la ropa húmeda tendida delante de las casas construidas en las copas de los árboles, los pájaros mosca que se arraciman en ella para beber, los nacimientos, los raptos, los saqueos. Cuenta la vida y la huida entremezcladas: la memoria de los okos.

Porque, de pronto, el mundo se ha vuelto peligroso a su alrededor, la libertad está en peligro. A los okos los expulsan como a todos los demás pueblos. Se adentran más lejos en la tierra, más arriba en el río.

Cuando a uno de ellos lo capturan, acaba por morir. No sucede de inmediato, puede sobrevivir con los hierros mientras se acuerde de su libertad. Un día, la esperanza se va. Lo abandonan todas sus fuerzas. Cierra los ojos. Al igual que él, el pájaro mosca se apaga cuando surge el frío, cuando llega la noche, cuando faltan las flores. Se aletarga. El corazón le late más despacio. Ya no parece vivo del todo.

Paulatinamente, el pueblo oko se vuelve menos numeroso que las lentejas en un cuenco, menos numeroso que las que caben en la mano de un niño.

«... o en el dorso de esa mano con el puño cerrado».

Entonces, para que no lo capturen, ese pueblo se vuelve invisible. Se confunde con la selva.

Cada vez que Nao se detiene, cuando los portadores de su voz se callan, la nave parece volar por encima del agua unos instantes. Exhausta, prosigue. Habla de ese pueblo que se extingue y que de pronto decide proteger su memoria.

«La caza, el cultivo, la curación, el canto y la guerra».

Los cinco rastros de su memoria.

Todo el saber de los okos se reparte entre los supervivientes. Cada uno recibe uno de los rastros para que no se pierdan.

Cazar, cultivar, curar, cantar o pelear. En cada oko se refugia uno de estos poderes.

Y la nube de pájaros mosca se adentra con ellos en las tierras, cruza las selvas, vive en los árboles donde el pueblo oko construye sus casas porque tienen en común las únicas medicinas que han encontrado para su fragilidad: el secreto y la libertad.

–¿Quién está cantando? –pregunta Alma con voz débil cuando se acaba la primera noche.

El canto de la lancha ha cesado. Alma nota que se le inundan los ojos cerrados. Nunca ha oído esa historia, pero reconoce a ese pueblo.

–Decidme quién está cantando.

45

La noche no ha terminado

Las dos noches siguientes, después del silencio diurno, se reanuda el canto. Nao sacrifica sus últimas fuerzas. Los cautivos reviven. El agua de la tempestad se cuela por las portas, invade su cárcel, pero el canto de Nao los protege. Los resguarda de todo.

Casi todos habían oído hablar ya de los okos. Los tambores de los ibibios cuentan su leyenda. Los fantes o los juglares del reino de Oyo también. Pero, al escuchar el relato que cae de la lancha, reconocen por primera vez algo de su propia historia, el mundo peligroso en el que han crecido.

Durante el día, los cautivos se callan, como si su vida dependiera de la siguiente noche.

«La memoria pelea para sobrevivir. Se rebela. Crece».

Al ser menos numerosos, los okos tienen rastros mucho más intensos. Los cazadores cazan como ningún otro cazador. Los sanadores curan a distancia. Los cultivadores hacen crecer huertos en la copa de los árboles, en las armazones de cáñamo y turba. La intensidad de la persecución concentra poco a poco el talento de los okos. Su memoria se destila, se condensa. Se convierte en un agua potente.

Y, cuanto más se agudizan los poderes de los okos, más los codician los mercaderes. Desde el norte de Virginia hasta el sur de Brasil, un solo oko se vende al mismo precio que una carreta con diez cautivos sentados.

El relato de Nao se convierte en el de una fuga, pautada por el avance de los cazadores de hombres. Porque, además de los mercaderes, cada clan y cada aldea compra su propia supervivencia entregando al clan de al lado. Los vínculos se estropean y se distorsionan. Ese comercio envenena al continente entero.

«Llega un día en el que ya no son más que siete».

Cuatro hombres, dos mujeres y una muchacha. Han llegado al manantial de la selva, al final de su largo viaje errante. Establecen un último campamento suspendido en la selva. El agua del manantial baña el pie de los grandes árboles.

El pueblo oko no lo sabe: la inocencia de los pájaros okos va a causar su perdición. Mientras los siete fugitivos se mueven de árbol en árbol sin tocar la tierra para permanecer invisibles, sus pájaros, en cambio, se aventuran a gran altura en el cielo o bajan a los claros para beber en lo hondo de las flores de lobelia o de hibisco.

Un cazador de hombres los está mirando. Ha comprendido el vínculo. Para acorralar a los supervivientes, ha seguido el vuelo de los pájaros y su festín en las flores.

El cazador lleva dos pistolas en el cinto, un abrigo negro sobre los hombros y un sombrero de bordes dorados. Es el más despiadado de todos. Es hijo de unos pescadores fantes, pero come en los fuertes de la costa, en la mesa de los mercaderes blancos.

Sus hombres lo siguen. Rodean el último campamento en medio de la selva anegada.

Matan a cuatro okos. Capturan a dos.

La muchacha es la única que escapa. Corre por las ramas.

Abajo, el cazador la persigue surcando el agua negra. Ha adelantado a sus hombres, que se quedan empantanados en el lodo. Otros se mantienen atrás para vigilar a los cautivos.

«Allá arriba, la muchacha se aleja. A su alrededor, un vaho de pájaros verdes».

Diríase que el entrepuente de La Dulce Amélie se ha vaciado de cientos de almas. Esas almas vuelan con los pájaros alrededor de una muchacha perseguida. Esas almas notan el olor del cazador tras ellas. Pero ninguna se puede imaginar qué va a suceder. Esa parte de la historia de los okos jamás la ha cantado ningún tambor. Es el secreto de dos seres sobre la tierra: Nao y Mosi, los padres de Alma.

El canto no dice cómo se llaman, pero son ellos.

Nao está delante de Mosi. El agua le llega hasta la cintura.

Unos segundos antes, Mosi ha disparado al aire. Nao se ha caído de las ramas, herida de bala. Los pájaros han huido hacia el cielo.

Nao intenta mantenerse erguida a pesar de la herida en el pie y del lodo del pantano que tira de ella. Mosi la apunta con la otra pistola. Se oye cómo lo llaman sus hombres, que han oído el disparo.

El cazador se acerca. Le dice a Nao:

–No te muevas.

Cree que todo ha acabado.

A La Dulce Amélie le ha caído un rayo encima. Un resplandor irradia del extremo de los mástiles y las vergas. Los gavieros que están encaramados a los obenques han reconocido los fuegos de San Telmo, esos relámpagos irreales que caen a veces encima de las naves dando la sensación de que están ardiendo o poseídas por los espíritus. El bramido del trueno, los relámpagos que siguen desgarrando el cielo... Durante esos segundos, el canto de Nao se pierde en la confusión de la tormenta.

Nadie oye lo que sucede entre Mosi y Nao, en la selva del manantial. Pero, cuando vuelve a sonar la voz del hombrecillo de la lancha, describe al cazador surcando el agua del pantano con la muchacha cargada a la espalda. Las voces de los otros cazadores resuenan en la selva. Mosi no va en esa dirección. Nota la barbilla de la muchacha apoyada en su hombro, la mejilla contra su oreja. Los brazos con los que le rodea su cuello. Él le sujeta con la mano el pie que sangra. Está huyendo con ella.

Los cocodrilitos los miran pasar con indolencia. Se les ven los ojos que flotan como capullos de nenúfar.

Tras ellos, los cazadores se han vuelto locos. Gritan el nombre de su jefe. Lo llaman. Si no responde, es que está muerto. Lo vengarán, perseguirán a la muchacha hasta el desierto, derramarán la última gota de sangre de los okos.

En mitad de la tercera noche, Alma escucha la historia de su pueblo. Dentro de un rato reconocerá a los dos personajes que huyen. Para ello, tendrán que andar aún mucho tiempo, hasta la estación de las lluvias; trepar por debajo de una cascada agarrados el uno al otro; tallar una

embarcación en un tronco de ceiba; cruzar un barranco entre acantilados, y quedarse dormidos en una cueva con su canoa.

Se despertarán mientras los acecha un leopardo y descubrirán a su alrededor un valle resguardado de todo.

La voz del hombrecillo calla como después de cada estrofa, pero el silencio dura un poco más que de costumbre. Durante unos segundos, nadie se preocupa en el entrepuente. Se oyen los ecos de las otras voces. Respiran más despacio para que el tiempo no se haga tan largo. Se aclaran la garganta. Esperan. Y no llega nada.

Se acabó. Y, sin embargo, solo están en medio de la noche.

Arriba, en la lancha, el hombrecillo le ha agarrado la mano a Nao, que está justo debajo de él. Nota que la mujer no puede más. Nao se abraza el vientre.

–Descanse, primita mía. Pero quédese aquí. La sujeto para que no se vaya.

El hombre al que los blancos llaman Adán se siente muy viejo y estaría dispuesto a morirse en su lugar. Lo único que pide es que ella no le suelte la mano. La retendrá si cae. O caerá con ella.

Nota cómo le late la mano de la mujer entre los dedos.

Se le une otro latido.

Los cautivos han empezado a golpear de nuevo. Están llamando.

Están esperando. Los han dejado encima de un valle, a las puertas del paraíso.

Arriba del todo, en pleno cielo, una cabeza golpea al compás el palo mayor.

Hambriento, con la espalda lacerada, la boca abierta hacia las gotas de agua, el gigante de la oreja cortada también está esperando. Durante dos noches y la mitad de otra, atado al mástil, ha aguantado gracias a los okos.

Está escuchando.

Abajo, otra voz acaba de retomar el canto haciendo callar de nuevo los golpes de los cautivos.

Habla del valle, de los elefantes a lo lejos, como puntitos, del viento que forma olas en la hierba, del sonido de los insectos, del balanceo de las jirafas. Habla del nacimiento de los niños, de las lunas que pasan, de las lluvias generosas, del sol. Habla de la cebra sin rayas, de la huida del hermano pequeño.

–¿Quién está cantando? –pregunta Nao.

–No se sabe –contesta el hombrecillo.

Es Umna en la despensa, la mujer a la que los blancos llaman Eva. Las palabras llegan con los mismos silencios. Repite lo que le está cantando Alma, bajito, con los ojos cerrados.

La voz de Alma de pronto se ha vuelto irreconocible. Llega desde muy lejos, envolvente y cautivadora.

Junto con el rastro de la caza que recibió hace varias lunas, Alma acaba de recibir el del canto, que su madre ha abandonado.

En la cubierta inferior, Sum oye contar la historia de su pueblo. Sabe que tiene el rastro del cultivo. Ese rastro aún torpe con el que no sabe qué hacer y con el que le brotan entre los dedos una especie de berros tiernos cada vez que toca el suelo empapado.

Los rastros se les habían aletargado durante todos aquellos años en el valle. Se mantenían alerta para despertarse cuando salieran, cuando tuvieran que enfrentarse con el mundo.

Una parte de la memoria oko está allí, a bordo de La Dulce Amélie, con Alma y Sum y en el vientre de Nao. Porque Nao aún respira en la lancha. Se mantiene con vida, la ha salvado el niño que espera y que lleva el cuarto rastro: el de la curación.

Pero el espectáculo más extraordinario se encuentra en la popa del barco. Acurrucados en torno a las letras rojas que escriben el nombre de La Dulce Amélie o enganchados en los frisos que rodean las ventanas de los camarotes, hay miles de pájaros minúsculos. Se han pegado a este lado invisible del barco. Están ahí desde el principio de la travesía. No se mueven. Los okos. Su temperatura ha bajado diez grados, y el corazón, mil latidos por minuto. Duermen para olvidar el hambre y la falta de flores.

A cien millas de allí hay un último racimo de pájaros okos, pegado a la popa de otra nave, un pequeño bergantín inglés que navega rumbo a Luisiana. Un niño negro acaba de tumbarse en el suelo del pasillo de los oficiales. Al chico, vestido de lacayo y con un pañuelo de seda al cuello, por fin se le permite cerrar los ojos. Piensa en su madre, que lo dormía llamándolo «Lilim». Escucha el sonido del clavicordio en el camarote de al lado. Se ha tumbado de tal forma que la puerta del capitán Harrison lo despierte cuando se abra y pueda levantarse de un brinco para preparar el té a cualquier hora, aunque la noche no haya terminado.

46
Muy cerca

Son las dos de la madrugada. El capitán Gardel ha tomado el timón de La Dulce Amélie. Delante de él crece la silueta de una isla, como una montaña colocada en el mar: Zaqueo. En el ojo de la tempestad, la nave disfruta de una tregua. La luna llena se desliza entre las nubes.

Gardel no se ha fijado en nada de lo que ha pasado durante tres noches entre la lancha, el chiquero de hombres y el de mujeres. Mientras el entrepuente estuviese tranquilo, él podía mantener el rumbo en la tempestad. Hasta allí, no había modificado nada en la ruta de La Dulce Amélie. Ha seguido de lejos la costa norte de Puerto Rico como si fuera directo hacia su puerto de llegada en Saint-Domingue. Pero, de repente, toma Sur, navegando de ceñida para llegar a la isla de Zaqueo y a su tesoro.

Al lado del capitán está Abel Bonhomme, muy ufano. Lo han elegido para ir en el bote con él cuando hayan metido La Dulce Amélie en la ensenada del toro. Lazare Gardel habría preferido ir solo, pero sabe que tendrán que ser dos para cargar el tesoro. Para ayudarlo, ha elegido a las manos más inocentes de toda la tripulación.

No tiene intención alguna de embarcar el tesoro. Quiere llevárselo a otra parte de la isla con la ayuda de Abel Bonhomme. Volverá más adelante a buscarlo discretamente con un barco que haya armado él mismo.

Abel Bonhomme está radiante. Gardel lo llama por su nombre. Lo presenta como su ayuda de campo y su nuevo carpintero.

El joven piensa en los dos compañeros que están detenidos en el camarote. Tiene la sensación de que les está rindiendo homenaje al ocupar su lugar.

Pero Lazare Gardel no cuenta ni mucho menos con las habilidades de Abel. Todo lo que le pedirá es manejar una pala, llevar un arcón o unos sacos de oro sin hacer preguntas y ser lo bastante tonto para dejar que luego le golpee la cabeza con un leño, por detrás.

A Gardel no le quedará más que volver a bordo él solo y lamentar el haber perdido al fiel Bonhomme en una grieta o en unas arenas movedizas. Reconocerá a su pesar que la isla de Zaqueo es una escala demasiado peligrosa. Y La Dulce Amélie podrá llegar en unos días a Cap-Français, en Saint-Domingue, para vender a los cautivos, que se convertirán en esclavos.

El buque solo habrá perdido unas horas.

La isla de Zaqueo se recorta ante ellos.

–¿Qué vamos a buscar a esa isla? –pregunta Bonhomme.

–Agua dulce.

–Es la primera vez que estoy en las islas.

–No me cuentes tu vida.

Palardi aparece tras ellos.

ISLES AÇORES
CANARIES
ISLES DU CAPVERT
NEGRETIE
GUINEE
GUYANE
LIGNE EQUATORIALE
AMERIQUE MERIDIONALE
PARAGUAY
TUCUMAN
COSTES DU BRESIL
URUGUAY
OCEAN MERIDIONAL
ETATS DE CONGO

–Creo que el cirujano quiere verlo –dice Abel Bonhomme.

–¿De quién me hablas? –pregunta Gardel–. Ya no tenemos cirujano a bordo.

Palardi se acerca, pese a todo.

–Capitán, es por la mujer embarazada…

El rostro de Gardel se ensombrece.

–¿Se ha muerto?

–Aún respira.

–Ya sabes lo que te espera si se muere.

–La lancha está llena de agua. Habría que sacarla de ahí.

–¿Dónde quieres meterla?

–Yo ya no estoy en mi camarote –dice Palardi.

–Pero ya lo han ocupado Mars y Poussin.

–Podríamos instalar a la mujer en la litera. Estará más seca. No la molestarán.

No confesará jamás que, en secreto, cuenta con que Poussin la cure. De hecho, es su última esperanza.

–Haz lo que quieras, a condición de que viva.

La mirada de Gardel se pierde a lo lejos. Está buscando los cuernos del toro.

Poussin y Mars se levantan. Les acaban de traer a una mujer inconsciente.

–Es la que cantaba estas últimas noches en la lancha –dice Palardi.

–¿Qué le pasa? –pregunta Joseph.

Palardi sacude la cabeza, impotente. Sale y cierra la puerta.

Joseph Mars y el carpintero están ahora sentados en el suelo, con la espalda apoyada contra la pared. Contemplan a la mujer embarazada en la litera. Tiene el rostro vuelto hacia ellos.

–Estuve navegando quince años en barcos como este –susurra Poussin para no despertarla–. Lo dejé hace casi veinte años.

–¿Por qué?

No contesta. Es como si tuvieran la respuesta delante, tendida en la litera.

¿De dónde ha salido esa mujer? ¿Adónde irá si sobrevive? ¿Y su hijo?

Tanta desgracia a cambio de un poco de café, de mermelada y de chocolate en la merienda... Por esa locura del azúcar que ha invadido los salones europeos. Este año, la colonia de Saint-Domingue se tragará ella solita cuarenta mil cautivos nuevos para sus plantaciones.

–Ahora construyo graneros e iglesias en Italia –le dice Poussin a Joseph–. Podría enseñarte. Es un hermoso oficio.

Silencio.

La cabeza de Joseph se ha vencido a un lado. Se ha dormido.

Se quedan mucho rato juntos, sin moverse. Todo está inmóvil en el camarote. Solo el vientre de Nao se eleva.

Poussin nota el peso de Joseph contra su hombro.

Piensa en su hijo Antonio.

Espera un poco aún, comprueba que lo que está oyendo es, en efecto, a Joseph ronroneando mientras duerme. Y, cuando se convence de que está solo, se permite, por fin, llorar.

Son las cuatro y media de la mañana. El capitán mira las dos rocas entre las que debería abrirse la bahía. No hay ningún paso. Los cuernos del toro se tocan. La cala que esperaba no existe.

La tempestad ha arreciado desde hace una hora. Se ha levantado un viento del sudoeste que está agolpando todas las nubes encima de La Dulce Amélie. Gardel ha mandado aferrar más velas, pero el buque se encabrita, el timón se resiste a los tres hombres que lo sujetan. Diríase que el fantasma de Luc de Lerne les está haciendo una jugarreta.

Gardel camina encorvado hacia la proa. Si el paso no existe, se acabó todo. Se sitúa al frente y busca la entrada en la muralla negra.

De todas formas, no se ve nada. No se distingue la lluvia del mar.

–Capitán –dice Morel–, estamos yendo hacia las rocas.

–¡Sigan! ¡A la vía! –grita Gardel.

Esas órdenes significan que no hay que cambiar el rumbo.

–Amanecerá dentro de una hora –añade Morel–. Podemos esperar a que haya más luz.

–Cállese. ¡He dicho a la vía!

La orden se transmite hacia popa. Incluso con casi todas las velas aferradas a las vergas, La Dulce Amélie avanza a gran velocidad. La pared se ha vuelto inmensa. El mar rompe contra ella salpicando espuma blanca cuan alta es.

–Todavía podemos arriar las velas altas –sugiere Morel.

–Cállese. Las necesito para maniobrar.

A su alrededor, los marineros están aterrados. Ni siquiera cabe la posibilidad de encallar. Los acantilados son verticales. La isla está desierta. Nadie sobreviviría a un naufragio.

Con las manos pegadas a la rueda del timón, Abel Bonhomme intenta recordar las oraciones de cuando era niño.

De repente, alza los ojos al cielo y suelta un grito. Acaba de ver aparecer una sombra entre dos acantilados. Una línea vertical más clara que la roca y la noche. Es el paso.

–Lo que yo decía –ruge el capitán en la proa.

La bahía es como una herradura muy cerrada. Bastaba con irse demasiado al oeste para no ver la abertura. Pero ahí está.

Gardel vuelve a popa y asiste a Abel Bonhomme la rueda del timón. El paso no es ancho. El buque de tres palos se tiene que acertar a entrar en él.

En ese instante, en el camarote que está casi a los pies del capitán, Joseph se despierta sobresaltado.

–¡Me he dormido!

–No te preocupes –le dice Poussin–. Creo que han decidido prescindir de nosotros.

Le señala a la mujer que tienen delante.

–Está respirando mejor –dice con una sonrisa–. Palardi volverá a tomarme por brujo cuando en realidad no he hecho nada.

La nave sigue sacudiéndose en todas direcciones. Joseph se cuela por detrás del cuerpo de Nao para alcanzar la ventana. Levanta la cortina.

–¡Zaqueo! –grita–. ¡La isla de Zaqueo!

–Cálmate –dice Poussin–. No hay nada más que hacer.

Una corriente de aire pasa debajo de la ventana. Poussin se ha quitado la chaqueta y tapa con ella a la mujer.

–Cálmate, hijo. Te voy a contar por qué me marché de estos barcos hace veinte años. Y eso que creía que me había acostumbrado al horror…

Joseph vuelve a su sitio. Sí, no hay nada más que hacer. De ahora en adelante, todos los planes se pueden llevar a cabo sin él. Basta con quedarse allí y escuchar a Poussin y su melancolía.

–Esto fue lo que me hizo dejarlo todo –empieza a contar el carpintero.

Le sube a Nao la chaqueta que se le ha escurrido de los hombros.

–Fue en La Misericordia, un buque pequeño que pertenecía a una familia de Burdeos. Un día, encontré tres baúles justo detrás del chiquero donde se amontonaban los cautivos.

Cuando se sumerge en sus recuerdos, se le arruga la frente.

–En el hedor de los pañoles –continúa Poussin–, abrí los baúles uno tras otro. Vi que estaban llenos de sábanas blancas. Sábanas y camisones, corsés, enaguas...

Poussin se calla un instante.

–La ropa estaba perfectamente limpia, pero había oído hablar de esa costumbre de las familias ricas... Mandan ahí las sábanas porque se dice que los ríos de montaña de Saint-Domingue les dan un blanco deslumbrante. Mientras levantaba aquel algodón pesado y esos encajes, estaba oyendo llorar a un niño justo detrás de mí, en el chiquero de las mujeres.

Joseph trata de imaginarse las sábanas viajando en medio del olor a muerto y volviendo luego para extenderse bajo el dosel de las camas bordelesas.

–Tanto refinamiento y tanto horror –dice Poussin–, eso fue lo que me abrió los ojos. Al llegar aquí, la primera cosa que supe fue que Ferdinand Bassac tenía la misma costumbre...

Joseph se distrae un instante. Gracias a los movimientos, deduce las maniobras. Están bordeando para entrar en la bahía. Todo podrá empezar.

–En veinte años no ha cambiado nada –sigue diciendo Poussin–. Las mismas cajas de sábanas. Lo único que ha hecho Bassac es alejarlas un poco del entrepuente.

Los ojos de Josep se vuelven bruscamente hacia Poussin.

–¿Dónde están? –pregunta–. ¿Dónde están las cajas?

Poussin sonríe.

–¿Dónde están las cajas de las que habla?

–Están en el único lugar sagrado de este barco...

–¿Dónde?

–¡Debajo de la litera del capitán!

Joseph agarra a Poussin por la camisa.

–¿Sábanas? ¡En esas cajas no hay sábanas!

–Solo sábanas y ropa blanca, hijo. Protegidas como el santo sacramento.

Joseph salta por encima del cuerpo dormido de Nao. De un codazo, revienta la ventana. Saca la cabeza y los hombros, que reciben el latigazo del viento y la lluvia lacerante. Manteniendo el equilibrio en el marco de la ventana, Joseph se asoma. Está buscando con la mano algo a lo que agarrarse por encima de él. Tiene que haberlo. Está convencido. Nota que tiene la mano muy cerca.

47
Vivo o muerto

Joseph ha saltado al vacío. Cuelga encima del agua, sujeto a la primera mesa de guarnición. Son las fijaciones de los cables que sujetan el palo de mesana. Columpiándose, Joseph consigue agarrar el siguiente asidero. Se dirige despacio hacia popa.

El mar se empeña en arrancarlo de allí. El navío se escora hacia el otro lado, a estribor, lo que lo aleja de las olas pero le sacude el cuerpo golpeándolo contra las tablas del casco. La tempestad es tan fuerte y el viento tan huracanado que incluso la calita casi cerrada en la que han entrado parece una sartén de aceite en la que han echado un barco de masa para freírlo.

Cuando llega al último asidero, Joseph descubre que está muy lejos de su meta. La cámara del capitán está a más de un metro. El casco está liso del todo, pulido por el desgaste y las algas. ¿A qué podrá agarrarse para llegar hasta la ventana?

A la suerte. A veces hay que agarrarse a la suerte.

Una ola golpea la roda con todas sus fuerzas, haciendo que el timón ceda un instante. A los timoneles se les ha debido de escapar la rueda. La nave se escora, aplastada por el viento. Joseph suelta la última fijación y se lanza contra el casco.

El flanco de babor se ha convertido en un suelo sobre el que se podría bailar. Joseph lo recorre como una araña. Justo antes de que la nave se enderece, se lanza hacia la ventana de la cámara y aterriza entre cristales rotos justo contra el retrete del capitán. Se levanta en medio de un olor a cloaca y agua de Colonia. Arranca una moldura de madera, la blande como un arma y se adentra en la cámara.

No hay nadie. El amplio camarote está desierto. La puerta está cerrada con llave. Joseph mira a la niña con la flor de algodón esculpida encima del reloj parado. El capitán debe de estar en cubierta, en plena maniobra. Ha dejado en la pared el pergamino del enigma.

Joseph se abalanza hacia la cama. Arranca el colchón, libera las dos cajas. Los candados son enormes. Resistirían a una bala de cañón disparada a bocajarro y desalentarían a mejores ladrones que él. Pero resulta que, a pesar de sus catorce años de supervivencia, peleas, batallas callejeras y de altamar, de jugarretas y saqueo de pecios, Joseph nunca se ha considerado un ladrón. De modo que no tocará los candados.

Prefiere colar su palanca de madera entre las tablas, en el borde de la caja y, con un empujoncito seco, desclavar limpiamente ese lado sin tocar la tapa. Durante mucho tiempo estuvo haciendo lo propio con la panera del hospicio, que siempre estaba cerrada con llave para que nadie tocara el pan recién hecho del director. Joseph y su amigo Mosca desmontaban el fondo de la panera y lo recomponían a la perfección. Si no hubieran tenido ese pan durante los últimos años que pasaron en la inclusa, Joseph y Mosca se habrían muerto y los habrían enterrado en cualquier sitio sin ni siquiera poner su nombre en sus tumbas pequeñitas.

Joseph mete el brazo dentro de la caja. Saca sábanas dobladas y almidonadas por decenas, enaguas blancas metidas en fundas, kilos de ropa blanca que va tirando hacia atrás por toda la cámara. Pierde los estribos. Ha reventado la otra caja y la vacía de la misma manera.

Se pone de pie y se dirige a la puerta. Deja tras él el camarote lleno de ropa blanca. El tesoro no está allí.

Lazare Bartholomée Gardel se esperaba una cala cubierta de arena, pero la estrecha bahía en forma de herradura está rodeada de acantilados. Solo hay un punto donde las rocas más bajas coronadas de árboles enredados podrían permitir atracar en el bote. De momento, Gardel no quiere echar el ancla. Parece que alguna otra cosa lo incomoda.

Sin embargo, ha movilizado a toda la tripulación para poner La Dulce Amélie en facha. Es un ejercicio delicado, de los que le gustan. Braceando sabiamente las distintas velas, logra que reciban el viento en sentidos opuestos. Sus efectos se anulan entre sí. La nave se encabrita como un animal desorientado al que acaban de soltar en un ruedo.

–¿Nos vamos? –pregunta alguien.

En la oscuridad, las olas pintan de blanco el pie de los acantilados.

–No –dice Gardel–. Esperamos.

La tripulación se prepara para cualquier hipótesis. Los gavieros están en los obenques dispuestos a arriar las velas que quedan si se ordena echar el ancla. Otros están en cubierta, con la mano en las jarcias, esperando retomar la ruta.

Nadie se ha fijado en que Joseph Mars ha aparecido entre ellos, escondido debajo de una capa de lluvia que le está grande y una capucha anudada al cuello.

Sabe que debería lanzar la gran señal, encender simplemente una linterna en lo más alto del mástil. La señal de que todo está perdido, de que hay que abandonar.

Pero Joseph no acaba de decidirse. Piensa en los cautivos, al fondo del barco. Piensa en alguien que está en la despensa y a quien nunca dejaría atrás si tuviera que irse.

Echa a correr hacia la proa. Hay tres hombres arrodillados alrededor de la nueva trampilla de la despensa. Acaban de encontrar el candado abierto. No existe ninguna mano lo bastante fina y hábil para colarse por la abertura de los enrejados y abrirlos desde dentro. Ha tenido que ser un guardia que se ha olvidado de cerrar.

Los tres marineros maldicen a ese hombre, se burlan de la ceguera de las cautivas que no se han dado cuenta de nada. Se apresuran a reforzar el cierre con unos clavos enormes. Ya repartirán responsabilidades más tarde.

En la popa, la puerta de la celda de Poussin se abre. El cocinero Cook aparece en el umbral con una bolsa de galletas entre las manos.

Con los ojos como platos, mira la ventana rota.

–¿Y el chico? –pregunta con una voz irreconocible.

–Ha salido a dar una vuelta –contesta Poussin.

El cocinero suelta la bolsa. Gira noventa grados sobre sí mismo, rompiendo las galletas contra el suelo. Ante él, un poco más allá, la puerta del capitán está abierta de par en par. Han forzado la cerradura.

Entra.

Decenas de sábanas blancas se extienden por la cámara como fantasmas. Cook se acerca a la pared. Allí ve clavado un papel misterioso. Es el enigma de Luc de Lerne.

En ese preciso instante, en el puerto de La Rochelle, Amélie Bassac se zafa de los brazos de la señora De Lô.

–¿Adónde va?

Han embarcado una hora antes en La Perla con sus dos baúles y el pianito de palo de rosa. En tierra solo dejan recuerdos. Para ellas ya no existe nada más en este continente.

Han soltado algunas amarras desde el muelle. La nave empieza a moverse.

–¡Se lo suplico, capitán! Deme un instante.

Amélie abre unos ojazos suplicantes. El hombre no puede por menos que ordenar a los marineros que lo paren todo. Ayudan a la señorita a bajar al muelle. Amélie se abre camino entre los espectadores irritados. Han trasnochado para despedirse de sus seres queridos. Quizá no los vuelvan a ver nunca. Pero eso no quita que estén deseando irse a dormir de una vez.

–¿Caballero?

Amélie le toca el hombro a un muchacho que le da la espalda. Justo a su lado, otro navío de dos palos está atracado detrás de La Perla.

El muchacho se da la vuelta. Se quita con presteza el gorro rojo al ver a esa chica de catorce años tan sonrosada y envuelta en pieles.

Amélie lo mira. Sí que es él.

–Caballero, lo he visto en la iglesia.

El chico hace una mueca apurada.

–No voy a todas las misas, señorita. Que mi padre y mi madre me perdonen si están vivos en alguna parte.

Se santigua de forma bastante anárquica.

–Estaba usted en la iglesia de San Salvador el día de Nochebuena –dice Amélie.

Los ojos del chico se iluminan un poco.

–Y habló con el señor Saint-Ange.

–Me acuerdo. Sí, es cierto. No me pagó mucho, el muy rata.

–¿Por qué le pagó?

–Había llegado una carta para él.

–¿Y de dónde venía esa carta?

–De aquí.

–¿De aquí?

Al chico le encanta el efecto que ha causado.

–De este buque que acaba de contratarme y que zarpa mañana.

Amélie vuelve la cabeza hacia el bergantín de dos palos. Se llama La Buena Sociedad.

–Así que lo acompañé hasta aquí y el señor se marchó.

–¿Y después? –pregunta ella–. ¿Qué pudo hacer ese caballero con la carta?

–¿Después? La leyó enseguida. No volvió a la iglesia. Lo seguí un rato. No estaba satisfecho con mi paga. Lo dejé al principio de los adoquines gordos.

–¿Los adoquines gordos?

–La calle de L'Escarpe.

Amélie asiente despacio con la cabeza.

–¿Le ha pasado algo? –pregunta el chico.

–Nada.

–Tiene al capitán aquí, por si quiere más información.

Amélie le pone un luis de oro en la mano al muchacho. Se acerca al capitán. Mientras habla con él, sus mejillas van perdiendo el rubor hasta quedarse muy pálidas.

Amélie vuelve corriendo a La Perla, donde la está esperando la señora De Lô.

La nave zarpa por fin.

–Me tenía asustadísima –dice la preceptora.

Tiene sujeta firmemente a Amélie por los brazos. Ambas miran cómo se aleja la costa.

La carta que recibió Saint-Ange se la había encomendado al capitán de La Buena Sociedad un cocinero negro. Un hombre libre que respondía al nombre de Cook y hablaba con un marcado acento inglés. Según el capitán, se trataba del cocinero de La Dulce Amélie. Debía entregar la carta en mano en La Rochelle. Gabriel Cook aseguraba tener negocios personales con el señor Jean Saint-Ange.

A siete mil kilómetros de allí a vuelo de pájaro, Cook ha abierto un cubículo empotrado en la madera justo delante de la cámara del capitán. Saca un fusil de chispa grande con los dos cañones ya cargados. Saint-Ange le había recomendado que escondiera allí esa arma por si pasaba algo.

El carpintero lo mira por la puerta de su camarote, que se ha quedado abierta.

–No se mueva de aquí –dice Cook–. Creo que su amiguito Mars está haciendo una tontería.

Gabriel Cook sube por la escala principal. Desemboca en el alcázar, justo delante de Gardel, cerca del timón.

El capitán se le queda mirando pasmado.

–Señor –dice Cook–, alguien ha saqueado su camarote.

–¿Mi camarote?

–Ha sido Joseph Mars.

–¿Y esa arma?

–Estaba rodando por ahí abajo. He visto el papel de Luc de Lerne en la pared.

Gardel titubea.

–Le han tendido una trampa –dice Cook.

–¿Una trampa?

–¿Pensaba usted que era un tesoro? Nunca ha existido tal tesoro. Es imposible. Si Luc hubiera dejado un tesoro tras él, lo habría hundido en el fondo del mar con su ataúd el día de su muerte.

–¿Quién es usted?

–El único tesoro es este buque, y quieren echarle el guante.

En las vergas suena un primer grito. Gardel da media vuelta.

Alrededor de la bahía, desde el interior de una cueva invisible que bordea todo el acantilado, han empezado a surgir sombras. Decenas de balsas salen de la banda de espuma, impulsadas mediante remos enormes.

–Piratas –dice sencillamente Gardel.

Se vuelve hacia Cook.

–Yo me encargo de todo. Busque a Mars.

Hace apenas dos minutos no podría haberse imaginado que cupiera pedirle algo que no fuera un huevo en gelatina o un *brioche*. Pero repite:

–Tráigamelo vivo o muerto.

48

En lo alto del palo mayor

Joseph Mars está cerca del taller de Poussin. Ha levantado las tablas del suelo y registrado el arcón de las sierras. El arco y las flechas ya no están en su sitio. Los ojos de Joseph brillan en la penumbra. Alma ha pasado por allí. Es ella quien ha abierto la despensa. Está rondando por alguna parte en La Dulce Amélie.

Incluso al fondo de la nave, oye el caos que hay en cubierta.

Cuando vuelve a aparecer en el exterior, comprende que todo está perdido. Las balsas se deslizan hacia el buque. La tripulación de Gardel sigue sus órdenes segundo a segundo. Es una carrera de velocidad para volver a poner la nave en movimiento.

En el alboroto del puente, Joseph Mars se ha vuelto transparente. Nadie se fija en él. Se ha quitado la capa. Trepa a los obenques de babor.

A tan solo unos metros, el cocinero Cook acaba de meter un pie en la lancha. Apunta hacia el interior con el enorme fusil. Está buscando a Joseph. Registrará cada recoveco del barco. Si hiciera falta, irá a chapotear a la sentina, esa agua apestosa que se acumula en la quilla del barco.

Los cañones del arma pasan por encima de la cabeza de cada ocupante de la lancha. Luego los empuja hacia un lado para asegurarse de que no están escondiendo a nadie. El fusil se demora un poco más entre los ojos penetrantes de una muchacha.

–Tú no pareces enferma.

Pero Cook no está ahí para hacer una visita médica; aparta el rostro de Alma, sale de la lancha y salta al alcázar.

Alma se vuelve hacia el hombre que está a su lado, como si retomara una conversación interrumpida.

–¿Y no le dijo dónde había aprendido la historia que cantaba?

–No. No sabemos de dónde venía –contesta el hombrecillo al que los blancos llaman Adán–. Estaba esperando un hijo.

–Estaba embarazada de siete u ocho lunas –dice una mujer.

–Se la llevaron y dejó de cantar.

–¿Adónde? ¿Adónde se la llevaron?

–No lo sabemos –dice la mujer–. No sabemos nada.

–Lo que sí sé es que, desde hace unas noches, ya no me duele la herida. La piel nueva la ha tapado casi del todo.

Alma se queda agachada en la lancha unos segundos más. Se oye la confusión por todas partes. Cuánto le habría gustado ver a esa mujer que contaba la historia de los suyos. Ahora tendría que visitar el chiquero de popa. Pero, antes, Alma tiene que subir arriba del todo para obligar a hablar al único ser en el mundo que aún la mantiene unida a Lam: el gigante de la oreja cortada.

Agarra el arco y le da un beso en la frente al hombre que ha hecho llegar hasta ella el canto de los okos y todos esos secretos que ignoraba. A continuación, se marcha.

–Se le parece como si fueran hermanas –dice el hombre cuando ya ha desaparecido.

Los armadores más poderosos del mundo, la Compañía de las Indias o la de Angola, la Royal African Company, pero también los jefes corsarios, los ministros de Luis XIV, de la corona portuguesa o la británica, todos esos hombres que alrededor de la tierra han elegido el mar para reinar o enriquecerse, le habrían ofrecido al capitán Lazare Bartholomée Gardel contratos de oro puro si lo hubieran visto al mando de La Dulce Amélie aquella mañana.

El buque sigue siendo un animal en el ruedo al que rodean los aullidos del viento y el clamor de los piratas que lo asedian, pero el capitán lo maneja como un pura sangre. Le ha quitado los estribos.

La Dulce Amélie se olvida de sus miles de toneladas, de sus decenas de complejas velas, de la tripulación agotada. Se encabrita, se lanza y baila para salir de la trampa. Las órdenes van cayendo una a una.

Gardel está erguido encima del banco, como un director de orquesta, justo delante del tapacete de la escala principal. Su viejo instinto husmeador de piratas le había indicado que debía mantener las velas en espera en lugar de echar el ancla. El buque no tuvo más que brincar. Y Gardel no se planteó siquiera jugar a la guerra con sus cuatro cañones de mentira, sino que optó por lo que mejor se le daba: una carrera de velocidad. Una fuga en lugar de una marcha militar.

Son las seis de la mañana. El sol se niega a salir, pero el navío está escapando del enemigo. Se dirige hacia la salida de la nasa.

Joseph acaba de verla en el palo mayor.

Alma está de pie encima de la larga línea horizontal que dibuja la verga de gavia. Aún podría trepar siete u ocho metros entre las velas más altas, pero se ha parado para tomar aliento, con la espalda apoyada en el mástil. Una ráfaga de viento vuelve a destapar la luna llena. Alma lleva el arco cruzado sobre el pecho, entre el hombro y la cadera opuesta.

Tras ella, la tela tensa forma un estuche de curvas blancas. Alma mira de vez en cuando hacia la punta. Allí arriba se ve la silueta del gigante atado al mástil. Ni siquiera parece estar ya vivo, con la cabeza caída sobre el hombro.

Joseph está debajo de Alma, en el palo vecino. Sube por los obenques. Llega a una plataforma. Se detiene un instante.

Desde el otro lado del vacío, Alma lo ha visto.

Se miran, atraídos y turbados, como los habitantes de dos árboles distintos condenados a no encontrarse nunca. Durante un segundo, Alma queda oculta tras una vela que ondea. Cuando vuelve a aparecer, está subiendo de nuevo.

Joseph se fija entonces en el cabo que tiene a sus pies, tendido en una diagonal de unos doce metros hacia lo alto del palo mayor. Es el estay de gavia, tan grueso como su brazo. Ese es el camino para reunirse con ella.

Joseph se agarra con las manos lo más alto posible, cruza las piernas alrededor del cabo y, con la cabeza hacia abajo, empieza a trepar. A veinticinco metros de altura desde la cubierta del barco, avanza muy despacio, con los brazos temblorosos y la vista clavada en la meta.

El cocinero Cook mira sonriendo de moflete a moflete a ese monito de feria que hace acrobacias en el cielo. La primera vez que vio a Joseph Mars fue unos meses antes, en un número parecido, colgado por los pies de un cabo en el puerto de Lisboa.

Cook tiene el fusil en las manos. Se ha parado a la mitad del palo mayor. De todas formas, no le apetece subir más. Tiene vértigo y no le gusta hacer ejercicio.

El cocinero se apoya la culata en el hombro y apunta con parsimonia. Es imposible fallar ese tiro. El mono Joseph Mars está casi quieto, con la luna iluminándolo de lleno. Cook se concentra. Tiene dos tiros en el fusil de caza y todo el tiempo que pueda desear por delante.

Dentro de veinte segundos, se habrá ganado la confianza de Gardel para el resto del viaje. Y, sobre todo, contará de por vida con la gratitud de Jean Saint-Ange por haber salvado su tesoro.

Gabriel Cook apunta mientras respira hondo.

La primera flecha que cae sobre él desde el cielo lo alcanza en la muñeca y le paraliza el índice con el que iba a apretar el gatillo. La segunda, justo después, se planta más arriba, en un pequeño cartílago del hombro en el que estaba apoyada la culata del arma. Esta vez, es el brazo entero el que cae a lo largo del cuerpo como un calcetín vacío. Cook deja caer el fusil, que rebota ruidosamente. El arma dispara el primer tiro a mitad de la caída y el segundo al tocar el suelo.

Sin la primera detonación, nadie habría alzado la vista. Nadie habría visto a Cook tirado allá arriba, en la plataforma, ni a Joseph Mars trepando por el estay de gavia. Sin la segunda detonación, Gardel no habría caído al suelo con los ojos en blanco y un pie ensangrentado. Porque el último tiro le ha reventado la pierna derecha, por debajo de la rodilla.

Diez hombres se abalanzan hacia él, pero los rechaza a latigazos. Se arrastra en dirección a la barricada y deja en el suelo un rastro de sangre. Acaba de descubrir a Alma en lo alto, colocándose el arco en el hombro. Alarga el dedo hacia las alturas mientras gira el látigo en torno a su cabeza.

–¡Subid al palo mayor! –vocifera–. Abatidlos a los dos.

Alma, de puntillas, intenta desatar las ligaduras del gigante. Acaba de abrir los ojos y la está mirando.

–¿Eres tú? –dice–. Te imaginaba más alta.

Lleva cuatro días sin comer, ha sobrevivido a cien latigazos y tres o cuatro tempestades.

–¿Vienes por tu hermano?

–Sí –dice ella tirando en vano del cáñamo–. Ahora, dime el nombre del barco.

–Aunque me hubiesen dejado aquí para siempre, habría seguido vivo para contestarte.

–¿Por qué?

–He oído el canto. He comprendido que era tu historia.

Alma mira al gigante.

–Recuerda únicamente este nombre –dice–: The Brothers. Con destino a Nueva Orleans, en Luisiana.

Esas palabras no son más que una secuencia de sonidos para los oídos de Alma, pero no las olvidará nunca. The Brothers. Nueva Orleans. Luisiana.

Otro tiro retumba por debajo de ellos. Dos hombres armados han subido hasta donde Cook se ha desplomado. El primer tirador ha agujereado la vela con la bala de su fusil, pero el otro se está preparando. Apuntan a la chica.

Lo más urgente es la chica. Joseph Mars, en la posición en la que se encuentra, no les parece más peligroso que una pinza en una cuerda de tender.

Joseph ve a los dos hombres. Estudia de un vistazo la distancia que lo separa del final de su recorrido. Mide también la altura del mástil por encima de los perseguidores de Alma. Entonces, saca el cuchillo del cinto y corta el cable justo por debajo de sus pies.

Joseph se deja caer agarrándose con fuerza al cabo. La curva que dibuja en el aire pasa justo por el lugar previsto. Con los pies hacia delante, empuja al vacío a los dos tiradores.

Joseph continúa su movimiento pendular, lo suelta todo y cae en la vela henchida por la que se escurre. Al pasar, se agarra a los obenques de gavia.

Suelta un grito salvaje y trepa rápidamente hacia la punta.

Allí se encuentra con Alma.

Ella le arrebata el cuchillo y corta, por fin, las ligaduras del gigante.

Abajo, los dos perseguidores han caído en la cubierta haciendo un ruido blando. A su lado, Palardi contempla horrorizado la pierna destrozada del capitán.

–¡Tú no! –le dice Gardel a Palardi–. Bajadme a la mesa de mi cámara. Id a liberar al carpintero. Necesito a Poussin. Que prepare sus herramientas.

Cuando La Dulce Amélie sale por fin de la trampa, una fuerte ráfaga de viento la está esperando emboscada detrás de los cuernos del toro. La nave se escora bruscamente.

La Dulce Amélie se endereza. Todo parece en orden. Pero las tres siluetas en lo alto del palo mayor han desaparecido.

49
Habrá luz

Una columna de hombres se adentra en la selva.

Viéndolos caminar tranquilamente en fila de a uno nadie diría que son piratas. Y, sin embargo, descienden de esa familia extensa y terrible con la que todas las marinas del mundo han querido acabar cincuenta años antes.

Deben de ser unos ochenta los que cruzan la selva por un angosto corredor. No van uniformados, como es costumbre entre los piratas. Son demasiado libres para encajar con la imagen inventada que se les atribuye: no llevan bisutería en las orejas, ni cicatrices expuestas como trofeos, ni parches negros tapando la cuenca de un ojo.

Algunos son lo bastante viejos para haberse cruzado en su juventud con Charles Vane u Olivier La Bouche. Otros parecen niños disfrazados, con los dientes mellados y la tez amarillenta.

Encabezando el cortejo de penitentes, en lugar del botín, cuatro hombres llevan una litera en la que yacen dos cuerpecitos: una niña negra y un niño blanco.

A la izquierda de las angarillas, al lado de la chica, hay un gigante al que le falta una oreja. A la derecha, con la mano puesta en el brazo del chico tumbado, camina un viejo pirata.

Este lo ha conocido todo. Era el segundo de a bordo del terrible Black Bart cuando murió en el Royal Fortune frente a las costas de África en 1722. A los veinte años, heredó sus mondadientes de oro y su bandera negra. Le han dado tantas veces por muerto, en la horca o decapitado, que se ha puesto el nombre de un monstruo mitológico cuyas cabezas vuelven a crecer cuando se las cortan: la Hidra de Lerne.

Es Luc de Lerne.

En la litera, Joseph abre los ojos.

–El grandullón negro os ha salvado a los dos –dice el pirata–. Habéis tragado mucha agua. Esta niña nada tan mal como tú, Jo.

Joseph se vuelve hacia Alma, cuyos orificios nasales se estremecen a su lado. Una alegría inexplicable se adueña de él. Intenta apoyarse en el codo para mirarla. Pero se cae de inmediato.

–No te muevas.

Luc de Lerne camina a su lado en silencio.

–También había unos pájaros –dice.

–¿Unos pájaros?

–Una nube de pajaritos encima de vosotros, sobre las olas. Gracias ellos os han visto los hombres.

El viejo pirata se apoya aún más pesadamente para sortear de una zancada un tronco de árbol que atraviesa el camino.

–Lo he fastidiado todo –dice Joseph.

–Soy yo quien lo ha fastidiado todo.

Luc ha bajado la voz. No quiere admitir sus errores delante de sus hombres.

–Ese desgraciado de Gardel ha dejado las velas izadas. Estaba listo para partir. Nos ha faltado tiempo. Debería haber bloqueado el paso entre los cuernos después de que entrara. De haberlo hecho, llevaríamos en las angarillas cinco toneladas de oro que iríamos sembrando al pasar por la selva.

Luc de Lerne piensa en los fantasmas de sus antiguos compañeros, que deben de estar carcajeándose por sus errores.

–El oro no estaba a bordo –dice Joseph.

–No intentes consolarme, viejo amigo.

Luc de Lerne llama a todo el mundo «viejo amigo». Quizá sea ese el secreto de su eterna juventud.

–Lo he buscado durante meses –dice Joseph–. Le prometo que el oro no estaba a bordo.

–Y yo te digo que sí que estaba. Y que sigue estando. Cuatro toneladas y media de oro puro.

–¿Dónde?

–Eso no lo sé, pero tengo todas las pruebas. ¿Quién es la chica?

Joseph no contesta.

Está pensando en todos los demás. En los que siguen encerrados en la bodega. Fue por ellos por lo que no encendió la gran señal. Aunque no hubiese tesoro, quería que Luc de Lerne se hiciese con ese buque porque el viejo pirata no vende a los cautivos que recoge. Les devuelve la libertad.

A medida que avanzan, los árboles se van cubriendo a su alrededor de helechos y orquídeas blancas. Sobre la selva empieza a caer una lluvia fina. Los pájaros okos deben de estar deleitándose allí arriba. Hartándose de flores.

–¿Quién es la chica? –vuelve a preguntar el pirata.

–No lo sé.

A través de las ramas, empieza a intuirse una forma negra por encima de las copas. Es la sombra de La Hidra, el buque de cuatro palos de Luc de Lerne. El pirata ha colocado el casco inmenso entre los árboles, muy cerca del cielo. Tabla a tabla, lo ha montado allí arriba. Solo ha retirado los mástiles y las vergas para convertirlos en balsas. Vive encima de la selva con sus hombres. Proscrito de todos los mares, tiene que conformarse con el cielo.

–Se puede quedar aquí si ella quiere –dice Luc.

–¿Quién?

–La chica.

–Jamás –dice la voz grave de Alma, al lado de Joseph–. ¿Dónde está mi arco?

En ese momento, Lam mira a una niña que acaba de entrar en la cocina del barco.

The Brothers, el pequeño bergantín de los hermanos Jones, de Liverpool, se desliza rumbo al golfo de México y la Luisiana, dejando tras de sí el polvo de las islas del Caribe.

Hace tiempo que Lam se ha fijado en esa niña con la piel más oscura que él. Deben de tener la misma edad. Parece estar por encima de todos con quienes se cruza, aunque mida la mitad que ellos.

No vive en el entrepuente como los demás cautivos. Tampoco se queda, como él, en la popa, al servicio de los oficiales. Esa niña vive sola en algún lugar del castillo, al otro lado de la barricada, donde él no ha estado nunca.

Lam se ha fijado en los cometidos que les dan a algunos cautivos para que los otros quieran ocupar su puesto y se porten bien para obtenerlo. Lam nunca pretendió ser el lacayo del capitán Harrison. Ni siquiera sabe lo que significa la palabra «lacayo». Sencillamente, se ha puesto la ropa ridícula que le han dado. Hace lo que le piden. Escucha al capitán, que se queda encerrado en su camarote tocando el clavecín y dando órdenes a toda la tripulación sin asomarse nunca fuera.

Delante de Lam, el pinche de cocina le da a la niña un cubo de maíz.

–Es una lástima tener que darte esto. Un maíz tan bueno... Ni siquiera está agusanado.

Con un ademán, el cocinero le indica que se vaya. Pero ella no se mueve. Hace como que no lo entiende.

–¿Quieres harina también?

La niña no se molesta en contestar. El cocinero va a buscar otro cubo.

–Vete.

Sigue sin moverse, solo señala levemente con la barbilla a Lam, que la mira con los ojos como platos.

–¡Tú, ayúdala a llevar los cubos!

Lam se acerca y agarra uno de los cubos. Como la niña sigue impertérrita, toma también el otro. Ella se pone en marcha, caminando delante de él. Al golpear el suelo con la planta desnuda, hace un sonido agudo. Tiene las piernas largas para ser tan menuda. Se para delante de una de las puertas de la barricada. Un guardia les abre y le dice a Lam:

–A ti te espero aquí. Llevas los cubos y te vuelves.

Cruzan juntos la cubierta vacía y soleada. El suelo mojado quema. Justo debajo, en el chiquero de los hombres, el calor debe de ser insoportable. El capitán Harrison ha mandado poner unas mangueras de ventilación que no sirven de nada.

Los dos niños pasan debajo del castillo y se detienen a la sombra, delante de una puerta de dos hojas. La niña se agacha. Le tira de la chaqueta a Lam para que haga otro tanto.

Con la cabeza gacha, finge que está limpiando el maíz.

–Te conozco –le dice.

Lam escucha esa voz que habla el idioma de su padre.

–Te vi en el río con los hombres que te llevaban. Vengo de Bossa. Te vi en el río Quorra.

Lam aguanta la respiración. No debe fiarse de nadie.

–Tu hermana te quiere. Te está buscando. Nunca sabrás lo mucho que te quiere y te busca tu hermana.

Esta vez, a Lam se le empieza a derretir el corazón, se derrama por las juntas del suelo.

–Te llamas Lam. Yo soy Sirim.

Lam llora.

–Tu hermana se llama Alma. Es amiga mía. Quemaron mi pueblo cuando ella se fue. Los fulanis capturaron a cincuenta guerreros de mi reino. Normalmente, solo se llevan a los hombres y los venden. Pero me cogieron a mí también.

–¿Por qué?

Sirim se incorpora. Lam hace otro tanto.

La niña empuja una de las hojas de la puerta. Lam entra.

–Para cuidar de él.

Lam nota el olor antes de verlo.

Niebla.

Lam lleva los dos cubos en la mano. Se acerca, apoya la cara húmeda contra el carrillo del caballo.

Una raya de sol dorado se cuela por la puerta entreabierta. Niebla empieza a rebuscar en uno de los cubos que Lam sigue sin soltar. Levanta una nube blanca de harina.

Sirim mira al niño y al caballo rodeados de tanta blancura.

Está unos pasos por detrás. Se dice que algún día volverán los tiempos felices. Algún día habrá luz.

Continuará...

Índice

El autor

Timothée de Fombelle nació en 1973. Pasó parte de su infancia en Marruecos y en Costa de Marfil. Tras ejercer como profesor de lengua y literatura en Francia y en Vietnam, no tarda en orientarse hacia la dramaturgia. En 2006 se publica su primera novela juvenil, *La huida de Tobi.* Este relato ilustrado por François Place no solo recibe en Francia galardones como el premio Sorcières, el premio Tam-Tam y el premio Saint-Exupéry, sino que se convierte en un éxito internacional. Entre *Céleste, ma planète* y *Victoria sueña,* dos ardientes alegatos a favor de la ecología y el poder de la imaginación, Fombelle escribe *Vango,* una apabullante novela de aventuras en dos tomos que seduce tanto a los lectores como a la crítica. En 2014, recibe por *Le Livre de Perle* el premio Pépite a la mejor novela juvenil europea y el de la Feria del libro de Brive.

Desde entonces, ha publicado *Georgia, tous mes rêves chantent,* un cuento musical con ilustraciones de Benjamin Chaud y la colaboración de actores y músicos como Cécile de France, Alain Chamfort, Emily Loizeau o Albin de la Simone. Gracias a este libro-disco gana otro premio Pépite en el Salón del Libro y de la Prensa Juveniles de Montreuil.

Fombelle también es autor de los libros ilustrados *La Bulle, Capitaine Rosalie* y *Quelqu'un mattend derrière la neige,* en colaboración con Éloïse Scherrer, Isabelle Arsenault y Thomas Campi, respectivamente. Y guionista del cómic *Gramercy Park,* obra de Christian Cailleaux.

Con libros traducidos por todo el mundo y el prestigio de ser uno de los mejores autores de literatura juvenil de su generación, Thimotée de Fombelle sigue escribiendo, además, para el teatro y ha publicado un libro «para adultos»: *Neverland.*

El ilustrador

François Place nació en 1957. Tras estudiar en la Escuela superior de artes e industrias gráficas de París, trabajó como ilustrador, primero en publicidad y luego en publicaciones juveniles. Es autor e ilustrador de numerosos libros (*Los últimos gigantes, L'Atlas des géographes d'Orbae, La Fille des batailles, El marqués de la ballena,* etc.) por los que ha recibido prestigiosos galardones (Ragazzi Award de la Feria Internacional de Bolonia, premio Sorcières, premio Baobab del Salón del Libro de Montreuil, etc.). En su faceta de ilustrador, colabora con escritores como Michael Morpurgo (*Caballo de batalla, El reino de Kensuke, Flamingo boy),* Erik L'Homme (*Contes d'un royaume perdu)* y, por supuesto, Thimothée de Fombelle, para quien ya ha ilustrado su famosa primera novela, *La huida de Tobi.* Con cada uno de ellos establece una auténtica complicidad.

François Place también es autor de varias novelas (*La Douane volante, Angel l'Indien blanc, La Reine sous la neige*) y de un relato autobiográfico (*La 2CV, la nuit*), así como de la serie de libros infantiles *Lou Pilouface.*

Bambú Exit

Ana y la Sibila
Antonio Sánchez-Escalonilla

El libro azul
Lluís Prats

La canción de Shao Li
Marisol Ortiz de Zárate

La tuneladora
Fernando Lalana

El asunto Galindo
Fernando Lalana

El último muerto
Fernando Lalana

Amsterdam Solitaire
Fernando Lalana

Tigre, tigre
Lynne Reid Banks

Un día de trigo
Anna Cabeza

Cantan los gallos
Marisol Ortiz de Zárate

Ciudad de huérfanos
Avi

13 perros
Fernando Lalana

Nunca más
Fernando Lalana
José M.ª Almárcegui

No es invisible
Marcus Sedgwick

Las aventuras de George Macallan. Una bala perdida
Fernando Lalana

Big Game (Caza mayor)
Dan Smith

Las aventuras de George Macallan. Kansas City
Fernando Lalana

La artillería de Mr. Smith
Damián Montes

El matarife
Fernando Lalana

El hermano del tiempo
Miguel Sandín

El árbol de las mentiras
Frances Hardinge

Escartín en Lima
Fernando Lalana

Chatarra
Pádraig Kenny

La canción del cuco
Frances Hardinge

Atrapado en mi burbuja
Stewart Foster

El silencio de la rana
Miguel Sandín

13 perros y medio
Fernando Lalana

La guerra de los botones
Avi

Synchronicity
Víctor Panicello

La luz de las profundidades
Frances Hardinge

Los del medio
Kirsty Appelbaum

La última grulla de papel
Kerry Drewery

Lo que el río lleva
Víctor Panicello

Disidentes
Rosa Huertas

El chico del periódico
Vince Vawter

Ohio
Àngel Burgas

Theodosia y las Serpientes del Caos
R. L. LaFevers

La flor perdida del chamán de K
Davide Morosinotto

Theodosia y el báculo de Osiris
R. L. LaFevers

Julia y el tiburón
Kiran Millwood Hargrave
Tom de Freston

Mientras crezcan los limoneros
Zoulfa Katouh

Tras la pista del ruiseñor
Sarah Ann Juckes

El destramador de maldiciones
Frances Hardinge

Theodosia y los Ojos de Horus
R. L. LaFevers

Ánima negra
Elisenda Roca

Disidente y perseguido
Joe F. Daniels

El gran viaje
Víctor Panicello

Los cuentos de Lesbos
Àngel Burgas

Un detective improbable
Fernando Lalana

La isla de los susurros
Frances Hardinge

Leila y la zorra azul
Kiran Millwood Hargrave
Tom de Freston

Las dos aventuras
Carlo Frabetti

Centinelas
Alfonso Paredes

Las dalias tristes
Daniel Sanmateo

Cobweb
Michael Morpurgo

El bosque de los mil ojos
Frances Hardinge
Emily Gravett

La conspiración contra reloj
Sam Sedgman

Alma. El viento se levanta
Timothée de Fombelle